BEST SELLER

Alberto Vázquez-Figueroa nació en Santa Cruz de Tenerife en 1936. Antes de cumplir un año, su familia fue deportada por motivos políticos a África, donde permaneció entre Marruecos y el Sáhara hasta cumplir los dieciséis. A los veinte años se convirtió en profesor de submarinismo a bordo del buque-escuela *Cruz del Sur*. Cursó estudios de periodismo, y en 1962 comenzó a trabajar como enviado especial de *Destino*, *La Vanguardia* y posteriormente de Televisión Española. Durante quince años visitó casi un centenar de países y fue testigo de numerosos acontecimientos clave de nuestro tiempo, entre ellos las guerras y revoluciones de Guinea, Chad, Congo, República Dominicana, Bolivia, Guatemala... Las secuelas de un grave accidente de inmersión le obligaron a abandonar sus actividades como enviado especial. Tras dedicarse una temporada a la dirección cinematográfica, se centró por entero en la creación literaria. Ha publicado más de cuarenta libros, entre los que cabe mencionar: *Tuareg*, *Ébano*, *Manaos*, *Océano*, *Yáiza*, *Maradentro*, *Viracocha*, *La iguana*, *Nuevos dioses*, *Bora Bora*, la serie *Cienfuegos*, la obra de teatro *La taberna de los Cuatro Vientos*, *La ordalía del veneno*, *El agua prometida* y *Alí en el país de las maravillas*. Recientemente ha publicado *El león invisible*, primero de una serie de aventuras con un trasfondo social o ecológico que aparecen directamente en formato bolsillo. Nueve de sus novelas han sido adaptadas al cine. Alberto Vázquez-Figueroa es uno de los autores españoles contemporáneos más leídos en el mundo.

Biblioteca

ALBERTO VÁZQUEZ-FIGUEROA

El señor de las tinieblas

DEBOLSILLO

Diseño de la colección: Opal Works
Diseño de la portada: Departamento de diseño de Random House Mondadori
Fotografía de la portada: © Photonica/Cover

Primera edición en DeBols!llo: abril, 2004

Printed in Spain – Impreso en España

ISBN: 84-9793-087-8 (vol. 69/45)
Depósito legal: B. 48.428 - 2003

Fotocomposición: Lozano Faisano, S. L. (L'Hospitalet)

Impreso en Novoprint, S. A.
Energia, 53. Sant Andreu de la Barca (Barcelona)

P 830878

El amplio estudio resultaba a todas luces muy difícil de catalogar, puesto que ni su propio dueño sería capaz de determinar cuántas cosas útiles —y sobre todo inútiles— se amontonaban entre aquellas altísimas, ennegrecidas y vetustas paredes.

Estanterías repletas de libros alcanzaban el techo, sobre dos mesas se apilaban legajos de documentos que probablemente no habían sido consultados en años, y una tercera mesa se inclinaba bajo el peso de cuatro antiquísimos microscopios.

Se distinguían también probetas, mecheros y serpentines, así como un par de pesados sillones de cuero, en un personalísimo habitáculo que podría considerarse de igual modo inhóspito o acogedor, dependiendo tan sólo del gusto personal de cada cual.

El hombre que lo ocupaba en aquellos momentos, Bruno Guinea, rondaba la cuarentena, vestía unos viejos pantalones de pana verde y una arrugada camisa a cuadros con la que podría creerse que había dormido una semana, y resultaba evidente que era uno de los escasos seres humanos que debían sentirse a gusto en un destartalado lugar por el que se movía esquivando objetos con la habilidad de un acróbata para inclinarse, de tanto en tanto, a observar a través de alguno de los microscopios, sin dejar por ello de tomar rápidas notas en un grueso cuaderno de tapas de hule.

A ratos canturreaba muy en voz baja, a ratos asentía como si se sintiera razonablemente satisfecho, y a ratos agitaba a un lado y otro la cabeza o chasqueaba la lengua en un claro gesto de desaprobación.

Resultaba evidente que fuera lo que fuese lo que estaba haciendo, le mantenía absorto, por lo que cuando se escucharon unos discretos golpes, torció el gesto para gruñir en un tono de evidente impaciencia:

—¿Qué diablos ocurre?

La puerta se abrió apenas dejando entrever el rostro de un hombre de su misma edad pero al que podría considerarse su antítesis, puesto que vestía una inmaculada bata blanca, aparecía perfectamente peinado y afeitado, sin duda había visitado a la manicura recientemente y olía a lavanda.

—¡Buenos días, Cantaclaro! —fue lo primero que dijo luciendo una espectacular sonrisa de dientes impecables—. ¿Da usted su permiso para invadir la cueva del ogro?

El atareado Bruno Guinea se limitó a observarle con una extraña mezcla de afecto, malhumor y socarronería al tiempo que exclamaba:

—¡Lo que me faltaba! ¡El Canaima! Cuando apareces sonriente, melifluo y con el Cantaclaro por delante es que algo buscas…

—¿Tanto me conoces? —inquirió sin perder la calma el recién llegado.

—¡Tanto! Y eso me permite adivinar que vienes a pedirme un favor incluso antes de que abras la boca. ¿Qué coño quieres ahora?

El pulcro y exquisito Alejandro de León Medina,

alias Canaima, entornó cuidadosamente la puerta a sus espaldas, y se aproximó a la ventana para abrirla haciendo exagerados gestos con la mano como si estuviera intentando que el aire penetrara a toda prisa al tiempo que replicaba:

—Necesito que me hagas la suplencia este fin de semana. ¡Aquí hiede a tigre! El aire esta viciado y con este calor te vas a enfermar.

El otro se apresuró a cerrar de nuevo las contraventanas con gesto de alarma.

—Pero ¿qué haces? —exclamó—. ¡Se van a volar los papeles!

—¿Y cómo diablos se van a volar si no corre una gota de aire? ¡Esto es peor que una cochiquera! —protestó—. ¿No entiendo cómo te las arreglas para trabajar en semejante lugar…?

—Muy a gusto si nadie me jode… Sé dónde está cada cosa, y cada cosa sabe dónde estoy yo, con lo que no tenemos el menor problema. ¿Acaso me meto yo con las cortinas de tu despacho?

—¿Qué pasa con las cortinas de mi despacho?

—Que son una mariconada de satén lila —replicó aquel a quien muy justamente habían puesto años atrás el apodo del Cantaclaro visto que siempre decía lo que pensaba—. ¿Te parece poco?

—¿Así me agradeces que me preocupe por ti? —quiso saber su visitante fingiendo ofenderse—. ¡Se te van a comer las miasmas! ¿Y por qué no te afeitas? Pareces un pordiosero…

El desaseado Bruno Guinea se observó unos instantes en el cristal de una vitrina, se pasó la mano por la barbilla, y acabó por asentir con un leve gesto de cabeza.

—En eso tienes razón. Si Doña Bárbara me viera me la armaba, pero es que me agobia el trabajo.

—Lanzó un áspero reniego—. Y para colmo vienen los amigos pretendiendo que les haga una suplencia. ¿De dónde diablos pretendes que saque el tiempo?

—No tengo ni idea, pero es que en esta época no puedo recurrir a nadie más. —Se disculpó cambiando el tono Alejandro de León Medina—. Todo el mundo está de vacaciones.

—Suele ocurrir en agosto. ¿Y para qué quieres ese fin de semana?

—Tengo que ir a Roma.

El otro le observó de medio lado para inquirir irónicamente:

—¿De peregrinación?

—De manifestación. Acudirá gente de todo el mundo y seremos miles reclamando nuestros derechos.

Bruno Guinea le observó de medio lado, tomó asiento en su viejo y sobado butacón, y le señaló el que se encontraba enfrente en una clara invitación para que le imitase.

—He oído hablar de esa gigantesca manifestación —admitió al fin—. Pero ¿por qué precisamente Roma?

—Porque Roma continúa siendo la cuna de la intransigencia —fue la rápida y segura respuesta—. Tenemos que atacar al enemigo en su mismísima guarida.

—¿El Vaticano?

—Exactamente, ya que desde él parten la mayoría de los anatemas que se lanzan sobre nosotros. El día que el Papa entienda que somos seres humanos con los mismos derechos que el resto de los mortales, habremos triunfado.

—¿Y realmente crees que invadiendo las calles de Roma conseguiréis que la Santa Madre Iglesia cambie con respecto a un tema con el que se lleva mostrándose intransigente veinte siglos? —quiso saber su amigo.

—Por algo hay que empezar.

—¿Empezar? —se escandalizó el Cantaclaro haciendo una vez más honor a su apodo—. A mi modo de ver hace años que habéis empezado, pero lo cierto es que no soy el más indicado a la hora de opinar sobre el tema.

—Sin embargo sabes bien cuánto me importa tu opinión.

—¿Y de qué va a servirte si por lo que veo estás decidido?

—Probablemente se deba a que, pese al estercolero en el que te gusta trabajar, eres el tipo más inteligente que conozco. El más puñeteramente deslenguado, eso sí, pero también el más comprensivo. —Sonrió de nuevo al puntualizar—: En algunas ocasiones incluso sigo tus consejos.

—¡Oh, vamos, no me hagas reír! —masculló su interlocutor con evidente malhumor—. ¿Cuántas veces te aconsejé que te apartaras de Roberto? Que yo recuerde nunca me escuchaste.

—Estaba enamorado.

—¿Enamorado de un sucio «chapero» que se largaba con el primero que le ofrecía mil duros? —Se escandalizó el otro—. ¡Joder con el amor!

—Tú no puedes entenderlo. Nuestro mundo es diferente y el amor no se rige por las mismas reglas. Admito que Roberto era un canalla, pero cuando quería, sabía mostrarse tierno, dulce y apasionado. Me entendía y eso es lo que yo necesito: alguien que comprenda lo que siento aquí dentro.

El hombre de los pantalones de pana y la camisa a cuadros lanzó un profundo resoplido, se puso en pie una vez más, se encaminó a la mesa de los microscopios, observó a través de uno de ellos, anotó algo en la libreta de tapas de hule, y sin volverse inquirió:

—¿Por qué carajo seguimos con esto si llevamos veinte años discutiendo el tema y nunca llegamos a ninguna parte puesto que nuestros puntos de vista son diametralmente opuestos?

—Porque aunque tienes una lengua de víbora, eres el único con quien puedo sincerarme. ¿Imaginas lo que diría el pobre Sepúlveda si acudiera a contarle mis cuitas?

El Cantaclaro no pudo por menos que volverse y sonreír al tiempo que agitaba la cabeza negativamente al señalar:

—¡Le daría un pasmo! Pero ¿qué cara pondrá si te descubre en la televisión bailando en tanga por las calles de Roma?

—Con pelucas, tacones y maquillaje, ni mi propia madre sería capaz de reconocerme.

—¿Y vas a Roma a exhibirte con peluca, tacones y maquillaje?

—¡Naturalmente!

—¿Por qué naturalmente?

—Porque se trata de reivindicar nuestros derechos: recuerda que se trata del Día del Orgullo Gay.

Bruno Guinea se puso en pie, se aproximó a la cafetera, sirvió dos tazas, y acudiendo a tomar asiento de nuevo le ofreció una.

—Yo no creo que tú te sientas demasiado orgulloso de ser gay, puesto que lo ocultas a tus compañeros de trabajo... —puntualizó con su desparpajo de siempre—. Pero aun en el caso de que no lo ocultaras, lo que no entiendo es por qué razón los homosexuales tenéis que convertir una justa reivindicación social en una carnavalada que provoca el rechazo de mucha gente que, como yo, acepta que cada cual sea muy dueño de amar a quien le apetezca, pero no por ello debe hacerlo escandalizando.

—Ahora hablas como un reaccionario.

—¡En absoluto! —protestó Bruno—. Hablo como quien soy, y que respetaría mucho más a quienes desfilaran por las calles de una ciudad, sea o no Roma, exigiendo con firmeza sus derechos, pero sin necesidad de tanto alboroto.

—Cuando los ganaderos se manifiestan, acuden con sus vacas estén o no locas —puntualizó el apodado Canaima—. Cuando se manifiestan los agricultores, arrojan a la calle naranjas o patatas, y cuando se trata de los bomberos colapsan el tráfico lanzando espuma y haciendo sonar las sirenas de sus camiones... ¿Por qué tendríamos que ser diferentes, si lo que reivindicamos es el derecho a disponer de nuestros propios cuerpos?

—Porque de ese modo lo que conseguís es que no se os tome en serio, y yo creo que el derecho a la libertad, ¡cualquier tipo de libertad!, es algo demasiado serio como para exigirlo subido sobre unos tacones de medio metro y haciendo gestos obscenos.

—En eso puede que tengas razón. Hay quien se extralimita, pero es que hemos pasado demasiado tiempo sin salir del armario.

—Una cosa es decidirse a «salir del armario», y otra salirse de la habitación, de la casa, de la calle y hasta del barrio. Todo cambio, y soy el primero en admitir que en ese campo se hacía necesario un cambio, exige un tiempo y una maduración puesto que de lo contrario se corre el riesgo de que se convierta en traumático...

Le interrumpieron unos nerviosos y repetitivos golpes en la puerta y cuando ésta se abrió en el quicio se recortó la estilizada silueta de una enfermera de poco más de treinta años que señaló secamente:

—Os recuerdo que la cocina cierra dentro de diez minutos…

—Gracias pero no tengo tiempo de almorzar… —le hizo notar Bruno Guinea—. ¿Podrías pedir que me subieran un bocadillo de chorizo y una cerveza?

—¿Otro bocadillo de chorizo y otra cerveza? —fingió enfurecerse Claudia Fonseca—. ¿Hasta cuándo? ¡Llevas tres días sin comer caliente!

El Cantaclaro hizo un significativo gesto hacia los microscopios al tiempo que puntualizaba:

—Si dejo de observar cada diez minutos, el trabajo de todo un mes se iría al garete…

—¿Y no puedo hacerlo yo?

—Tardaría todo un día en indicarte lo que tienes que buscar —fue la respuesta que venía acompañada de un mohín de súplica—. ¡Por favor! —añadió—. Un bocadillo de chorizo y una cerveza bien fría.

La muchacha lanzó un sonoro reniego al tiempo que se volvía al expectante Canaima, que se había mantenido prudentemente al margen de la discusión:

—¡Acabará enfermando! —exclamó—. ¡Maldita sea! Se mata a trabajar, apenas duerme, no come decentemente y muchos días ni siquiera se baña… ¡Tú eres su amigo! ¡Dile algo!

—¡Querida mía! —replicó el aludido con absoluta calma—. Desde que ingresamos en la universidad vengo «diciéndole algo» al respecto, pero ya ves el resultado. Si usara bata, moriría con «las batas puestas», pero ni siquiera en eso hace puñetero caso al reglamento.

—Como chiste es malísimo… —le hizo notar su amigo—. Y odio las batas.

—Pues deberías haberte hecho arquitecto.

Bruno Guinea, que había acudido como siempre junto a los microscopios, pareció desentenderse de sus visitantes.

—¿Por qué no os vais al carajo de una vez? —rogó—. Me estáis distrayendo.

Claudia Fonseca agitó la cabeza en un gesto con el que parecía querer indicar que aquélla es una lucha imposible y optó por desaparecer cerrando a sus espaldas sin dejar por ello de mascullar:

—¡Cretino!

Al cabo de unos instantes el doctor De León Medina comentó como sin darle importancia al tema:

—Está loca por ti.

—¿Qué has dicho...? —quiso saber su acompañante que aún continuaba distraído con sus observaciones.

—¡Que la tienes loca...! —insistió el otro—. ¿Te la has llevado al huerto?

El apodado Cantaclaro se volvió sorprendido para inquirir visiblemente molesto:

—Pero ¿cómo se te ocurre? Estoy casado.

—¡Menuda noticia! Soy el padrino de tu boda y de tu segundo hijo... Pero ¿qué tiene eso que ver con hacerle un favor a una pobre infeliz que te lo está pidiendo a gritos?

—¿Es que no puedes pensar más que en el sexo? —inquirió el dueño de los pantalones de pana, al que se le advertía irritado—. Cuando me casé fue para siempre. Hasta que la muerte nos separe.

—«Hasta que la muerte os separe; hasta que la muerte os separe.» ¡Menuda cursilada! Tras dieciocho años de matrimonio una canita al aire te vendría muy bien, digo yo.

Bruno Guinea le apuntó amenazadoramente con el dedo al advertir:

—Tú sigue por ese camino y te va a hacer las guardias tu abuela. Sabes que me molestan este tipo de conversaciones.

—¿O sea que podemos hablar durante horas sobre mi vida sexual, pero ni una sola palabra sobre la tuya? —fingió lamentarse casi cómicamente el Canaima.

—Eres tú quien tiene problemas sexuales, no yo —fue la respuesta—. Estoy casado, tengo tres hijos, adoro a Alicia y ni siquiera se me pasa por la cabeza la idea de tocar a otra mujer.

—¡La madre que te parió! —mascculló el otro dejando escapar una corta carcajada—. No fumas, no bebes, no te drogas, no meas fuera del tiesto, y no piensa más que en cuidar de tu mujer y en trabajar. ¿Me quieres explicar por qué coño somos amigos?

—No creas que no me lo he preguntado un millón de veces —admitió el interpelado con absoluta naturalidad—. Debe ser porque soy el único que te aguanta las depresiones.

Alejandro de León Medina tardó en responder, observó largo rato el fondo de su taza vacía, y al fin admitió en un tono de voz amargo y totalmente distinto al que había empleado hasta esos momentos:

—¡Eso es muy cierto...! A veces pienso que si no fuera por ti hace tiempo que me hubiera pegado un tiro... ¡Mi vida es una mierda!

El Cantaclaro pareció comprender que se había extralimitado, y aproximándose le colocó la mano en el hombro con gesto de profundo afecto:

—¡No digas eso! —suplicó—. Eres un internista extraordinario, y no conozco a nadie que sepa tratar a los pacientes con tanta delicadeza como tú. Siempre he creído que si Alicia aún vive es gracias a ti, y aunque tan sólo fuera por eso tu vida merece la pena.

—¿Que mi vida merece la pena? —repitió su amigo—. ¡No tienes ni idea de lo que significa tener que salir en mitad de la noche a la caza de un sucio golfillo con el que compartir la cama! ¡Te levantas asqueado!

—Encuentra una pareja fija.

—¿Alguien como Roberto? —inquirió el otro—. ¿Tienes una idea de cuánto me costaba aquel hijo de la gran puta que me mataba a disgustos?

—¡No lo sé, Canaima! —puntualizó Bruno Guinea en un tono entre impaciente y dolorido—. ¡Te juro que no lo sé! Aunque me esfuerzo por entenderte y ayudarte, la mayor parte de las veces no lo consigo, y eso me duele. Te quiero como a un hermano, pero en ocasiones te veo tan lejos como si estuvieras en otra galaxia.

—Y es que realmente se trata de otra galaxia, querido mío… —le hizo notar el aludido—. Una oscura galaxia en la que nunca brillan las estrellas.

Bruscamente abandonó la estancia dejando al mencionado Cantaclaro desazonado y abatido, puesto que en verdad sentía un gran cariño con alguien con el que había compartido todo lo bueno y todo lo malo durante más de dos décadas.

Habían compartido no sólo libros, apuntes, horas de estudio, hambre, pensiones de mala muerte, triunfos y fracasos, sino también las frases de ánimo que les habían permitido salir adelante en los momentos en que más oscuro se presentaba el horizonte.

Eran dos seres absolutamente dispares, no sólo en lo que se refería a sus inclinaciones sexuales, sino incluso en su forma de entender la vida, pero por alguna razón inexplicable se complementaban maravillosamente.

Bruno Guinea aún recordaba con horror la larga noche en que Alejandro le confesó que si nunca había demostrado el menor interés por la gran cantidad de chicas que le había ido presentando, era porque en el fondo sabía que sus inclinaciones iban por otro lado, y que al fin, aquella misma tarde se había decidido a dar el paso que tanto tiempo llevaba temiendo y deseando dar.

Fue como un jarro de agua fría para alguien que ni remotamente había imaginado que algo así pudiera suceder, puesto que la homosexualidad siempre se le había antojado «cosas de otra galaxia».

A los veinticinco años, el fogoso e impulsivo Bruno Guinea, líder estudiantil que se había ganado a pulso el apelativo de Cantaclaro visto que incluso en las más comprometidas situaciones nunca dudaba a la hora de expresar con contundente claridad lo que pensaba, jamás había prestado la más mínima atención a un confuso mundo del que ni siquiera concebía que algún día pudiera llamar a su puerta.

Fue un duro golpe.

Duro por lo inesperado, pero pese a que en un principio se sintiera ofendido y en cierto modo «traicionado» por quien consideraba, no sólo su mejor amigo, sino casi un hermano, pronto comprendió que no tenía derecho a juzgar a alguien que evidentemente llevaba años librando una difícil y silenciosa batalla contra sus hasta entonces insospechadas inclinaciones.

—No me siento ni orgulloso ni feliz por lo que he hecho… —había admitido con absoluta sinceridad Alejandro de León Medina aquella aciaga noche—. Hubiera preferido conocer a una buena chica con la que formar una hermosa familia, pero me consta que hubiera significado engañarme a mí mismo y sobre todo engañarla a ella en un vano intento de que sirviera de «tapadera». —Se mostraba nervioso, pero firme en sus convicciones—. Sinceramente creo que mi obligación es hacer frente a una realidad contra la que resulta absurdo rebelarse, sin involucrar a extraños ni hacer daño a nadie.

—Te juro que es lo último que espera escuchar en este mundo... —no había podido por menos que replicar Bruno Guinea—. Me has dejado helado y temo que si intentara ponerme en pie me temblarían las piernas.

—¡Lo comprendo! —fue la respuesta—. Y del mismo modo comprendo que esta nueva situación afecte a nuestra amistad...

—¿Qué quieres decir con eso...?

—Que aceptaré que nuestra relación cambie a partir de este momento.

—¿Y por qué habría de cambiar, pedazo de gilipollas? —había señalado el Cantaclaro con su sinceridad habitual—. A mí nunca me has interesado de cintura para abajo, y estoy seguro de que continuarás sin interesarme. Quien se va a quedar muy tranquila es Alicia, a la que se le había agotado el cupo de amigas y no sabía ya a quién presentarte.

Por su parte Alicia, más conocida entre ellos por el viejo apodo de Doña Bárbara, se había limitado a comentar que aquello era algo que venía sospechando tiempo atrás.

Consciente del sincero afecto que su marido sentía por el que siempre había sido su entrañable e inseparable compañero de carrera, no había querido hacer comentario alguno al respecto, pese a que con ese sexto sentido que tienen las mujeres en todo cuanto se refiere al sexo, imaginaba que pronto o tarde Alejandro de León Medina acabaría por mostrar su verdadero rostro.

Al evocar una vez más aquella amarga noche

Bruno Guinea lanzó un profundo suspiro de resignación, levantó el auricular del teléfono, marcó un número, aguardó, y cuando le contestaron al otro lado, inquirió:

—¿Cómo estás? ¿Te has tomado las pastillas? ¡Sí, claro! Ya sé que por la cuenta que te trae nunca te olvidas. ¿Y los chicos...? ¡No, nada...! Os echo de menos y me apetecía hablar contigo. ¡No, de verdad que no me pasa nada! —insistió convencido—. Es que el Canaima ha estado aquí y ya sabes cómo me entristece saberle tan amargado... Lo mismo de siempre. Creo que no se quita a Roberto de la cabeza y eso le está matando... ¿Y cómo lo evito? —quiso saber—. ¡No, cariño...! Ahora no puedo dejar el trabajo. Disfruta de la playa pero no tomes demasiado el sol y no hagas esfuerzos... ¡Un beso!

Colgó, se aproximó a los microscopios, observó, tomó notas por enésima vez, y por último acudió a rebuscar entre la montaña de legajos hasta encontrar el que le interesaba para aproximarse a la ventana y comenzar a estudiar el manoseado documento con profunda atención.

El rotundo y espectacular trasero de Claudia Fonseca irrumpió en primer lugar mientras su dueña se esforzaba por impedir con ayuda de los hombros y los codos que la puerta se cerrase.

Portaba una enorme bandeja que colocó sobre la mesa apartando bruscamente varios papeles.

—¡Aquí tienes! —dijo—. Un consomé con huevo, un filete con patatas, y media botella de Rioja.

Bruno Guinea la observó entre sorprendido y molesto al exclamar:

—¡Pero yo lo único que quiero es…!

—¡Me importa un carajo lo que quieras! —replicó la muchacha sin la menor consideración hacia su supuesto superior jerárquico—. O te lo comes todo, o le doy una patada a esa mesa, y mando los puñeteros microscopios a tomar por el culo.

—¡Pero qué falta de respeto…! ¡Qué lenguaje! —fingió escandalizarse el otro—. ¿Se puede saber por qué haces esto?

Ella se limitó a empujarle hasta el sillón, desplegar una servilleta y anudársela al cuello como si se tratara de un niño malcriado al tiempo que respondía:

—Porque si continúas adelgazando Doña Bárbara se va a llevar un disgusto y eso es lo que menos necesita. Y porque no podemos permitirnos el lujo de que tú también te enfermes. Si Alejandro se va a Roma, serás el único facultativo digno de confianza que nos va a quedar y tengo que cuidarte.

—¿Y quién te ha dicho que Alejandro se va a Roma?

—Querido mío, aquí no hay modo de guardar un secreto... —replicó la muchacha mientras tomaba asiento frente a él y encendía un cigarrillo—. Todo el mundo imagina adónde va y a lo que va.

Su interlocutor se detuvo con la taza de consomé en la mano para inquirir ciertamente desconcertado:

—¿O sea que en el hospital se sabe lo de Alejandro?

—¡Pero bueno...! —exclamó ella casi irritada—. Hace años que hasta los bedeles están al corriente de sus aficiones, pero a nadie le preocupan, puesto que es un magnífico profesional y un tipo encantador. ¿A quién coño le importa que en sus horas libres ejerza de Caperucita Roja o de *drag-queen*? ¿En qué mundo vives que nunca te enteras de nada?

El interrogado concluyó su consomé, dejó la taza sobre la mesa e hizo un amplio gesto con el que parecía pretender abarca la totalidad de las estanterías y los montones de papeles que le rodeaban.

—Vivo en este pequeño mundo, y te garantizo que aparte de mi familia, la investigación es lo único que me interesa —dijo—. Lo que ocurra más allá de esa puerta no me llama en absoluto la atención.

—¿Y tampoco te interesa lo que está ocurriendo aquí, en el hospital?

—Si no está relacionado con mi trabajo, no.

—¡Pero es que está muy relacionado! —le hizo notar Claudia—. Dentro de cuatro meses se jubila el director.

—¿Y eso qué tiene que ver conmigo?
—Que en buena lógica tú eres el llamado a ocupar su puesto, pero veo que no haces nada al respecto.
—¿Yo de director...? —se escandalizó su «jefe»—. ¿Y para qué quiero yo ser director de un hospital?
—Para progresar en tu carrera.
—¿Es que te has vuelto loca?
—¡Aquí el único loco eres tú! —masculló con su adustez acostumbrada la enfermera—. Has trabajado muy duro durante muchos años, y lo justo es que se premie ese esfuerzo colocándote en el lugar que mereces.
—Pero es que a mí no me interesa ningún otro lugar.
—¿Por qué?
—Porque ya te he dicho que estoy bien donde estoy.
—¿O sea que no tienes ambiciones?
El Cantaclaro señaló con la barbilla la batería de microscopios.
—Mis ambiciones se centran en conseguir algo importante para el futuro de la medicina —dijo—. Dirigir un hospital es una tarea rutinaria y administrativa que cualquiera llevaría a cabo con muchísimo más entusiasmo y eficacia que yo.
—¿Y piensas pasarte el resto de tu vida encerrado entre estas cuatro paredes, tomando notas y alimentándote a base de bocadillos de chorizo? —quiso saber su quisquillosa interlocutora.
Bruno Guinea se limitó a mostrarle el jugoso pedazo de carne que tenía en la punta del tenedor:
—En ocasiones me cambian el menú... —puntualizó—. Y tal vez algún día encuentre las respuestas que busco. Lo que sí tengo muy claro, es que si no estoy aquí, nunca las encontraré.

—¿Tan importantes son como para no dejar espacio a nada más?

—Por suerte o por desgracia, mis espacios están bien ocupados —le hizo notar el interrogado con un leve tono de agresividad—. Tengo un espacio para mi mujer, otro para mis hijos, otro para los amigos, y otro para mis aspiraciones como hombre que desde muy niño soñó con ser médico, no para hacer balances y presupuestos, sino para intentar aliviar el dolor de quienes sufren. —Agitó la cabeza en un claro gesto de pesar al añadir—: Tenía unos doce años cuando mi madre, a la que adoraba, enfermó, y verla postrada en la cama consumiéndose hora tras hora con el dolor reflejado en sus hermosos ojos verdes, determinó mi futuro. Si tengo que pasarme el resto de mi vida aquí encerrado para conseguir que una sola persona no sufra como ella sufrió por culpa de aquel maldito cáncer, o un solo niño no vea morir a su madre como yo vi morir a la mía, puedes estar segura de que aquí me quedaré.

—Nunca me habías dicho que tu madre murió de cáncer.

—¿Y a quién le importa más que a mí, que lo padecí en su día? —quiso saber el Cantaclaro—. Lo que hago, ya no lo hago por ella, que al final descansó.

—Pero lo haces en su memoria —le hizo notar Claudia Fonseca—. ¿Tanto te marcó?

—Probablemente, porque las tragedias que te acontecen durante la pubertad, te marcan para el resto de tus días. Las que ocurren más tarde tan sólo te afectan durante un tiempo porque ya te has curtido y puede que incluso acabes por olvidarlas por completo. Pero las otras, las primeras, no las olvidas nunca.

Acudió de nuevo a la mesa de los microscopios para tomar sus eternas notas observado por una desconcertada muchacha que tras unos instantes de duda inquirió:

—¿Realmente confías en conseguir algo positivo?

—Aún es pronto para saberlo —reconoció su interlocutor con absoluta naturalidad—. Cuando inicias una investigación de este tipo se te ofrecen mil caminos, y el problema estriba en que pronto o tarde tienes que decidirte por uno sin saber hacia dónde conduce. Tal vez no lleve a ninguna parte y hayas perdido media vida, pero ese esfuerzo nunca resulta totalmente inútil, puesto que sirve para indicar a los que vienen detrás que ésa era una vía sin salida. Los grandes descubrimientos suelen hacerse de ese modo: eliminando rutas erróneas hasta que se encuentra la correcta.

—¿Y con eso te conformas?

—No me importa ser un peón que avanza a sabiendas que va a ser sacrificado si me sostiene la esperanza de que detrás llegarán las torres, los alfiles y las reinas que darán jaque mate a la más terrible de las enfermedades que ha padecido el ser humano.

—Me asombra que en unos tiempos en que todo el mundo quiere ser torre, alfil o reina, tú aceptes seguir siendo un simple peón.

—Existen peones que acaban por coronar y convertirse en reina, aunque yo no aspiro a tanto —le hizo notar Bruno Guinea—. Mientras no aceptes que es trabajando en equipo, aunque los investigadores se encuentren a miles de kilómetros de distancia unos de otros, como se obtienen resultados, nunca entenderás nuestra forma de vida. Yo intercambiaré mis conocimientos con Hans Muller, de Berlín, éste con alguien que tal vez se encuentre en Montreal o Pekín, y así, paso a paso, y con mucha paciencia llegaremos a donde pretendemos llegar.

—¿La curación del cáncer?

—¡Exactamente!

—¡Lo veo tan lejano...!

—Es que aún está muy lejos —admitió el otro—. Pero como dijo Machado: «Caminante no hay caminos, se hace camino al andar». Y a mí me basta con saber que estoy caminando aunque quizá no lo esté haciendo en la dirección correcta...

Se interrumpió un tanto desconcertado porque en el umbral de la entreabierta puerta había hecho sorpresivamente su aparición un hombrecillo de aspecto anodino que inquirió con una escueta sonrisa:

—¿El doctor Guinea? —Ante el mudo gesto de asentimiento añadió—: Soy Damián Centeno, de *La Revista Médica*... Le telefoneé la semana pasada y me citó aquí.

—¡Es cierto! —se apresuró a replicar el aludido—. Pero no le esperaba hasta el viernes.

—Es que, si no me equivoco, hoy es viernes —replicó en un tono levemente burlón el periodista.

—¡No fastidie! —se asombró su interlocutor—. ¿Y qué se ha hecho con el miércoles y el jueves?

—Te los comiste acompañados de un bocadillo de chorizo y una cerveza —intervino en su agrio tono predilecto Claudia Fonseca.

—¡Vaya por Dios!

—¡No se sorprenda! —añadió la enfermera dirigiéndose en esta ocasión al recién llegado—. Nunca sabe en qué día, ni en qué mes, e imagino que ni en qué año vive. A veces pienso que ni siquiera sabe que vive.

—Ya me lo habían advertido —señaló el hombrecillo—. Pero no tiene importancia. Sabía que lo encontraría aquí... —Se volvió al Cantaclaro—. ¿Me puede conceder ahora esa entrevista?

—¡Naturalmente...! ¿Qué es lo que quiere saber?

—Me gustaría que me diera alguna información sobre su trabajo.

—Pues le advierto que no hay gran cosa que decir —le hizo notar el otro—. Prácticamente lo estoy empezando.

—Sin embargo tengo entendido que lleva más de dos años empeñado en esas investigaciones.

—¿Y qué son dos años, o diez, en un campo como éste? —fue la inmediata pregunta en respuesta a la pregunta—. Pero ya que está aquí, siéntese y veamos qué se puede hacer.

Claudia Fonseca, que se había entretenido en recogerlo todo, tomó la bandeja y se encaminó con ella en la mano hacia la puerta.

—¡Les dejo...! —señaló—. ¿Te quedarás a dormir aquí?

—¡Qué remedio!

—¡Acabarás matándote de tanto trabajar! —masculló aun a sabiendas de que su protesta caería en saco roto—. Te subiré algo de cenar...

Abandonó la estancia murmurando según su fea costumbre y Bruno Guinea permaneció unos instantes ausente, como si no tuviera muy claro qué es lo que tenía que hacer exactamente puesto que resultaba obvio que aquella inesperada visita le disturbaba.

Por fin se decidió a tomar asiento en su viejo butacón para ensayar una forzada sonrisa.

—¡Bien...! —dijo—. ¡Aquí estamos! ¿Qué es lo que quería saber?

—En primer lugar me gustaría que me hablara de usted —fue la respuesta.

—¿De mí...? —se sorprendió el otro—. ¿Y qué quiere que le diga? Soy un simple médico que dedica la mayor parte de su tiempo a la investigación. Eso es todo.

—¿Por qué razón le llaman el Cantaclaro?

—Es una vieja historia bastante tonta... En la universidad teníamos un compañero venezolano, por lo visto a los venezolanos les encantan los apodos, y como era un apasionado admirador de Rómulo Gallegos, nos puso los sobrenombres de los personajes de sus novelas. Alejandro de León se convirtió en el Canaima, Julio Carrasco en el Brujeador, mi novia en Doña Bárbara, y yo, que por lo visto nunca podía tener la boca cerrada, en el Cantaclaro... Era un tipo estupendo que murió trágicamente y en su memoria los que habíamos sido sus mejores amigos decidimos mantener esos apodos.

—Entiendo. Acabó casándose con aquella misma Doña Bárbara y han tenido tres hijos, ¿no es cierto? —Ante el mudo gesto de asentimiento añadió—: Alguien me ha dicho que su esposa está muy enferma del corazón.

—Por desgracia así es.

—Pero pese a ello se considera un hombre feliz.

—Razonablemente feliz dadas las circunstancias.

—¿Cree en Dios?

—¿A qué viene eso? —se sorprendió su interlocutor—. No soy un actor, ni un cantante, ni un personaje popular. Y tampoco creo que a una publicación científica le interese la salud de mi esposa o mis creencias religiosas.

—Sin embargo... —le hizo notar con inmutable afabilidad Damián Centeno—. Necesito saber qué clase de persona tengo enfrente para enfocar la entrevista desde uno u otro punto de vista. ¿Acaso le molesta hablar de ese tema?

—Molestarme, lo que se dice «molestarme», no —se vio obligado a reconocer Bruno Guinea—. Pero dado que insiste le diré que me considero agnóstico.

A diario me enfrento a demasiados sufrimientos, tanto aquí como en mi casa, como para aceptar que exista un ser superior que pueda poner fin a ellos y no lo haga.

—¿Eso viene a significar que si no cree en Dios, tampoco creerá en el Demonio?

—¡Qué bobada...! —exclamó el otro—. Si quiere que le diga la verdad, todo esto no me parece nada serio.

—Le aseguro que es bastante más serio de lo que piensa —puntualizó el hombrecillo—. Y me pregunto por qué razón alguien que no cree en Dios, ni en el Demonio, lo que quiere decir que no cree ni en el cielo ni en el infierno, y que por lo tanto no espera un castigo o una recompensa en el Más Allá, se comporta, no obstante, con la sorprendente dedicación a su trabajo y la honradez profesional con que usted lo hace.

Al entrevistado se le advertía muy incómodo y resultaba evidente que hacía un gran esfuerzo por mantener la compostura.

—¿Y quién le ha dicho que tengo tanta dedicación y siempre me comporto honradamente? —inquirió—. ¿Qué sabe de mí en realidad?

—Más de lo que imagina. He dedicado meses a investigarle, y de hecho puedo asegurarle que es usted una de las personas más decentes que conozco.

—¡Pues no debe conocer a mucha gente...! Y a mí todo esto se me antoja uno de aquellos «diálogos para besugos» de los tebeos. ¿Por qué no me deja trabajar que es lo mío?

—¿En la búsqueda de un remedio contra el cáncer?

—No soy tan presuntuoso —fue la áspera respuesta—. Tan sólo intento desbrozar el bosque para que llegue un día en que alguien encuentre el camino.

—¿Y por qué no podría ser usted ese alguien?

—¡Mire, hágame un favor...! —puntualizó el Cantaclaro haciendo una vez más honor a su sobrenombre—. ¡Déjeme en paz de una vez!

El hombrecillo pareció no haberle prestado atención puesto que de inmediato añadió:

—Le recuerdo que cuentan que un buen día sir Alexander Fleming abrió una ventana, un hongo penetró volando en su laboratorio, fue a caer sobre unos cultivos semejantes a los que usted tiene en esos microscopios, y los destruyó. Así fue como descubrió la penicilina que ha salvado millones de vidas humanas: casi por pura casualidad.

—Pero yo no soy Fleming, ni me dedico a abrir ventanas.

—¿Y desde luego no cree en las casualidades?

—¡Naturalmente que no!

—¡Hace muy bien! —reconoció el periodista al tiempo que hacía un desganado gesto hacia la mesa de los microscopios—. Sin embargo, sus cultivos se acaban de destruir.

Bruno Guinea le observó visiblemente desconcertado.

—¿Cómo ha dicho? —quiso saber.

—Que todas las células malignas que con tanto empeño estudiaba están muertas —insistió el llamado Damián Centeno.

—Pero ¿qué coño dice...? Usted está mal de la cabeza. Las acabo de ver y evolucionan perfectamente.

—¿Le importaría mirar otra vez...? —suplicó el incordiante hombrecillo—. ¡Por favor...!

Había algo en el tono de su voz, más que en lo que había dicho, que obligó a dudar a su interlocutor que por unos instantes no supo qué decir.

Por último, lanzó un bufido con el que pretendía

demostrar su malestar, acudió a la mesa y atisbó por cada uno de los microscopios.

Tardó en erguirse y cuando al fin se volvió su rostro aparecía lívido y desencajado.

—¡No es posible! —mascculló—. ¡Si será hijo de puta! ¡Ha echado a perder un trabajo de meses...!

—¿Yo...? —fingió sorprenderse el insultado—. Le recuerdo que ni siquiera me he aproximado a esa mesa.

Resultaba evidente que el dueño de los malogrados cultivos se encontraba absolutamente anonadado, ya que por unos instantes fue de un lado a otro como buscando una explicación, o quizá buscando el aire que le faltaba.

—Pero ¿qué ha ocurrido? —repetía una y otra vez—. ¿Qué ha ocurrido? No consigo explicármelo.

—Probablemente eso mismo fue lo que debió decir sir Alexander Fleming aquel día.

—¡Qué catástrofe! ¡Cielo santo, qué catástrofe!

—¿Considera una catástrofe que cultivos de células malignas que se estaban multiplicando a toda velocidad mueran de improviso? —inquirió sin perder la calma Damián Centeno.

—¡Naturalmente!

—Pero piense un instante: ¿Por qué razón han muerto?

—¡Y yo qué sé...!

—Pero ¿y si lo supiera...? —insistió el otro con marcada intención.

—¿Qué pretende decir?

—A mi modo de ver está muy claro... ¿Qué ocurriría si descubriera cuál es el elemento desconocido que ha tenido la virtud de destruir en un instante esas células malignas?

—¡No quiero ni pensarlo!

—¡Atrévase a pensarlo!

Bruno Guinea se aproximó a la ventana pero casi de inmediato regresó para tomar asiento frente a su visitante e inquirir en un tono mucho más reposado:

—¿Quién es realmente usted, y qué es lo que está ocurriendo aquí?

—Lo que está ocurriendo ya lo ha visto —fue la respuesta—. En cuanto a quién soy, ¿para qué quiere que se lo diga, si no va a creerme?

—¿Y qué le hace pensar que no voy a creerle?

—Usted mismo lo ha dicho. Hace unos momentos se ha declarado agnóstico.

—¿Y eso qué tiene que ver?

—¡Mucho! Si acepta que no cree en Dios, y por lo tanto tampoco cree en el Demonio, según usted, yo no existo.

El Cantaclaro esbozó una especie de amarga mueca al inquirir:

—¿Está pretendiendo decirme que es usted el Demonio?

—¿Qué haría si lo admitiera?

—Me apresuraría a llamar al doctor Salcedo, que es el mejor psiquiatra que conozco, y que trabaja allí, al otro lado del jardín.

—¡Se lo voy a poner fácil...! —replicó el otro en tono a todas luces humorístico—. Vamos a intentar que sea ese mismo doctor Salcedo el que haga esa llamada.

Con el dedo apuntó hacia el negro teléfono que descansaba sobre la mesa, que unos segundos más tarde comenzó a repicar con histérica insistencia.

Su acompañante palideció, contempló el aparato con expresión horrorizada y alzó el rostro hacia Damián Centeno que le indicó con un sencillo ademán que se decidiera a levantarlo.

Cuando lo hizo y reconoció la voz, el tan justamente apodado Cantaclaro no supo qué decir quizá por primera vez en su vida.

Al fin, casi con susurro apenas audible, replicó:

—No, Rafael; yo no te he llamado. ¿Cuándo...? No, en absoluto. Te habrán dado mal el mensaje. Te aseguro que hace más de un mes que no te llamo. No tiene importancia. ¡Adiós!

Se quedó muy quieto con la cabeza baja y al fin se lamentó con evidente amargura:

—Me sorprende que alguien como Salcedo se preste a colaborar en una broma de tan mal gusto.

—El pobre doctor Salcedo no tiene nada que ver con todo esto —se apresuró a puntualizar su interlocutor—. Y le aseguro que no se trata de ninguna broma, pero como veo que el experimento le ha impresionado, vamos a repetirlo complicándolo un poco... —Sonrió de una forma en verdad inquietante—. ¡Piense en alguien! —pidió—. ¡No me diga quién! Alguien insospechado, lejano a usted, y que no tenga el menor motivo para llamarle... ¡Tómese el tiempo que quiera! —Le guiñó un ojo con picardía—. ¿Lo ha pensado ya...! ¡Bien! ¡Vamos allá...!

Señaló de nuevo el teléfono que casi de inmediato volvió a repicar con idéntica insistencia.

Bruno Guinea alargó la mano y lo tomó como si en verdad imaginara que iba a quemarle para llevárselo muy lentamente al oído:

—¿Quién es...? No; Alejandro no está aquí y no pienso decirte adónde está. Siento que vayan a enchironarte, Roberto. Es algo que no le deseo a nadie, pero creo que te lo has ganado a pulso y no puedo hacer nada al respecto... ¡Adiós!

Colgó para clavar los ojos en su extraño visitante que había permanecido totalmente impasible, pero que señaló como si estuviera hablando del bochornoso calor, o de la posibilidad de que lloviera aquella noche:

—No se preocupe. Ese tipejo pasará una larga temporada en la cárcel, y cuando salga será un despojo humano al que nadie pagará ya un duro por irse con él a la cama.

—¿Le conoce?

—Jamás había oído hablar de él, pero ahora sé que se trata de un «chapero» drogadicto al que dentro de ocho años asesinaran de un navajazo y al que tendré que hacer un hueco en un infierno que ya tengo abarrotado de tipos semejantes.

—¡Pare con eso! —suplicó Bruno Guinea del que se podría asegurar que no estaba seguro de si continuaba despierto o vivía una pesadilla—. Está a punto de volverme loco.

—¿Quiere que el doctor Salcedo le llame de nuevo?

—¡No, por Dios! Ya no sé qué pensar de todo esto.

—¡Pues limítese a aceptar la verdad simple y llana...! Está sentado frente al mismísimo Lucifer en carne y hueso.

—¡Qué tontería!

—¿Tontería...? —repitió el hombrecillo en tono visiblemente quejumbroso—. Cada día me ponen las cosas más difíciles. Antes la gente no se mostraba tan escéptica. Me bastaba con presentarme oliendo a azufre, para que todo el mundo echara a correr despavorido o se arrojara a mis pies. Pero el cine ha creado unos monstruos tan repugnantes, que por mucho que me esforzara jamás conseguiría superarlos. ¿Ha visto *Alien...*? Le garantizo que allá abajo no tenemos una sola criatura capaz de producir tanto terror y tanto asco.

—¿Intenta burlarse de mí? —casi sollozó el Cantaclaro, que ya ni cantaba, ni la mayor parte de las veces se le entendía lo que pretendía decir.

—¡En absoluto! —fue la respuesta—. La razón de mi visita es muy seria. Incluso le diría que se trata de la misión más importante a que me he enfrentado a lo largo del último siglo. Algo que se sale por completo de lo corriente.

—¿Y es...?

—Que me he propuesto comprar su alma.

—¡Bien! —admitió resignadamente su interlocutor tras una larguísima pausa en la que se esforzó por recuperar el control sobre sí mismo—. Voy a intentar seguirle el juego porque estoy convencido de que todo esto no es más que uno de esos estúpidos programas de televisión en los que te hacen pasar un mal rato hasta que entra un hijo de puta que se cree muy gracioso con un ramo de flores en la mano y pretende arreglarlo todo con un abrazo... ¿Cuánto paga por mi alma?

—Ponga usted el precio —replicó Damián Centeno con su acostumbrada flema—. Pero le repito que no se trata de ninguna broma, y le recuerdo que supe que Roberto le llamaría sin necesidad de que me dijera su nombre.

—¡Algún truco habrá!

—¿Truco...? ¡De acuerdo...! Le propongo un último «truco» para ver si le convenzo de quién soy en realidad. —Hizo un leve gesto hacia la pared frontal—. Piense en un libro de esa estantería, y en una página cualquiera. —Aguardó unos instantes antes de inquirir—: ¿Lo ha hecho ya? ¡Bien...!

Alargó la mano hacia la librería y de inmediato uno de sus volúmenes se precipitó al suelo donde quedó sorprendentemente abierto.

Bruno, que casi no daba crédito a lo que estaba

viendo, se inclinó y tomó el libro, comprobó la página y por un momento se le diría a punto de desvanecerse a causa de la impresión.

Con una leve sonrisa, su oponente señaló:

—La página que ha elegido empieza diciendo: «Es posible, que en determinadas circunstancias, el paciente no reaccione con la esperada rapidez al tratamiento, pero tras un detallado análisis, etc.». Estoy en disposición de recitarle cuanto está escrito en cada uno de esos libros, pero confío en que no lo considere necesario. Soy quien le aseguro que soy, le guste o no le guste, e insisto que estoy aquí con la intención de comprar su alma.

—Pero ¿por qué la mía? —quiso saber el Cantaclaro en lo que sonaba a trágico lamento.

—Porque es usted la persona más decente que conozco. Un hombre justo, fiel, honrado, sincero, sencillo y trabajador… ¡Una auténtica joya!, no como esas miserables almas que se me ofrecen a diario. —El demoníaco hombrecillo hablaba sin apasionamiento, como si se estuviera refiriendo a un tema absolutamente intrascendente—. Vivimos tiempos de impudicia, violencia, mentira y corrupción, en los que las almas valen menos que el combustible que se utiliza para abrasarlas. —Agitó la cabeza en lo que cabría tomar por un gesto de pesar—. ¿Tiene una idea de lo amargo que llega a ser pasarse siglos y siglos viendo llegar a tanta basura humana como me envían? Recibo a gente cuya maldad incluso a mí me espanta, puesto que en un principio mi pecado tan sólo fue la soberbia…

Se irguió muy despacio y acudió junto a su interlocutor con el fin de quitarle el libro de las manos para ir a colocarlo con sumo cuidado en el lugar que ocupara originariamente.

—Para mi desgracia, yo estaba predestinado a ser lo que soy, y mentiría si no reconociese que es una carga excesiva —dijo—. ¡Y aburrida! ¿De qué me sirve ser el Maligno si ya no existe nada que me divierta, ni me excite, ni me produzca la más mínima satisfacción?

Se aproximó a la ventana, observó el paisaje, y tras un largo silencio añadió en idéntico tono monocorde:

—Recuerde el dicho: «No hay mal que cien años dure, ni cuerpo que lo resista...» ¡Imagínese lo que significa un mal que dura toda una eternidad! Acaba por convertirse en una estúpida monotonía. Llevo miles de años tentando a los humanos con dinero, con sexo, con fama o con poder... A veces fracaso, pero incluso los fracasos se vuelven igualmente monótonos de puro repetidos. Ni el hambre, ni la peste, ni la guerra, ni aun el dolor de una madre que ha perdido a sus hijos, consigue excitarme, si es que en alguna ocasión me excitó. Es algo así como ver mil veces la misma película; al final ninguna de sus escenas te emociona y acabas aborreciéndola.

—¿Pretende hacerme creer que aborrece el mal...? —inquirió al fin Bruno Guinea como si despertarse de un largo sueño.

—No puedo aborrecerlo puesto que yo soy la esencia misma del mal —fue la sincera respuesta—. Pero lo que sí es cierto, es que me resulta por completo indiferente, ya que he llegado a unos límites de saturación difícilmente superables. A veces creo que el día en que arrojaron la bomba atómica sobre Japón, fue tanto como haber coronado la más alta cumbre del planeta en lo que a horror se refiere. Más arriba ya no existe nada.

—¿Acaso se ha hecho el propósito de iniciar el

descenso de la montaña con el fin de regresar a sus orígenes?

Damián Centeno se volvió a observarle con renovada atención, dudó unos segundos, pero concluyó por negar con una sonrisa de tristeza:

—¡En absoluto! Sé muy bien que ése es un camino que me está vedado por mi propia naturaleza. Soy la antítesis del arrepentimiento y me consta que si tan sólo una vez hubiera aceptado mi error, al Señor no le hubiera quedado más remedio que perdonarme, con lo cual los pilares sobre los que se alzan los conceptos de bien y mal se derrumbarían. Fui creado inflexible, y así he de seguir hasta el fin de unos tiempos que jamás tendrán fin. Ahora, lo único que pretendo es entretenerme un poco, y para ello no se me ha ocurrido nada mejor que regalarme un alma diferente.

—Difícil lo tiene.

—¿Por qué?

—Yo no soy Fausto.

—Fausto es tan sólo una leyenda. Y una leyenda absurda, puesto que nadie con un mínimo sentido común, y a Fausto lo retratan como a un hombre inteligente, aceptaría vender su alma por el simple placer de acostarse con una mujer, por muy hermosa que ésta fuera.

—Estaba enamorado, y ya se sabe que el amor es un sentimiento que puede empujar al abismo —le hizo notar el Cantaclaro.

El falso periodista negó convencido.

—Suponiendo que hubiera existido, Fausto no podía estar enamorado, ya que era demasiado viejo para ese tipo de amor que todo lo sacrifica. A su edad quizá estuviera «apasionado», imaginando que la virginal Margarita era la única que podía reavivar el fuego de su marchita sexualidad, pero estoy convencido de que ante la perspectiva de pagar un precio tan elevado hubiera desistido. —Hizo un claro gesto de impaciencia al inquirir—: Pero ¿a qué viene discutir sobre un personaje de ficción por más que el genio de un escritor lo haya elevado a la categoría de mito? ¡Vayamos a lo nuestro! Ponga un precio.

—No tiene con qué pagarme —replicó Bruno Guinea más seguro que nunca de lo que decía—. Nada de lo que pueda ofrecerme me interesa.

—¿Está seguro?

—Por completo... Siento tener que decírselo, pero ni las mujeres, ni el poder, ni los honores, ni las riquezas me impresionan.

—Hay más cosas.

—¿Como qué?

—El cáncer, por ejemplo.

—¿El cáncer...? —repitió el otro un tanto escéptico—. Admito que me asusta, y más teniendo en cuenta mis antecedentes familiares, pero ahora que usted mismo me ha dado la seguridad de que existe la vida eterna, estoy dispuesto a sufrir incluso lo que sufrió mi madre si eso me evita acabar en el infierno.

—No me ha entendido... —puntualizó sin inmutarse Damián Centeno—. No le estoy amenazando con un cáncer. Sería demasiado vulgar, y nunca me rebajaría de ese modo.

—¿Entonces...?

—Le estoy ofreciendo el remedio para acabar con el cáncer.

Ahora sí que resultó más que evidente que el Cantaclaro perdía la noción de la realidad, puesto que se limitó a balbucear.

—¿Cómo ha dicho? ¿El remedio para acabar con el cáncer?

—¡Exactamente!

—¿Qué clase de cáncer?

—¡Todos los tipos de cáncer!

—¿«Todos» los tipos de cáncer?

—¡Absolutamente todos! —insistió con indiscutible firmeza el hombrecillo—. Yo las cosas las hago bien o no las hago.

—¡Me niego a creerle, puesto que dudo que exista un vínculo común entre todos ellos!

—¿Está dispuesto a someterme a una prueba?

—¿Qué clase de prueba?

El otro extrajo del bolsillo de su chaleco un diminuto pastillero de plata que depositó con mucho cuidado sobre la mesa.

—Aquí dentro hay una cápsula —dijo—. Désela a cualquiera de los enfermos del hospital, incluso a uno que ya se encuentre en fase terminal, y le garantizo que en menos de cuarenta y ocho horas estará definitivamente curado.

—¡Eso sería un milagro!

—¡En absoluto! —fue la respuesta no exenta de una cierta ironía—. Yo no estoy autorizado a hacer «milagros». Ése es un «apartado» que queda para los santos. Sería tan sólo una muestra de poder, y le garantizo que sí estoy autorizado a hacer exhibiciones de poder.

—¿Poder para hacer el bien?

—El fin justifica los medios, y en este caso particular, hacer el bien es una forma «demoníaca» de procurar un mal.

—¿Tan importante soy, que por buscar mi mal está dispuesto a hacer tanto bien a la humanidad?

—Las enfermedades de los seres humanos, y el modo que tengan de irse al otro mundo, no son de mi incumbencia y nada me importan —aclaró un Damián Centeno brutalmente sincero—. Mi labor empieza a partir del momento de su muerte, puesto que yo trabajo con las almas, no con los cuerpos, y me tiene sin cuidado cuánto pueda sufrir una persona mientras aún continúa respirando.

—Es usted un auténtico hijo de puta...

—¡Qué más quisiera yo que haber tenido madre, aunque hubiera sido puta! —se lamentó con aparente sinceridad el otro—. Una madre hubiera sabido conseguir mi perdón. ¡No! No tuve esa suerte. Yo no soy más que el Demonio, y como tal me comporto. Fui creado con el único fin de tentar a los humanos con todas las armas a mi alcance, y a ello me atengo.

—Pues ahora está empleando un arma infame.

—¡Es que yo soy infame! ¿Acaso lo ha olvidado?

—¿Cómo olvidarlo teniéndole delante y escuchándole? Juega con ventaja.

—¿Y qué esperaba de mí? ¿Un acto de nobleza?

—¿Por qué no?

—Porque nunca supe lo que esa palabra significa, ni tengo el menor interés en averiguarlo —fue la sincera respuesta—. Cuando empiezo una partida procuro asegurarme todos los triunfos. No puedo obligarle a hacer algo que no desee hacer. Pese a lo que muchos crean, eso está fuera de mis atribuciones.

—Nunca lo hubiera imaginado.

—Pues así es. Pero a lo que sí estoy autorizado es a ofrecer tanto y tan apetitoso que la mayoría de la gente acaba por claudicar.

—No creo que nadie sea tan loco como para vender su alma por toda una eternidad —aventuró Bruno Guinea—. No, si realmente cree en esa eternidad.

El Maligno hizo un significativo gesto alzando la mano derecha y juntando y separando repetidamente los dedos.

—¡Así los tengo! —exclamó—. Lo que ocurre es que la mayoría confía en engañarme imaginando que a la hora de la verdad les bastará con arrepentirse para reencontrar el camino de la salvación eterna. Pero lo cierto es que nunca lo consiguen.

—Sin embargo, siempre he oído decir que hay más alegría en el cielo por un pecador arrepentido que por cien justos —le hizo notar Bruno Guinea.

—Eso no es más que pura palabrería —sentenció su interlocutor—. Por lo general el pecador continúa llevando el pecado en su alma, aunque ni tan siquiera lo practique. Usted es tan decente que no puede entenderlo, pero lo cierto es que no he venido a discutir sobre moralidad, sino a hacerle una propuesta muy concreta: ¿Quiere librar a millones de seres humanos de los padecimientos que les causa una enfermedad que cada día se expande más y más, o prefiere continuar mirando por esos microscopios a la búsqueda de una fórmula que nadie conseguirá encontrar?

—¿Por qué está tan seguro de que nadie conseguirá encontrarla? —quiso saber su oponente.

—Porque yo soy el único que ha dispuesto del tiempo suficiente como para resolver un problema tan complejo. El mundo es imperfecto, usted lo sabe. Fue creado por alguien que se preocupó en exceso de que miríadas de estrellas conformaran un maravilloso conjunto armónico en verdad impresionante, pero prestó muy poca atención a los futuros problemas de las míseras criaturas que poblarían ciertos planetas como resultado lógico de una lenta pero imparable evolución que no había sido del todo prevista.

—¿Qué insinúa?

—Que aquí, sin ir más lejos, no se tuvo en cuenta que al cabo de millones de años unos obtusos primates acabarían por convertirse en seres inteligentes que querrían saber «quiénes son», «hacia dónde van» o «de dónde vienen». —Chasqueó la lengua despectivamente—. Son preguntas estúpidas para las que nadie ha encontrado una respuesta válida, ni nadie las encontrará jamás, del mismo modo que tampoco encontrará un remedio contra el cáncer a no ser que yo se lo proporcione.

—Está intentado confundirme.

—¡Naturalmente! —se apresuró a afirmar el hombrecillo esbozando una amplia sonrisa—. Confundir al contrincante resulta básico a la hora de triunfar en cualquier tipo de negociación. Pretendo convencerle de que quien inició todo esto se encuentra muy, muy lejos, más allá de un millón de galaxias, e inmerso en una eterna creación de nuevas formas de vida cada vez más perfectas, por lo que hace millones de años que se olvidó de una minúscula mota de polvo espacial llamada Tierra, y de sus imperfectas criaturas. Pero nunca podrá saber si digo la verdad o estoy fantaseando, y eso le confunde.

—¿Y por qué razón sigue usted aquí, si el Creador se ha ido?

—Tal vez porque aquí me siento el único dueño, o porque los seres que ha creado en esos nuevos mundos son tan perfectos que no tengo cabida entre ellos. La Tierra es un estercolero en el que me siento a gusto, y cuando alguna que otra vez crece una delicada flor entre ese estiércol, procuro quedármela.

—Me habían llamado muchas cosas, pero nunca «delicada flor de estercolero».

—Pues eso es lo que es, pero volvamos a lo que importa. ¿Quiere probar esa cápsula con uno de sus pacientes o no?

—Salvar a uno y dejar morir al resto resultaría injusto, ¿no cree? —señaló Bruno Guinea.

—El resto también puede salvarse —replicó el otro calmosamente—. Acepte el trato y muy pronto todos regresarán a sus casas. ¿Se imagina cuántos sufrimientos evitaría? No sólo de los enfermos, sino también de aquellos que les aman y que a menudo acaban convirtiéndose en niños que se sienten desamparados y que se pasan las noches llorando, a punto de arrojarse por una ventana con el fin de ir a reunirse con sus madres.

—¿También sabe eso de mí?

—¡Yo lo sé todo! ¡Todo sobre usted y sobre todos, puesto que soy el único que tiene un control absoluto sobre cuanto sucede en este mundo.

—Se olvida de Dios.

—¡No! Yo no me olvido de Dios. Pero lo cierto es que Dios se ha olvidado de mí. ¡Y también de ustedes!

—Eso suena a blasfemia.

—Entre mis muchas atribuciones está el derecho a blasfemar —reconoció de inmediato el extraño personaje—. Lo quiera o no, soy el único que continúa firme en su puesto, eterno e inmutable. Si se detiene a reflexionar sobre el tema se dará cuenta de que dioses hay muchos, y que incluso han ido cambiando con los tiempos y las culturas, pero que en casi todas las religiones, adoren al dios que adoren, siempre existe una figura inalterable, y ésa es la mía. Existen dioses justos, coléricos, vengativos o bondadosos, y los hombres llevan millones de años matándose entre sí por imponer sus propias creencias al respecto, pero nadie ha matado a nadie por convencerle de que soy mejor o peor de lo que soy. Blancos, negros, amarillos, cobrizos, cristianos, musulmanes, budistas o sintoístas se empeñan en marcar sus diferencias en casi todo, menos en lo que se refiere a la representación del mal cuando se lleva a sus últimos extremos.

—¿Y eso le enorgullece?

—¡Mucho! Diga lo que diga, quien quiera que lo diga, soy el auténtico eje sobre el que continúa girando un pequeño mundo del que su creador hace ya milenios que se olvidó.

—Me niego a aceptar que nos olvidara —sentenció Bruno Guinea—. Me niego en absoluto.

—¿Dónde está entonces...? —quiso saber su oponente—. ¿Por qué no hace acto de presencia y pone fin a los infinitos padecimientos de sus amadas criaturas? Lo que sí puedo asegurarle, es que si continúa permitiendo que ocurran tantas desgracias, no por olvido, sino a conciencia, es porque en el fondo es peor que yo, y no estaba en absoluto equivocado cuando me rebelé contra él.

—¡No quiero seguir escuchándole! —exclamó un exasperado Cantaclaro—. ¡Váyase de una vez!

—¡De acuerdo —fue la respuesta—. Me voy. Pero tenga presente lo que le he dicho; esa cápsula conseguiría que el enfermo que usted elija se cure en el acto. Luego vendrán otros; millones de desgraciados que bendecirán su nombre hasta el fin de los siglos... —Se encaminó a la puerta y ya en el umbral le observó con extraña fijeza—. ¿Les dejará sufrir? —quiso saber—. Si lo hace, es probable que su alma se condene, no por haber hecho el bien, sino por no haberlo hecho... ¡Piense en ello...!

Abandonó sin prisas la estancia dejando a su interlocutor confundido y casi anonadado.

Durante unos instantes el hombre del pantalón de pana y la camisa a cuadros no supo qué hacer.

Al fin se aproximó a la mesa de los microscopios y observó a través del primero de ellos como si tratara de convencerse de que en verdad aquel cultivo se había destruido, y cuanto acababa de ocurrir era algo más que una inconcebible pesadilla.

Los pasillos aparecían silenciosos y en penumbras. De las habitaciones surgía, invisible e impalpable, un hedor a muerte claramente perceptible para quien como él, había atravesado cientos de veces aquellas puertas consciente de que al otro lado tan sólo iba a encontrar dolor y amargura.

Al tétrico lugar, Corredor de las Lágrimas, como algunos le denominaban, tan sólo le faltaban los cipreses y las lápidas para convertirse en parte del cementerio, y un viejo celador aseguraba que en los amaneceres se podía distinguir la negra silueta de la esquelética mujer de la guadaña recorriendo sin prisas las estancias para elegir, como si de un buen surtido supermercado se tratara, el menú del día.

De tanto en tanto se percibía un leve lamento, el estertor o la llamada de auxilio de quien advertía que se estaba ahogando, y que intentaba asirse con desespero a una mano que le permitiera mantenerse con vida aunque tan sólo fuera unos minutos.

El Cantaclaro aborrecía aquel sector del hospital casi con la misma intensidad con que adoraba su abigarrado cubículo del piso alto, pero tenía plena conciencia de que era la forma de vida que había elegido, y que tanto tiempo y esfuerzo debía dedicar a profundizar en sus investigaciones, como a atender lo mejor que supiera a cuantos infelices confiaban, de un modo casi irracional, en que fuera capaz de curarles.

Le constaba que su simple presencia, enfundado en este caso en una impecable bata blanca que no podía por menos que considerar una especie de sudario con el que acudía a visitar a quienes muy pronto lucirían una auténtica mortaja, impartía una especie de postrer hálito de esperanza a los desesperanzados, que al verle llegar parecían abrigar el absurdo convencimiento de que mientras el afectuoso doctor Guinea acudiera a visitarles no todo estaba definitivamente perdido.

Tan sólo él sabía a ciencia cierta que cuando se inclinaba sobre un paciente esforzándose por ensayar una leve sonrisa o musitar unas palabras de ánimo, era porque en verdad todo estaba perdido.

Para quienes no fueran capaces de entrar en él por su propio pie, el Corredor de las Lágrimas se transformaba en un tenebroso sendero que se recorría en un solo sentido, puesto que era cosa sabida que la ancha puerta verde que se abría al fondo, era la del enorme ascensor que descendía directamente al depósito de cadáveres.

Podría asegurarse que sus estancias no constituían más que auténticas «salas de espera» en las que ponerse a bien con Dios, y por las que el viejo y cansado padre Anselmo deambulaba día y noche intentando salvar lo único salvable entre tanto naufragio inevitable.

Aquella noche a Bruno Guinea se le antojaba, no obstante, una noche diferente, puesto que en lo más profundo del bolsillo de su camisa a cuadros, ocultaba un diminuto pastillero en cuyo interior dormía la esperanza.

¿Esperanza para quién?

Esperanza de vida para uno de aquellos agonizantes, ¡tan sólo uno!, y por lo tanto no podía por menos que preguntarse quién era él, y qué poderes le habían sido concedidos, para estar en condiciones de decidir a cuál de entre la masa de infelices criaturas le concedería la gracia de continuar viviendo.

¡Vivir!

¿Qué existía que pudiera ser más importante que el hecho de vivir para quien no tuviera la suerte de creer a pies juntillas en las promesas del padre Anselmo de que efectivamente existía un Más Allá?

Podía encontrarse gente muy rica y gente muy pobre en aquel pabellón.

Gente muy sabia y gente muy estúpida.

Gente buena y gente mala.

Pero en el fondo nada de ello se ajustaba exactamente a la verdad, porque lo único indiscutible era que en el deprimente Corredor de las Lágrimas no había más que pobres seres a los que el cáncer había convertido en tristes despojos que nada tenían que envidiarse o echarse en cara los unos a los otros.

Belleza, dinero, poder, cultura o inteligencia se amalgamaban con horror, miseria, impotencia, estupidez e ignorancia, puesto que allí el verdadero rey era un fiero instinto de supervivencia capaz de sacrificarlo todo a cambio de una hora de vida sin angustias ni sufrimientos.

El Cantaclaro saludó con un levísimo ademán de cabeza al encorvado sacerdote que susurraba algo al oído de una esquelética muchacha de inmensos ojos dilatados por el pánico, tomó nota mentalmente de cuántos pacientes se encontraban a punto de dar ya el último paso, y abandonó el lugar en busca de un poco de aire fresco.

Pero en la calle hacía mucho calor.

Calor pesado y seco de agosto madrileño, bajo el que la ciudad parecía oler de un modo tan sólo perceptible para quien habiendo llegado muy joven de una lejana provincia, hubiera pasado, como él, muchos años de penuria aspirando de cerca y a conciencia tan abigarrada mezcla de aromas en unos tiempos en los que los desodorantes no eran algo demasiado habitual entre los estudiantes.

Le gustaba aquel olor a verano; a resudada y mugrienta capa de *chotuno*, que era como solían llamarse los unos a los otros durante las alegres noches en que recorrían las calles del centro en busca de tabernas a las que entrar tocando la pandereta y cantando a voz en grito el archisocorrido «Clavelitos, clavelitos, clavelitos de mi corazón...» con la sana esperanza de que se recompensara su esfuerzo con unas huérfanas monedas que contribuyeran a pagar el mísero condumio del día siguiente.

Años de sueño y hambre.

Años de grandes ilusiones que nunca se cumplieron.

Años de «amistades eternas» tiempo atrás olvidadas.

Años de cortos e intensos amoríos.

Años de mucho hablar para no decir nada.

Los mejores.

Tomó asiento en un apartado banco de una plaza solitaria y silenciosa, con la mano acariciando el bolsillo en el que guardaba aquella misteriosa cápsula que tal vez tuviera la virtud de devolver la vida a un moribundo, preguntándose por enésima vez si todo cuanto estaba viviendo no sería en realidad más que el fruto de una espantosa pesadilla, y preguntándose de igual modo, por qué extraña razón el inquietante Ángel Negro le había elegido entre millones de posibles candidatos.

Él no era mejor ni peor que cualquier otro, de eso estaba seguro.

No era un santo, ni creía que su alma tuviera un valor especial.

Conocía sus defectos y sospechaba que el presunto «comprador de almas» los conocía de igual modo.

¿A qué venía entonces tan inusual propuesta?

De improviso una resplandeciente luminosidad cruzó frente a sus ojos como una estrella fugaz en exceso veloz para tener el tiempo suficiente de atraparla.

Fue como el fogonazo de un *flash* demasiado potente, que le deslumbraba, pero que al propio tiempo tuviera la virtud de permitirle descubrir los contornos de una realidad que nunca hubiera sido capaz de captar bajo una luz natural.

En ocasiones le había ocurrido algo semejante sin que nunca hubiera tenido la rapidez de reflejos necesaria como apresar la idea que atravesaba su mente como una bala de plata que se perdía de nuevo en la distancia.

Era como si todas las verdades del universo durmieran plácidamente en el más recóndito rincón de su cerebro, y por alguna extraña razón una de ellas se dejara entrever durante una milésima de segundo sumiéndole en la impotencia al comprender que había estado a punto de descubrir algo de la máxima importancia, pero que una vez más se le había escurrido entre los dedos.

Era como la bocana del puerto que desaparece de la vista en una noche de naufragio.

La puerta que se abre y se cierra cuando nos ahoga el humo de un incendio.

La esquiva silueta de Dios que cruza al final del túnel por el que avanzamos camino de la muerte.

Cerró los ojos esforzándose por conseguir que aquella brillante estrella iluminara de nuevo la noche madrileña.

El metálico runruneo de un camión de basura rompió el silencio.

Se tapó los oídos con los dedos en un inútil y casi infantil esfuerzo por recuperar el hilo de sus pensamientos, pero no obtuvo resultado alguno.

La estrella no volvía.

Y sabía por experiencia que jamás volvería.

Cuando abrió de nuevo los ojos descubrió la estilizada silueta de una muchacha que avanzaba sin prisas por mitad de la plaza.

Lucía unas botas rojas que le cubrían hasta medio muslo, una minúscula falda que dejaba a la vista sus rojas bragas, y un generoso escote que permitía admirar unos senos perfectos.

Era muy hermosa, increíblemente hermosa e increíblemente provocativa, y cuando se detuvo a menos de tres metros de distancia entreabrió las piernas y mostró una lengua húmeda y rosada para inquirir con cálido acento marcadamente sudamericano:

—¿Necesitas compañía?

—No, gracias.

—Por diez mil te hago pasar el mejor rato de tu vida.

—He dicho que no.

—Cinco mil por una mamada.

Ante la silenciosa pero insistente negativa, la barragana se limitó a tomar asiento en el extremo del banco para estirar las piernas con aire de supremo cansancio.

—Tú te lo pierdes... —dijo.

Permaneció en silencio, hasta que extrajo del bolso un cigarrillo, lo encendió, y tras lanzar un largo chorro de humo, musitó en voz muy baja:

—¿Has tomado ya una decisión?

Bruno Guinea, que no podía apartar la vista de aquel rostro realmente perfecto, replicó desconcertado:

—¿Una decisión sobre qué?

—Sobre lo que tanto te preocupa.

—¿Cómo sabes que algo me preocupa?

—Soy puta, no estúpida —sonrió exhibiendo una dentadura deslumbrante—. Y la que tienes que tomar es, a mi modo de ver, la decisión más difícil a la que nadie se haya enfrentado nunca.

—¿Se puede saber a qué coño te refieres?

—A saber que vas a condenarte por toda la eternidad manda cojones...

Bruno Guinea tardó en responder, se inclinó hacia delante y observó de arriba abajo a la descarada buscona como si la estuviera viendo por primera vez. Una sombra de sospecha cruzó ante sus ojos, y casi sin fuerzas para emitir las palabras inquirió:

—¿Quién eres en realidad?

—Me llamo Marión Buendía y nací en Santo Domingo, pero tú ya me has conocido por otro nombre.

El Cantaclaro tardó en reaccionar, lanzó una larga y suplicante mirada a su alrededor como si buscara a alguien que pudiera ser testigo de tan absurda situación, y por último se volvió una vez más a la portentosa criatura que ocupaba el otro extremo del banco.

—¡No puedo creerlo! —dijo—. ¿Damián Centeno?

—El mismo.

—¿Y a qué viene ese increíble cambio de aspecto?

—Se me antojó apropiado para el momento —fue la respuesta acompañada de una casi picaresca sonrisa—. Tanto da una apariencia como otra, y como no suelo encontrarme cómodo con ninguna, acostumbro a adoptar la que más me apetece, según las circunstancias. —Mostró el cigarrillo como si con ello estuviera aclarándolo todo al insistir—: ¿Qué mejor disfraz que el de putita barata en una bochornosa noche de verano?

—¿Y qué habrías hecho si hubiera aceptado que me la mamaras?

—Mamártela.

—No me imagino al todopoderoso Ángel Negro practicándole una felación a un mísero ser humano —musitó su interlocutor.

—En ese momento continuaría siendo una simple prostituta dominicana, aunque en el fondo tampoco tendría una especial trascendencia. Cosas peores me he visto obligado a hacer, puesto que sufrir las más terribles humillaciones forma parte del castigo que me fue impuesto en su momento.

—Tampoco lo hubiera imaginado nunca.

—¡Pues así es! Hubo un tiempo en que los teólogos aseguraban, y en cierto modo tenían razón, que soy como un perro rabioso amarrado a la gruesa cadena de la Ley del Señor. Aquel que se mantenga fuera de mi alcance, puede insultarme, apalearme, escupirme y someterme a toda clase de escarnios y vejaciones sin miedo a las represalias. Pero aquel que ose atravesar tan sólo un milímetro los límites marcados por la longitud de la cadena, estará perdido para siempre.

—Muy gráfico.

—Y muy exacto.

—¿Quiere eso decir que si hubiera aceptado que me la mamaras habría atravesado los límites marcados?

—¡Qué tonterías dices...! ¡Naturalmente que no!

—¿Acaso no es pecado? —quiso saber Bruno Guinea.

—¿Pecado una mamada...? ¿Adónde iríamos a parar? —Marión Buendía se inclinó para dejar la colilla de su cigarrillo en el suelo y aplastarla con el pie mientras permitía que quedaran a la vista sus rotundos pechos al tiempo que puntualizaba—: Uno de los principales defectos de casi todas las religiones se centra en el hecho de que han minimizado hasta casi la ridiculez el concepto de pecado. El pecado existe, naturalmente, pero considerar como tal el hecho de que alguien se meta tu polla en la boca, comas carne de cerdo, o trabajes un sábado, significa banalizar estúpidamente algo muy serio.

—Al fin y al cabo tan sólo están considerados «pecados veniales»... —le hizo notar su interlocutor.

—Pero muy mal considerados. Yo pequé al rebelarme contra el Creador y por ello fui castigado de la forma más terrible que se pueda imaginar, y la simple idea de que se pueda emplear la misma palabra, aunque se le añada la estúpida coletilla de «venial», para designar algo tan vulgar como una felación, me ofende y me indigna. Es como llamar «guerra» a una vulgar trifulca callejera. Todos los muertos de las auténticas «guerras» deberían agitarse en sus tumbas.

—No es más que una cuestión semántica —aventuró el Cantaclaro, que cada vez se sentía más confundido por el extraño giro que había tomado la, a todas luces surrealista, conversación—. Me sorprende que le des tanta importancia.

—Lo que tú llamas «semántica», es en realidad la forma que tiene cada cual de interpretar las cosas, en este caso, la palabra de Dios, y en mi opinión, no existe nada que haya derramado más sangre en este mundo que las distintas formas que tienen los hombres de interpretar esas palabras.

La hermosísima muchacha se puso en pie con aire de suprema fatiga, extendió la mano y le pellizcó levemente la mejilla al tiempo que susurraba:

—La importancia de las cosas tan sólo depende de en qué modo afectan a cada cual, y a mí ese tema me lleva afectando toda una eternidad. —Le guiñó un ojo con picardía al concluir—: Bueno... Ahora tengo que irme.

—¿Adónde?

—Con suerte podré hacer un último servicio antes de que amanezca.

—¿Es que piensas continuar con ese aspecto?

—No me queda otro remedio.

—¿Y eso...?

La dominicana se encogió de hombros al tiempo que abría las manos con las palmas hacia arriba como si con ello expresara la magnitud de su ignorancia.

—Por alguna extraña razón que nunca he llegado a entender, cada vez que decido adoptar una apariencia humana debo mantenerla, con todas sus consecuencias durante por los menos un día completo con el fin de que de ese modo consiga entender mejor los problemas y las angustias de los seres humanos. —Negó con un leve gesto despectivo—. Puede que eso me fuera útil en un principio, no lo recuerdo, pero lo cierto es que a estas alturas constituye un auténtico fastidio. Ya sé todo lo que se puede saber sobre vosotros, y no creo que follarme a un borracho maloliente me aporte nada nuevo. —Le mostró de nuevo la lengua en un gesto procaz—. Sin embargo contigo creo que hubiera pasado un buen rato... ¿Te animas?

—Ni por todo el oro del mundo.

—Lo comprendo... —la descarada barragana dejó escapar una escandalosa carcajada al admitir—: Y tal vez sea mejor así. ¿Te imaginas que de pronto me enamorase de ti? ¡Menudo lío!

—¿Estás loca?

—Siempre lo estuve. De lo contrario, jamás se me hubiera ocurrido la estúpida idea de rebelarme contra mi propio Creador... —Le lanzó un beso con la punta de los dedos al exclamar—: ¡Chao, cariño! Toma pronto tu decisión.

Bruno Guinea la observó mientras se alejaba contoneándose provocativamente hasta que se perdió de vista tras un seto.

Meditó largamente sobre cuanto acababa de ocurrirle, pero con la primera claridad del alba, cansado y dolorido, llegó a la amarga conclusión de que no había llegado a conclusión alguna.

Nada de cuanto había sucedido en las últimas horas tenía el menor sentido.

Se advertía vacío y angustiado, y su angustia aumentó cuando al palparse el bolsillo de la camisa descubrió que el pastillero continuaba allí, como mudo testigo de que lo que le estaba sucediendo era algo más que una inquietante pesadilla veraniega.

La aplastada colilla de un cigarrillo manchado de carmín descansaba a sus pies.

Amanecía.

La ciudad despertaba, y sin saber por qué le invadió la sensación de que despertaba a un mundo nuevo.

Todo, absolutamente todo, había cambiado.

—¿Piensas pasarte el resto de tu vida encaramado en esa ventana como un mochuelo en celo? —inquirió ásperamente Claudia Fonseca desde el umbral de la puerta—. ¿Qué diablos te ocurre?

Bruno Guinea, que se encontraba sentado en el quicio de la ventana, abrazándose las rodillas mientras observaba cómo llovía torrencialmente inundando el jardín central, se volvió para replicar con aire ausente:

—¡Ni lo menciones!

—¿A quién?

—Al Diablo...

—¡Vaya por Dios! —masculló la recién llegada—. Ahora resulta que te has vuelto supersticioso. Entiendo que el hecho de que esos cultivos se hayan jodido ha sido un duro golpe, pero tampoco es como para tomártelo así. Tú mismo has dicho que no esperabas que esa investigación te condujera a ninguna parte...

—No se trata de eso.

—¿De qué entonces?

—No puedo explicártelo. Lo único que quiero es que me dejen pensar.

—¿Pensar...? —se escandalizó la recién llegada—. Se te están secando las neuronas de tanto pensar.

—Al menos no me ocurre lo que a otros.

—¿Se encuentra peor Doña Bárbara?

—¡En absoluto!

—¿Problemas con los chicos...? —Ante la silenciosa negativa insistió—: ¿Estás enfermo? ¿Te has hecho un «chequeo»?

—¡Estoy bien! —replicó impaciente el Cantaclaro en tono agrio—. ¿Es que no entiendes que alguien necesite replantearse una serie de temas a los que antes no prestaba atención? Tal vez esté meditando sobre si presento o no mi candidatura a la dirección del hospital...

La enfurruñada enfermera le dirigió una despectiva mirada con la que parecía querer dar a entender que a ella nadie le tomaba el pelo.

—¡A otro perro con ese hueso...! —dijo—. Te conozco demasiado como para tragarme el cuento. La dirección del hospital te importa un rábano. Es otra cosa, pero ¿qué?

—¿Te has preguntado alguna vez quiénes somos, adónde vamos o de dónde venimos?

Ahora la expresión fue de asombro:

—¿Yo...? ¡Qué bobada! ¿Cómo voy a preguntarme algo que la humanidad lleva siglos preguntándose sin encontrar respuesta? ¿Acaso me consideras más inteligente que Sócrates o Platón, que o mucho me equivoco o eran los que se preocupaban por esos temas? Nunca perdería el tiempo en algo que sé que está fuera de mi capacidad intelectual, y lo que me extraña es que alguien como tú se lo cuestione. Siempre te he considerado una persona sensata y con los pies en la tierra.

—Pues la tierra empieza a moverse bajo esos pies

y todas mis convicciones están sufriendo un cambio —le hizo notar él—. ¿Crees en Dios?

—A mi manera como casi todo el mundo.

—¿Y en el Demonio?

—¿A qué viene esa chorrada...? —inquirió la otra evidentemente confusa.

Bruno Guinea que se había aproximado a la máquina del café le hizo un inequívoco gesto de invitación, y como ella se apresurara a aceptar, sirvió dos tazas que depositó sobre la mesa.

—A que me estaba preguntando si pudiera darse el caso de que el Demonio fuera el culpable de los males que afectan a la humanidad —replicó mientras lo hacía—. ¿Tal vez sea él quien provoca las guerras, los terremotos y las epidemias?

—¿El Demonio...? —inquirió la enfermera cada vez más estupefacta—. ¿El de los cuernos y el rabo...? —Agitó la cabeza con gesto pesaroso al añadir—: Creo que le pediré a Salcedo que venga a hacerte una visita, porque la destrucción de esos cultivos te ha afectado en exceso. Entiendo que descubrir que un trabajo de meses desaparece de la noche a la mañana duele cantidad, pero me sorprende que no sepas hacer frente al problema con la entereza que esperaba de ti.

—No se trata de los cultivos. En el fondo me alegra que se hayan destruido.

—¿Que te alegra?

—¡Naturalmente...! Si unos cultivos preparados para que células malignas se multipliquen velozmente, se destruyen, alguna razón habrá... ¿O no?

—Es de suponer... —Claudia Fonseca dudó un instante antes de inquirir—: ¿Pretendes decir con eso que tal vez has dado con un camino diferente?

—Aún es pronto para asegurarlo, pero entra dentro de lo posible.

—¿Y es en eso en lo que piensas tanto…? —Ante el mudo gesto de asentimiento puntualizó—: Si es así lo entiendo y me tranquiliza, porque lo cierto es que me tenías preocupada. ¿Necesitas algo?

—Paz… En estos momentos lo único que necesito es paz.

—Captado el mensaje… Pero te espero a las dos en punto en el comedor, o vendré a bajarte de una oreja… ¿Está claro?

Se encaminó a la puerta, la abrió decidida a marcharse, pero se sorprendió al enfrentarse a la figura de una mujer de unos cuarenta años, delgada, muy pálida y de aspecto enfermizo, que vestía una vulgar bata de flores y que inquirió en un tono de profunda timidez:

—¿El doctor Guinea…?

—Está ocupado —fue la agria respuesta.

—Dígale que Leonor Acevedo desea verle… —insistió la desconocida en un tono más firme—. Es importante.

Claudia Fonseca se volvió al que se suponía que era su jefe en lo que significaba una muda pregunta sobre si permitía entrar a la intrusa o la alejaba de allí con cajas destempladas, y éste le hizo un inconfundible gesto con la mano para que dejara franco el camino:

—¡Pase, Leonor, pase…! —dijo al tiempo que avanzaba hacia la puerta—. Me alegra verla en pie y tan animosa.

La buena mujer obedeció, pero aguardó impasible y en completo silencio hasta que se cercioró de que la enfermera les había dejado a solas, momento en que el tono de su voz y su expresión cambiaron al inquirir ansiosamente:

—¿Por qué yo?

—¿A qué se refiere...? —quiso saber Bruno Guinea.

—A la razón que le impulsó a elegirme entre tantos pacientes.

—No sé de qué me habla.

—Lo sabe muy bien —fue la respuesta—. En el pabellón había una treintena de moribundos, pero usted decidió salvarme a mí... ¿Por qué?

Tras meditar tan sólo unos segundos su interlocutor señaló con naturalidad:

—Probablemente porque tiene cuatro hijos pequeños.

—¡Lo imaginaba, pero quería oírselo decir! —exclamó de inmediato la buena mujer—. En efecto, tengo cuatro hijos a los que cuidar, y le doy gracias a Dios por el hecho de que lo tuviera en cuenta.

—Dios no tiene nada que ver con esto.

—Es cosa del Diablo, lo sé, pero como comprenderá no puedo darle las gracias al Diablo.

El Cantaclaro fingió escandalizarse al exclamar:

—Pero ¿qué tonterías está diciendo...? ¿De qué me habla?

—¡Ninguna tontería...! —fue la seca respuesta—. Le hablo de que en mis delirios de agonizante me vi de pronto en esta misma habitación, justo junto a la ventana y asistiendo a una extraña conversación entre usted y un hombrecillo de aspecto inquietante. Luego volví a descubrirle hablando con una descarada prostituta, y más tarde advertí cómo penetraba a hurtadillas en mi habitación y me obligaba a ingerir una pastilla. —Mostró las palmas de las manos en un gesto que parecía pretender explicar su actitud para concluir—: Por la tarde, cuando todos esperaban que lanzara de una vez el último suspiro, comencé a recuperarme y ahora ya puedo incluso venir por mi propio pie hasta aquí.

—¿Eso quiere decir que lo sabe todo?

—¡Absolutamente todo!

—¿Y qué opina?

—¿Qué quiere que opine? Prácticamente acabo de salir de la tumba puesto que en buena lógica a estas alturas debería estar ya en el tanatorio, y sin embargo hace una hora me han visitado mis hijos, que lloran de alegría al ver que se ha operado un milagro... Soy la última persona de este mundo que puede opinar sobre lo que está ocurriendo.

—Pero es que no tengo a nadie más a quien preguntar sin que me tome por loco —puntualizó Bruno Guinea—. Lo entiende, ¿verdad?

—Naturalmente que lo entiendo —admitió ella—. Pero ¿qué quiere que le diga? Soy parte interesada; la más interesada, puesto que si usted rechaza el trato tal vez yo me vea obligada a regresar a mi estado anterior, y sin embargo...

Se interrumpió bruscamente y tras una corta espera su interlocutor inquirió:

—Sin embargo... ¿qué?

—Que a mi modo de ver es mucho lo que le exigen.

—También es mucho lo que me ofrecen...

—Lo sé mejor que nadie, puesto que nadie ha estado al borde de una muerte tan horrenda —replicó Leonor Acevedo con desconcertante serenidad—. Muy pocos seres humanos conseguirían imaginar lo que he sufrido en estos últimos meses, sobre todo al comprender cuánto padecían de igual modo mi marido y mis hijos.

—En ese caso entenderá por qué tengo que pensármelo.

—Aun a sabiendas de lo que esa demoníaca oferta significará en un futuro para millones de infelices, me sigue pareciendo un precio excesivo.

—Excesivo, en efecto —reconoció el Cantaclaro—. Si me pidieran la vida no dudaría en ofrecerla, e imagino que serían muchos los que aceptarían de buen grado un sacrificio semejante, pero tener la seguridad de que voy a pasar el resto de la eternidad en el infierno, me aterroriza.

—¿Y a quién no? —quiso saber ella—. Por ello mi consejo es que lo olvide.

—Eso sí que se me antoja difícil —puntualizó Bruno Guinea—. Es posible que acepte el trato, y es posible que no, aún no lo he decidido, pero de lo que sí puede estar segura, es de que el recuerdo de cuanto ha ocurrido me obsesionará por el resto de mi vida.

—¡Lógico...! Pero lo que no se me antoja tan lógico, es la actitud de la otra parte.

—¿A qué otra parte se refiere? —inquirió su interlocutor que evidentemente no tenía muy claro de qué le estaba hablando.

—¡A fuerzas contrarias...! —fue la respuesta—. Si por lo que estamos viendo existe «el Mal», digo yo que de igual modo debe existir «el Bien», y dadas las circunstancias debería tomar cartas en el asunto. —Le dirigió una escrutadora mirada al añadir—: ¿No le ha visitado alguien?

Ahora sí que Bruno Guinea demostró a las claras que se encontraba absolutamente confundido y todo aquello se le antojaba incongruente.

—¿Alguien? —repitió—. ¿Alguien como quién...?

—Un enviado de la otra parte.

—¿Una especie de «Ángel de la Guarda»? —El tono de voz sonaba ligeramente burlón al aclarar—: No, que yo sepa. Ni creo que existan seis mil millones de ángeles de la guarda disponibles.

—¿Por qué no?

—Porque dudo que los ángeles se reproduzcan a la misma velocidad que las personas. Y si lo hacen más vale que se mantengan alejados puesto que han demostrado ser unos auténticos inútiles, cuando no unos temibles chapuceros.

—¿Cómo puede bromear con algo tan serio? —se lamentó ella.

—¿Y qué quiere que haga? ¿Echarme a llorar? Resulta evidente que eso que usted llama «el Bien» se ha olvidado de nosotros.

—Me cuesta aceptarlo puesto que va en contra de todo cuanto me enseñaron desde que nací —le hizo notar Leonor Acevedo—. Si Lucifer existe, y tanto usted como yo tenemos ahora la plena seguridad de que es así, también tienen que existir los encargados de enfrentarse a él.

—¿Encargados por quién?

—Por el Señor, naturalmente.

Bruno Guinea se encogió de hombros mostrando a las claras la magnitud de su incredulidad.

—Sospecho que el Señor no nos presta demasiada atención —dijo—. Y de igual modo empiezo a sospechar que desde el primer momento decidió que cada uno de nosotros se convirtiera en su propio «Ángel de la Guarda». Los conceptos morales de correcto e incorrecto anidan en lo más profundo de nuestra conciencia desde el día en que nacemos, y al parecer nuestra obligación es atenernos a ellos sin esperar ayuda exterior.

—En ese caso ¿por qué razón debemos esperar oposición exterior? —quiso saber Leonor Acevedo.

—Si no existiera oposición no existiría lucha... —le hizo notar su oponente—. De otro modo pasaríamos por la vida como una simple lechuga. Estos días he tenido ocasión de reflexionar sobre el tema, y he llegado a la conclusión de que tal vez no sea cierto eso de que una parte de las almas van al cielo, otras al infierno y otras al purgatorio. Lo más probable es que la inmensa mayoría se queden en el limbo.

—¿El «limbo»? —se sorprendió ella—. ¿Qué clase de «limbo»?

—Un limbo absolutamente vacío; es decir, la nada. Los buenos muy buenos irán al cielo; los malos muy malos, al infierno, pero todos aquellos que se han limitado a vegetar, pasando por la vida sin hacer ni el bien ni el mal, no serán merecedores de una vida eterna. Ni buena ni mala.

—No es eso lo que me enseñaron en la infancia...

—¡Ése es siempre el gran problema! —le interrumpió una ronca voz de marcado acento italiano—. En lo referente al Bien y al Mal todo cuanto les enseñaron en la infancia poco o nada tiene que ver con la realidad. ¡Con decir que hay gente que todavía se rige por la libre interpretación que ellos mismos hacen de un libro escrito hace miles de años...!

Tanto Leonor Acevedo como Bruno Guinea no pudieron por menos que volverse hacia la puerta, en cuyo quicio había hecho su desconcertante e inesperada aparición un elegante anciano extraordinariamente alto que comenzaba a despojarse con estudiada calma de su empapada gabardina.

Sonrió encantadoramente mientras la colgaba del perchero, y de inmediato se frotó las manos como si estuviera intentando entrar en calor.

—¡Increíble! —exclamó—. Estamos en pleno verano y sin embargo hace lo que ustedes llaman «un día infernal», pese a que no exista nada más alejado de la idea de infierno que la lluvia y el viento... ¿Cómo se encuentran?

—¡Sorprendidos! —se apresuró a replicar el dueño del abigarrado laboratorio—. ¿Quién es usted y quién le ha autorizado para irrumpir aquí de ese modo?

—Me llamo Nicola Capriatti y he venido a visitar a un sobrino que agoniza en el segundo piso. Es paciente suyo: Dario Capriatti.

—Sí... —admitió con acritud el Cantaclaro—. Es paciente mío, pero eso no justifica en absoluto su actitud.

—¡Oh, vamos, doctor! ¡No se me ponga así! —replicó el otro al tiempo que se servía un café sin pedir permiso—. Nos conocemos más que de sobra.

—¿Quiere decir que usted es...?

—¿Quién si no? Ya le advertí que me encanta cambiar de apariencia. —Hizo un gesto con la mano señalándose de arriba abajo—. Y ésta me gusta más que las anteriores: un elegante caballero veneciano está más en consonancia con mi auténtica personalidad que un reportero de tres al cuarto o un provocativo putón callejero.

—¿Y a qué viene ahora?

—A defender mis intereses naturalmente... —Se volvió a Leonor Acevedo que permanecía inmóvil como una estatua, pálida y sobrecogida por el terror—. ¡No ponga esa cara! —suplicó—. ¡No tiene nada que temer! Es usted una buena mujer, una esposa fiel, y una madre excelente, pero no se ofenda si le aseguro que la suya no es el tipo de almas que me interesan.

Le respondió apenas un hilo de voz:

—¿Y el cuerpo...?

—Le recomiendo que engorde unos kilos —fue la humorística contestación—. Se ha quedado en los huesos, pero en lo que respecta a su enfermedad, puede estar tranquila; se encuentra total y absolutamente curada. Puede que muera por un accidente, un infarto o incluso de un mal parto, ¡vaya usted a saber...!, pero nunca por culpa de un tumor. ¡A no ser que...!

—¿A no ser que, qué...?

—Que se le ocurra la estúpida idea de comentar esto con alguien. Si guarda el secreto, vivirá muchos años. Si dice una sola palabra, incluso a su marido, durará una semana. ¿Lo ha entendido? —Ante el aterrorizado gesto de asentimiento el llamado Nicola Capriatti inquirió—: ¿Cuento con su discreción?

—¡Me va la vida en ello...!

—En ese caso, le ruego que nos deje solos.

Leonor Acevedo se encaminó, como una sonámbula a la puerta, pero ya a punto de salir se volvió para inquirir con gesto de profunda preocupación:

—Le agradecería que me respondiera tan sólo a una pregunta: ¿es cierto que Dios se ha olvidado de nosotros?

—Mi obligación es pregonarlo, al igual que la obligación del otro bando es pregonar lo contrario —replicó sin perder el tono humorístico el veneciano—. Pero admitirá que de momento voy ganando.

—¿A qué se refiere?

—A que una cosa es cierta: los hombres llevan siglos matándose por imponer «al verdadero Dios», pero ninguno de ellos consigue que su Dios, sea el que fuere, mueva un dedo en su defensa.

—Continúa sin responder a mi pregunta, aunque, pensándolo mejor, prefiero no conocer la respuesta. Confío en no volver a verle nunca.

—¡De usted depende...!

La buena mujer abandonó la estancia cerrando cuidadosamente a sus espaldas, y durante unos instantes ambos hombres guardaron silencio, hasta que al fin el recién llegado inquirió:

—¿Y bien...?
—¿Y bien, qué?
—¿Acepta o no acepta mi oferta?
Bruno Guinea le observó como si no supiera de qué le estaba hablando.
—¿A qué viene esa pregunta si ha demostrado que es capaz de leer el pensamiento? —dijo.
—Puedo leer el pensamiento, pero no me está permitido adivinar las intenciones —fue la respuesta—. Y usted aún no ha tomado una decisión.
—Me había hecho a la idea de que su poder era total.
—No, en lo que se refiere al libre albedrío. En eso nadie está autorizado a intervenir, porque de lo contrario este juego no tendría la más mínima gracia.
—¿Realmente lo considera un juego? —quiso saber el Cantaclaro.
—A mí es el único que me divierte. A veces me paso años esperando a que haga su aparición alguien por quien valga la pena molestarse en adoptar esta ridícula apariencia humana, preparar la caña, lanzar el anzuelo y confiar en que el pez acabe por morder el cebo.
—¿Y qué clase de cebos acostumbra a utilizar?
Los hay de todo tipo, aunque ninguno comparable al de ahora. Le garantizo que si me falla me va a poner en un aprieto... —El supuesto italiano lanzó una corta carcajada—: ¡Ya no sé qué inventar...!
—Su sentido del humor se me antoja repugnante.
—Todo yo suelo ser repugnante —señaló el aludido que pareció desconcertarse levemente al descubrir que su oponente extraía del cajón de su mesa un grueso habano y se disponía a encenderlo—. ¿Desde cuándo fuma? —quiso saber.
—Desde que he descubierto que me ayuda a pen-

sar —fue la sencilla respuesta—. Y ahora necesito pensar.

—Pues le advierto que «fumar perjudica gravemente la salud» —le advirtió el otro—. Produce cáncer.

—Eso dicen... Pero ¿qué pasaría si aceptase su oferta y el cáncer desapareciese para siempre de la faz de la Tierra?

Nicola Capriatti se limitó a agitar burlonamente la cabeza.

—Que las compañías tabaqueras le harían un monumento, puesto que se evitarían tener que pagar miles de millones a cuantos han estado envenenando durante todos estos años.

Bruno Guinea concluyó de encender su cigarro, depositó con sumo cuidado la cerilla en un cenicero y masculló con evidente malhumor:

—¡Qué conversación tan estúpida! No hago más que darle vueltas a lo que quiero decirle, pero ahora únicamente se me ocurren tonterías.

—Es que no hay nada que traicione tanto al ser humano como su cerebro... —le hizo notar su oponente—. Cuanto más lo necesita, más le falla. Pero no tiene por qué preocuparse; nunca he hablado con nadie por inteligente que sea, que no se sienta perdido en mi presencia. No sé por qué razón inspiro pánico.

—¿Cómo que no sabe por qué razón? —exclamó el otro estupefacto—. ¡Es usted el Demonio...! ¡El mismísimo Satanás en persona!

—¿Y eso qué tiene que ver? —quiso saber el aludido—. Yo no arrastro a nadie al infierno contra su voluntad. Ya le dije la otra noche que soy como un perro encadenado, y que todos aquellos que tengan la conciencia tranquila no tienen nada que temer de mí, ya que no entra dentro de mis atribuciones causar daño a los justos.

—¿Ah, no?

—¡En absoluto! El alma humana es un castillo inexpugnable al que tan sólo tengo acceso cuando se me franquea la entrada.

Pero se mantiene siempre al acecho.

—¡Naturalmente! Es mi obligación, pero ahora estamos aquí, a solas, y es muy posible que sea yo quien se encuentre en inferioridad de condiciones, puesto que mis armas son mucho más débiles que las suyas. —Nicola Capriatti aventuró un claro gesto de impotencia—. Basta con que usted diga «no», para que yo esté definitivamente derrotado. Me ha ocurrido miles de veces y siempre tengo que acabar marchándome con el rabo entre las piernas.

—¿Realmente tiene rabo? —inquirió el Cantaclaro en tono de burla.

—¡Es un decir...! —replicó el otro visiblemente impaciente—. Ahora soy yo el que opina que éste es un «diálogo para besugos». ¡Vayamos al grano de una vez! ¿Acepta mi oferta o no la acepta?

—Supongamos que la aceptara... ¿Qué pretende que le diga al mundo: «Señores, el cáncer desaparece de la faz de la Tierra porque acabo de hacer un pacto con el Demonio». ¡Me encerrarían por loco!

—¡No! ¡Naturalmente que no puede decir eso! —protestó el italiano—. Pero yo le indicaría el camino: una nueva vía de investigación que le conduciría, directa y rápidamente, a un éxito indiscutible.

—¿Y cuál puede ser esa nueva vía? Que yo sepa ya se han investigado todas.

—Pero se han investigado siempre por el camino equivocado.

—¿Qué pretende insinuar...?

—Que la mayor parte de científicos se han dedicado a analizar el origen del cáncer, buscando en los propios tumores las razones por las que nacen, crecen o se desarrollan de una forma tan rápida y destructiva...

—Es natural —le hizo notar Bruno Guinea—. ¿Cómo pretende que se investigue la forma de combatir algo sin conocerlo a fondo?

—En eso precisamente radica el error —señaló convencido de lo que decía el elegante anciano que parecía feliz demostrando su sabiduría—. Nunca conocerán a fondo el cáncer puesto que su comportamiento resulta imprevisible. Nace, crece y se desarrolla en cualquier parte del cuerpo y cualquiera que sea la edad del paciente, su sexo, raza o condición social. Existe el cáncer de hígado, de pulmón, de mama, de huesos, de páncreas, de próstata o de sangre, y aparece entre los jóvenes, los viejos, los ricos, los pobres, e incluso entre la mayor parte de los animales. —Serpenteó con sus largas y delicadas manos sobre la mesa, como si correteara por ella—. Es un escurridizo monstruo con un millón de rostros diferentes, por lo que nadie conseguirá jamás conocer todas sus facetas.

—Eso ya lo sé —fue la sincera aceptación de una realidad en apariencia incuestionable—. Cada día me enfrento a él y nunca soy capaz de averiguar cómo va a evolucionar.

—En ese caso, entenderá que el camino elegido, cualquiera que sea, conducirá quizá a una solución concreta, pero que será siempre una solución parcial; nunca la definitiva con la que todos sueñan.

El Cantaclaro que había quedado como hipnotizado por las expresivas manos de su interlocutor, reflexionó unos instantes antes de comentar:

—No creo que nadie sueñe con una solución única a un problema tan complejo. Poco a poco, con tiempo y paciencia se irá venciendo en cada caso particular. Es como una pequeña guerra de guerrillas.

—Pero por desgracia las guerras de guerrillas suelen eternizarse —sentenció calmosamente el veneciano—. Lo que se gana hoy, se pierde mañana. Yo le estoy ofreciendo una solución que le conducirá a una victoria total sobre cualquier tipo de tumor maligno.

—Me cuesta aceptar que pueda existir. Incluso aunque sea el mismísimo Demonio quien lo asegure. ¿Quién me garantiza que no intenta engañarme?

—¿Y qué obtendría con engañarle? —se sorprendió el aludido—. Estaría perdiendo mi tiempo, puesto que si llegásemos a un acuerdo pero yo no cumpliera con mi parte del trato, el «contrato» dejaría automáticamente de tener efecto, con lo que usted quedaría de inmediato en libertad.

Bruno Guinea sopesó una respuesta que se antojaba lógica, se aproximó a la ventana y observó el exterior para comentar:

—Ha dejado de llover...

Guardó silencio de nuevo, ensimismado, como si se encontrara muy lejos de allí, fumando en silencio su maloliente habano y observado por un impasible Nicola Capriatti del que se diría que la paciencia formaba una parte muy importante de su forma de ser.

Al fin, sin volverse, musitó:

—Por más vueltas que le doy, no entiendo cómo sería posible combatir una enfermedad sin haberla estudiado hasta en sus más mínimos detalles.

El otro esbozó una leve sonrisa al replicar:

—Como suele decirse: «A menudo los árboles no dejan ver el bosque».

—¿A qué viene eso?

—A que la pregunta que todos los investigadores

se hacen es casi siempre la misma...: ¿Por qué razón se desarrolla un tumor?

—¿Y qué otra pregunta tendrían que hacerse?

—La opuesta: ¿Por qué razón no se desarrolla un tumor?

—No logro entenderle.

—Pues creo que resulta evidente.

—Perdone, pero no le veo la evidencia por parte alguna.

El italiano se limitó a agitar la cabeza como si le molestara tener que razonar con un retrasado mental, se puso en pie, se aproximó a su oponente y le golpeó apenas con el dedo a la altura del corazón.

—Un tumor, como todo aquello que vive y crece, necesita un medio receptivo en el que desarrollarse, puesto que nunca se daría en la arena, ni las rocas... ¿Cierto?

—Cierto.

—Pues al igual que una planta no crece en la roca, en la arena o en cualquier otro medio hostil, un tumor nunca podría desarrollarse si el medio resultara igualmente hostil... ¿Cierto?

—Cierto.

—En ese caso trate de imaginar que existiese una especie animal, preferentemente un mamífero, cuyo organismo resultase tan hostil, que nunca hubiese permitido el desarrollo de un tumor maligno... ¿Me sigue?

Bruno Guinea, que hasta ese momento parecía incrédulo o fatigado, cambió súbitamente de actitud.

—¡Le sigo...! Si esa especie de mamífero existiese...

Su oponente asintió con un leve ademán de la cabeza al tiempo que concluía por sí mismo la frase interrumpida.

—... analizando a fondo sus características acabaría descubriendo la razón por la que cierto tipo de tumores se desarrollan en determinadas circunstancias, y en otras no.

—Y eso ¿no facilitaría el camino hacia una solución definitiva?

—Desde luego.

—¿Y existe esa especie...? —inquirió Bruno Guinea casi con un hilo de voz.

El italiano afirmó con la cabeza.

—Existe.

—¡No puedo creerlo!

—Si no existiese, yo no tendría nada que hacer aquí.

—¿Y cuál es?

El otro no pudo por menos que dejar escapar una corta carcajada al tiempo que hacía girar repetidamente el dedo índice frente a sus ojos.

—Ésa es la pregunta del millón de dólares, querido amigo —replicó—. La pregunta que vale el alma de un justo... ¡La suya! He dedicado muchos años, quizá siglos, a la búsqueda de ese mamífero, y le aseguro que hubo un momento en que casi me di por vencido, pero al final lo encontré. La cápsula que curó a esa buena mujer provenía de él.

—Me cuesta aceptarlo.

El otro extrajo del bolsillo superior de su chaqueta una diminuta botella que le colocó sobre la palma de la mano y que le obligó a cerrar a continuación.

—Prepare un nuevo cultivo —dijo—. El más virulento que sea capaz de ingeniar, y cuando se encuentre en plena expansión rocíelo con una mínima parte de este líquido... ¡Se destruirá en el acto!

—¡Dios bendito...!

—¡No lo mezcle en esto! Ni siquiera sabe que

existe este animal. Resulta incongruente, ¿no cree? «El Bien» permite que exista el cáncer, y «el Mal» dedica todos sus esfuerzos a combatirlo... Se diría que el mundo está del revés, pero como le dije el otro día, en mi caso el fin justifica los medios.

—Me lo está poniendo muy difícil.

—¡Ésa es mi misión! Tentarle con algo que merezca la pena.

—Lo encuentro francamente canallesco...

Se diría que en aquellos momentos el elegante caballero parecía encantado consigo mismo, puesto que sonrió ampliamente al replicar:

—¿Verdad que sí...? A menudo no puedo por menos que felicitarme por mi astucia. Las almas en verdad valiosas no son fáciles de atrapar, puede creerme, pero «más sabe el Diablo por viejo, que por Diablo». Tal como le advertí, en este caso el cebo es realmente apetitoso.

—Pero en este caso el pez sabe que si lo muerde se pierde... Y que se pierde para siempre.

—¡Cuento con ello! Pero la paciencia ha sido siempre la principal virtud de un buen pescador, que nunca confía en capturar su presa a las primeras de cambio... Se sienta, y espera. Y le garantizo que mi paciencia es infinita.

—Pero mi tiempo de vida, no. Y esa abismal diferencia entre lo finito y lo infinito es lo que dificulta la comprensión entre los seres humanos y los dioses... O los demonios.

—Ahora soy yo quien no acaba de entenderle.

—Me refiero a que nuestros puntos de vista son tan marcadamente diferentes, que raramente llegan a coincidir, de la misma manera que no pueden coincidir el punto de vista de un ser humano que vive cien años, y el de un insecto que únicamente sobrevive tres días. Por mucho que me esfuerce, el concepto de eternidad se me escapa, y por lo tanto se me escapa la razón por la que puede interesarle adueñarse de mi alma por toda una eternidad.

El anciano hizo un leve gesto de asentimiento al tiempo que tomaba asiento de nuevo.

—Me hago cargo del origen de sus dudas —dijo—. He visto desaparecer cientos, tal vez miles de generaciones, y admito que cada una de ellas ha significado para mí menos que un parpadeo, pero ahora no se trata de adueñarme de su alma por toda la eternidad, sino tan sólo del placer de adueñarme de ella... Es como el hecho de conquistar a una mujer especialmente hermosa: lo que se pretende es poseerla, no poseerla para siempre, lo cual tal vez acabe por resultar fastidioso.

—Lo malo es que, en este caso, no hay vuelta atrás —le hizo notar su interlocutor.

—¡Desde luego! Tengo un acusado sentido de la propiedad, y cuando me apodero de un alma es para siempre, pese a que me consta que quizá muy pronto me canse de ella.

—¿O sea que no es más que un coleccionista de almas?

—¿Y qué quiere que coleccione...? —inquirió el otro dejando escapar una divertida carcajada—. ¿Abanicos? Yo me aprovecho de las cosas materiales, pero mi mundo es esencialmente espiritual, y de ese modo he conseguido una maravillosa colección de almas en su mayor parte insospechadas.

—¿Y de qué le sirve una más?

—Es mi sino... Fui creado para eso. Y tal vez le enorgullezca saber que la suya no es «una más». —Le apuntó con el dedo—. Como ya le dije, la considero un alma especialmente interesante. Digamos que una auténtica pieza de coleccionista.

—Continúo sin creérmelo... —replicó de inmediato el Cantaclaro—. Conozco mis defectos, sé que no soy tal como intentan hacerme creer con tantas adulaciones, y por ello hay algo en todo esto que me huele mal.

—Pues le aseguro que hoy me he dejado la «esencia de azufre» en casa... —El tono de Nicola Capriatti era ahora de franca lamentación—. Está claro que vivimos malos tiempos. Yo era el ser más odiado y temido del universo, pero ahora la mayoría de la gente ni me cree, ni me toma en serio.

—Puede que la culpa sea suya, puesto que, en este caso particular, no está dando una imagen en absoluto terrorífica.

—Es que mi misión no es aterrorizar aquí en la Tierra. Ya se lo he dicho. Para eso están los dictadores, los violadores, los asesinos, los pedófilos y los psicópatas. A mí no me preocupa en absoluto que los seres humanos tengan una vida alegre y feliz porque «mi reino no es de este mundo», y bajo ningún concepto debo adelantarme a los acontecimientos.

—¿Usted los espera más tarde, cuando les ha llegado el momento de rendir cuentas?

—¡Exacto! ¿Y quiere saber algo curioso? Lo que hayan podido sufrir aquí en la Tierra, poco o mucho, no les computa luego. No reduzco a nadie su condena por el hecho de que en vida padeciera hambre, enfermedades o torturas puesto que lo que castigo son sus actos con total independencia de su entorno.

—Lo considero injusto —sentenció Bruno Guinea—. Las circunstancias casi siempre constituyen un atenuante.

—No en este caso, puesto que soy el encargado de hacer cumplir el castigo, y por mi propia naturaleza suelo ser visceralmente injusto, ya que como le dije, quien podría llamarme al orden se encuentra muy, muy lejos. —Guardó silencio unos instantes como si estuviera escuchando un sonido distante y al poco puntualizó—: Su amigo Alejandro acaba de llegar y pronto subirá a verle. —Señaló con un gesto la botella que el otro mantenía firmemente aferrada—. Le dejo el cebo para que se entretenga, pero tenga algo muy presente: aun en el caso de que acepte el trato, no se lo voy a poner fácil. Le daré pistas, pero tendrá que ser usted, personalmente, quien encuentre a ese animal.

Se irguió con gesto cansino, descolgó su gabardina y extrajo del bolsillo interior un sobre que depositó sobre la mesa.

—Aquí le dejo un billete de avión y una invitación con todos los gastos pagados, para asistir a un seminario de oncología en Quito, Ecuador. Si se encuentra allí dentro de dos semanas volveremos a vernos. En caso contrario, ésta será nuestra última entrevista.

—¿Por qué Ecuador?

—Porque es el único lugar en que vive nuestro buen amigo, y le aseguro que es realmente escurridizo.

Salió dejando a su interlocutor inmóvil, desconcertado y observando, pensativo, la botella.

Al poco abrió la nevera, extrajo un frasco y colocó una pequeña parte de su contenido en el portaobjetos del mayor de los microscopios.

Observó con atención, y al cabo de unos instantes le aplicó una gota del contenido de la botella, observando de nuevo.

Lo que descubrió le obligó a tomar asiento, con los codos apoyados en la mesa y la cabeza entre las manos, profundamente pensativo.

Al cabo de un largo rato la puerta se abrió para que hiciese su aparición la siempre atildada figura de

Alejandro de León Medina que le observó con cierta perplejidad y que acabó por inquirir en tono de preocupación:

—¿Te ocurre algo?

—Estoy bastante jodido.

—¿Y a qué atribuyes tan evidente mejoría...? —quiso saber el recién llegado—. Porque por lo general tú sueles estar completamente jodido.

—¡Muy gracioso! —mascculló agriamente su amigo—. ¿Qué tal por Roma? ¿Desfilaste disfrazado de *drag-queen* o de Caperucita Roja?

—De odalisca... —fue la divertida respuesta—. Y me ligué a un vikingo encantador. Pero lo cierto es que la manifestación fue un auténtico fracaso. A Roma, desde la frustrada visita de Atila ya no le impresiona nada.

—¿Y qué esperabas de una ciudad que gobernó Julio César? ¡Más *drag-queen* que ése...! —Hizo un gesto hacia el teléfono—. Te llamó Roberto.

—Lo sé. Está en la cárcel, y espero que se pudra en ella... ¡Pero dejemos eso! Claudia está más preocupada que de costumbre por tu manera de comportarte. ¿Algún problema?

El otro le hizo un gesto para que se aproximase y echase un vistazo a través del microscopio.

—¿Qué ves? —inquirió.

El apodado Canaima se aproximó, observó con atención, y al poco se alzó de nuevo encogiéndose de hombros.

—Células muertas —dijo.

—¡En efecto! —admitió el otro—. Células de un tumor maligno especialmente virulento, que hace unos minutos se multiplicaban con rapidez, pero que de repente han muerto. —Le miró de frente al inquirir—: Según tú, ¿qué significa eso?

Alejandro de León Medina se limitó a encogerse de hombros al replicar en tono de fingida indiferencia:

—Ni soy investigador, ni tengo la más puñetera idea de en qué carajo estás trabajando, pero si no has utilizado ninguno de los sistemas de destrucción habituales, tal vez hayas descubierto algo importante.

—Eso es lo que creo.

—¡Vaya por Dios! —exclamó el otro divertido—. Ahora va a resultar que estamos ante un Fleming o un Pasteur...

—¡Déjate de tonterías! —masculló su compañero de universidad en tono agrio—. ¿Qué opinas?

—¿Y yo qué sé? ¿Con quién lo has consultado?

—Con nadie.

Ahora sí que el Canaima pareció extrañarse.

—¿Y eso? —quiso saber—. Tenía entendido que los investigadores os apresurabais a compartir vuestros descubrimientos.

—Pero es que aún no sé si he descubierto algo que valga la pena...

—¿Y cómo esperas averiguarlo si no lo consultas?

—Es que puedo caer en el más espantoso de los ridículos.

Alejandro de León Medina negó con la cabeza al tiempo que se aproximaba a la ventana, la abría y aspiraba profundamente.

—Me encanta el olor a tierra mojada —dijo, y tras una corta pausa añadió no sin cierta amargura—: Esa respuesta confirma mi teoría de que uno de los peores enemigos de la humanidad, y en especial de nosotros, los españoles, es el miedo al ridículo. Tipos de gran talento, podrían haber hecho cosas importantes pero nunca llegaron a parte alguna por temor a un «qué dirán» que les castra.

—¿De qué coño hablas...? —protestó su amigo.

—De que en este país las nuevas ideas suelen ser mal acogidas por quienes no las tienen, que no encuentran otro modo de enmascarar su impotencia que la burla y el desprecio —fue la serena respuesta—. Eso hace que mucha gente de talento se retraiga a la hora de expresarse, y me dolería que fueras uno de ellos. —Le miró directamente a los ojos para concluir seguro de sí mismo—: Si crees que lo que estás haciendo es importante sigue adelante y olvida las críticas.

—En tu posición es fácil decirlo —se lamentó Bruno Guinea—. Pero ten presente que si doy un paso en falso me resultará muy difícil recuperar el escaso prestigio profesional que tanto esfuerzo me ha costado conseguir.

—¿Acaso ese prestigio vale lo que un nuevo horizonte en la lucha contra el cáncer? —inquirió el Canaima estupefacto—. Yo daría, no ya mi prestigio, sino incluso mi vida por entrever ese nuevo horizonte.

—¿Realmente darías la vida?

—¡Y mil que tuviese! La vida de un homosexual que se siente envejecer sin afectos, y sabiendo que se va a pasar los años que le quedan pagando a sucios «chaperos» para que finjan un amor que no sienten, no vale nada frente a un logro tan importante para la humanidad.

—¿Y si te exigieran algo más que la vida?

Ahora sí que Alejandro de León Medina permaneció mudo unos instantes, puesto que se diría que no había entendido la pregunta.

—¿Algo más que la vida? —inquirió al fin—. ¿Qué hay que pueda ser «algo más que la vida»?

—La vida eterna.

—Ni tú ni yo creemos en eso —protestó—. Nunca hemos creído.

—Puedo haber cambiado de opinión.

—Y yo puedo haberme convertido en heterosexual. ¡No te jode! Ya en la universidad estábamos de acuerdo en que Dios no era más que un invento necesario para cierto tipo de personas entre las cuales no nos incluíamos. Y resultaría admisible que yo, en mis noches de desesperación intentase encontrar consuelo en la hipotética existencia de un mundo mejor. ¡Pero tú...! —le apuntó casi acusadoramente con el dedo al puntualizar—. Tú no necesitas aferrarte a ningún clavo ardiendo.

—Según eso... —argumentó Bruno Guinea—. La inmensa mayoría de la gente, que de un modo u otro cree en la existencia de un ser supremo, está equivocada.

—«Quiere» estar equivocada porque «necesita» estar equivocada —fue la respuesta—. Lo hemos discutido un millón de veces, y siempre estuvimos de acuerdo. ¿Ha ocurrido algo que te haya hecho cambiar?

—Nada. No ha ocurrido nada... ¡O quizá sí! Quizá me estoy haciendo viejo y ello me obliga a replantearme una serie de cuestiones.

—Me decepcionaría que así fuera. Siempre he considerado que eres el hombre de convicciones más firmes que conozco.

—«Es de sabios cambiar de opinión» —le recordó su amigo.

—Pero aún no me consta que seas un sabio. A no ser que me demuestres que has encontrado una nueva vía para combatir el cáncer, y además lo pregones sin miedo a los críticos, nunca aceptaré que eres un sabio con derecho a cambiar de opinión...

—¿Y qué dirías tú mismo si de pronto un medicucho de tres al cuarto, y sin más ayuda que un par de viejos microscopios, proclamara a los cuatro vientos que cree haber encontrado el camino que conduzca a acabar con la peor de las enfermedades que azotan a la humanidad? —quiso saber el Cantaclaro.

—Que pretendía llamar la atención o estaba loco —admitió con indiscutible sinceridad su oponente—. A no ser que me dieras una explicación convincente de por qué has llegado a esa conclusión.

—Lo malo es que no tengo ninguna explicación «convincente»... —le hizo notar el otro—. Mi teoría, si es que existe, no se sustenta sobre ninguna base sólida.

—¿De qué estamos hablando entonces? —inquirió un desconcertado Alejandro de León Medina—. Esos cultivos se han destruido, pero admites que no sabes la razón. —Entrecerró los ojos hasta casi convertirlos en un par de rendijas al preguntar con marcada mala intención—: ¿Acaso es eso lo que pretendes insinuar?

—*Sé* cuál es la razón —aventuró Bruno Guinea—. Y si no lo sé, al menos lo sospecho. Pero no puedo decírtelo. Ni a ti ni a nadie.

—¿Y si tus sospechas se confirmaran?

—En ese caso, tal vez lo diría...

—¿A qué esperas entonces...? ¡Ponte a trabajar!

—No resulta fácil.

—Cuando es tanto lo que está en juego nada resulta fácil, querido mío, y si me necesitas me ofrezco como conejillo de indias aunque me juegue la vida en el intento.

El Cantaclaro le observó de arriba abajo y al fin esbozó una leve sonrisa irónica al comentar:

—No te me pongas melodramático. A ti te va disfrazarte de «conejita del *Playboy*», no de «conejillo de indias». —Extendió la mano y le revolvió afectuosamente el cabello al tiempo que inquiría—: Por cierto... ¿Qué sabes del Ecuador?

—Que es la línea que divide en dos la Tierra.

—¡No seas bruto! Me refiero al país.

—¿Y qué quieres que sepa...? —protestó el Canaima levemente amoscado—. Que está en Sudamérica y que por lo que cuentan es muy bonito... ¿Por qué quieres saberlo?

El otro hizo un leve ademán con la barbilla hacia el sobre que descansaba sobre la mesa.

—Me han invitado a un seminario de oncología en la Universidad de Quito.

—¿Y piensas ir?

—Tengo que pensármelo. Alicia está pasando por uno de sus malos momentos.

—Sabes que puedo cuidar de ella mejor que tú.

—¡No es lo mismo!

—Lo que tienes que hacer es evitarle disgustos, y si sospecha que no haces algo que consideras importante por culpa de ella, se disgustará. ¡Y mucho!

—¿Que se ha suspendido...?

—Así es.

—¿Pretende hacerme creer que he volado más de doce horas, atravesando el océano para asistir a un congreso que ha sido suspendido...?

—Me temo que sí.

El perplejo y casi indignado Bruno Guinea no podía apartar la vista del atribulado rostro de la sudorosa gorda que se sentaba frente a él, y cuya abundante transpiración parecían deberse más a lo embarazoso de la situación que a las altas temperaturas generadas por un inclemente sol que caía, más vertical que en ningún otro lugar del mundo, sobre los frondosos jardines que rodeaban la piscina del coqueto hotel de arquitectura colonial.

—¿Y por qué no me han avisado?

La vicerrectora se pellizcó nerviosamente la barbilla, se enjugó dos panzudas y brillantes gotas que le descendía por la prominente papada y carraspeó repetidas veces antes de replicar:

—Porque no teníamos idea de quién era usted, ni dónde podíamos encontrarle.

—¿Y eso?

—Lo único que sabíamos era que una asociación médica panameña había abonado los gastos de un oncólogo español de reconocido prestigio, pero cuando se decidió la suspensión no pudimos localizar a nadie en Panamá, y por lo tanto nuestra única esperanza se centró en que usted se enterara por cualquier otro medio y decidiera anular el viaje.

—Pues resulta evidente que no me había enterado... —admitió el cada vez más abatido Cantaclaro lanzando un resoplido con el que al parecer pretendía expresar la magnitud de su malhumor y frustración—. ¿Y a qué se debe la suspensión, si es que puede saberse? —inquirió.

—Razones políticas, como siempre. Nuestra situación económica pasa por un momento particularmente difícil, y tanto los sindicatos como las asociaciones indígenas han convocado a una huelga general de carácter indefinido... —El rezumante saco de grasa enfundado en un amplio vestido color malva emitió lo que parecía un quejumbroso lamento—. Aquí todo es así. Nunca se puede hacer planes a más de tres meses vista, puesto que lo más probable es que en el transcurso de ese tiempo el panorama haya cambiado de un modo radical. Ésta es la cuarta vez que nos vemos obligados a suspender un evento de relativa importancia.

—¡Vaya por Dios...! Sí que he tenido mala pata.

Doña Cecilia Prados de Villanueva alargó una mano que parecía pesar como un ladrillo, y la colocó afectuosamente sobre la de su interlocutor que descansaba sobre la mesa.

—¡Por suerte...! —dijo—. Esta misma mañana hemos recibido un fax en el que se asegura que está usted interesado en estudiar la fauna de nuestra Alta Amazonía, y eso es algo en lo que estoy convencida de que podremos serle de mucha utilidad aunque tan sólo sea por el hecho de intentar compensarle de algún modo.

—¿Y de dónde ha llegado ese fax? —quiso saber el cada vez más confuso Bruno Guinea.

—De Panamá.

—Entiendo...

La otra la observó no sin cierta sorpresa al inquirir:

—¿Es que acaso no le interesa la fauna amazónica?

—¡Sí, desde luego...! —replicó de inmediato el Cantaclaro fingiendo haberse distraído en seguir con la vista la escultural silueta de una muchacha que surgía en esos momentos de la piscina con el cabello empapado, aunque lo que en verdad pretendía era darse tiempo para reflexionar sobre el rumbo que estaban tomando los acontecimientos.

Pese a esforzarse por conseguir que sus palabras sonaran sinceras, resultaba evidente que no conocía a nadie en Panamá, aunque no necesitaba estrujarse mucho el cerebro para llegar a la conclusión de que «alguien» —y sabía muy bien de quién se trataba en esta ocasión— estaba esforzándose a la hora de encaminar sus pasos en una dirección muy concreta.

—Siempre me ha interesado extraordinariamente la fauna de la Alta Amazonía —musitó al fin—. Se me antoja fascinante.

—¿Y eso por qué? —inquirió una, a todas luces desconcertada vicerrectora—. El archipiélago de las Galápagos constituye el más perfecto escaparate evolutivo del planeta, con docenas de especies endémicas de enorme interés científico, e incluso en la región del río Napo se encuentra la mayor concentración de mariposas del mundo... —Negó una y otra vez con la cabeza agitando de un lado a otro su espectacular papada—. Pero que yo sepa, a partir de los dos mil metros de altitud, apenas existe vida animal en lo que creo que constituye uno de los lugares más inhóspitos e inexplorados de los que se tiene noticias.

—Por eso mismo me interesa... —se apresuró a responder su interlocutor con absoluto desparpajo—. Al ser un lugar inhóspito e inexplorado, confío en encontrar especies totalmente desconocidas.

—¿Como cuáles?

—Si lo supiera ya no serían desconocidas.

—Eso es muy cierto, pero quiero suponer que al menos tendrá una ligera idea de qué es lo que anda buscando.

—Ni la más remota...

Doña Cecilia Prados de Villanueva, que pese a su volumen y tamaño tenía unos delicados rasgos que evidenciaban que veinte años atrás debió ser una mujer sumamente atractiva, parpadeó varias veces, alzó el dedo índice como si pidiera un «tiempo muerto» y sin mediar palabra se encaminó, balanceando su inmenso corpachón, hacia el cercano «vestuario de señoras».

Su acompañante no pudo por menos que agradecer el corto interludio, puesto que le concedía un tiempo que le estaba haciendo cada vez más falta para adaptarse a las nuevas circunstancias.

Empezaba a deducir que al parecer la supuesta solución al problema del cáncer que preconizaba el Maligno tenía su raíz en algún perdido rincón de los Andes ecuatorianos, aunque tenía razones más que suficientes para sospechar que la información le sería proporcionada con cuentagotas y por los muy enrevesados senderos por los que evidentemente le gustaba transitar a su mentor.

Debido a ello se encontraba ahora allí, sobre la

misma raya que dividía en dos la Tierra, a las faldas de un impresionante volcán que lanzaba columnas de humo amenazando con provocar una catástrofe, y consciente de que cuanto más avanzase por tan agrestes senderos, más se aproximaría a su definitiva perdición.

Y era aquel un juego demoníaco del que acabaría por convertirse en el único perdedor.

Un juego al que en buena lógica debería renunciar en aquel mismo momento.

Pero decidió esperar.

Cuando a los pocos minutos la elefantiásica mujer tomó de nuevo asiento, sonrió de oreja a oreja al comentar sin el menor sonrojo:

—Perdóneme, pero es que me veo obligada a tomar diuréticos para intentar perder peso, y cuando me hacen efecto tengo que echar a correr o convierto el lugar en una sucursal del Niágara... —Sorbió con la pajita los últimos restos del batido de guaraná que había pedido, e inquirió sin perder su agradable sonrisa—: ¿De modo que admite que no tiene ni la más remota idea de qué es lo que anda buscando?

—¡Exactamente!

—Pero aun así ¿tiene intención de ir a buscarlo?

—Desde luego.

—¿Por qué?

—Razones personales...

—Las respeto, pero le advierto que la región amazónica andina tiene fama de ser un lugar realmente peligroso.

—Lo imagino...

La algo más que exuberante señora agitó repetidamente la pajita que tenía en la mano con el fin de que se desprendieran las últimas gotas que conservaba en su interior, y cuando lo hubo conseguido apuntó con ella hacia el busto de bronce que se alzaba en el extremo más alejado de los jardines, cuyas barandillas se abrían hacia un ancho y verde valle que se perdía de vista en la distancia.

—Aquél es el monumento a Francisco de Orellana, que en compañía de cinco mil hombres, cuatro mil llamas, novecientos perros y doscientos cincuenta caballos, partió en busca del mítico El Dorado y el fabuloso País de la Canela —dijo—. No encontró ni lo uno ni lo otro pero descubrió el mayor río del mundo, uno de cuyos afluentes cruza por allá abajo, a unos doscientos kilómetros de distancia.

—Sí... —admitió su interlocutor—. Eso ya lo sabía. Las guías turísticas aseguran que esa epopeya constituye una parte muy importante en la historia del Ecuador.

—Pero lo que tal vez no sepa, es que la expedición estuvo vagando por esa maldita región más de un año, cuatro mil de sus cinco mil componentes y todas las bestias murieron, los supervivientes se vieron obligados a regresar en las peores condiciones imaginables, y tan sólo cincuenta y siete locos al mando del tuerto Orellana fueron capaces de cruzar al otro lado.

—¡Caray! —No pudo por menos que exclamar el sinceramente impresionado Cantaclaro—. ¿Está intentando decirme que ésa es la famosa Alta Amazonía ecuatoriana que me he propuesto explorar?

—Ni más ni menos... —fue la sincera respuesta—. Y le garantizo que nadie ha sido capaz de seguir las huellas de Orellana a pesar de los siglos transcurridos. El tramo que se extiende desde donde alcanza la vista, hasta las orillas del Napo es lo que suelen llamar «la Caída al Infierno».

—¡Pues qué bien...!

—¿Tiene costumbre de andar por la selva?

—No la he visto más que en películas.

—¿Alguna noción de alpinismo?

—Odio las alturas.

—¿Le gusta caminar?

—De mi casa al hospital... Y no siempre.

—¿Ha hecho algún curso de supervivencia?

—¿De superqué...?

—¡Olvídelo...! —Doña Cecilia Prados de Villanueva lanzó un hondo suspiro antes de puntualizar—: Creo que lo mejor será que le organice una visita a las Galápagos...

—Me encanta la idea, pero no se me ha perdido nada en las Galápagos... —le hizo notar su interlocutor.

—Menos aún se le ha perdido ahí abajo, créame... —puntualizó la gorda segura de sí misma—. En conciencia me veo obligada a evitar que cometa una locura. La institución a la que pertenezco no aceptaría la responsabilidad que significa enviar a la muerte a uno de sus ilustres invitados.

—Pero yo ya no soy su invitado... —le hizo notar con toda la razón del mundo Bruno Guinea—. Y mucho menos, «ilustre». El congreso se ha suspendido, ahora actúo por mi cuenta, y le quedaría sumamente agradecido si me recomendase a alguien que pudiera servirme de guía y consejero en tan inhóspita región.

—No creo que pueda hacerlo.

—¿Por qué?

—Porque la mayor parte de cuantos se han adentrado en esa tenebrosa región, han desaparecido —aclaró la gorda a la que se advertía cada vez más incómoda—. La última gran expedición que se organizó, la de Pazmiño, y el inglés Snow, permaneció perdida durante meses, la mayor parte de sus hombres murieron, y si ellos dos se salvaron fue únicamente gracias a que el piloto de un helicóptero de los campos petroleros del Napo se jugó la vida al acudir a rescatarlos, aunque mejor hubiera sido que los dejara morir allí porque a mi modo de ver eran un par de hijos de puta que merecían estar muertos. —De improviso la expresión de la buena mujer cambió, e inclinó la cabeza para observar burlona a su compañero de mesa al tiempo que inquiría—: Seguro que se está preguntando cómo es posible que toda una señora, porque sin lugar a dudas lo soy, puede hablar y comportarse de esta manera... ¿Me equivoco?

—No mucho.

—¿Le gustaría conocer mis razones?

—Podría ser interesante...

—Lo es, se lo aseguro. —Doña Cecilia Prados de Villanueva hizo un gesto al camarero, que se mantenía siempre a más que prudente distancia, para que les sirviera una nueva ronda, y tras tomarse unos segundos para medir bien sus palabras, añadió—: Yo era, no hace aún demasiados años, la mujer más hermosa y deseada de Ecuador. Alta, esbelta, inteligente, hija única del hombre más rico del país, y con una brillante carrera por delante. —Agitó la cabeza como si le costara trabajo aceptar sus propias palabras para exclamar casi irónicamente—: ¡La perfección entre las perfecciones...! Supongo que cuesta trabajo admitir que exista alguien así, pero existía, y ésa era yo, se lo aseguro.

—Le creo.

—Era perfecta, repito, y lo increíble es que para colmo de dichas encontré el marido perfecto, con el cual viví los tres años más maravillosos que ser humano pueda soñar. —Aguardó a que colocaran ante ella lo que había pedido, bebió despacio, y cuando el camarero se hubo alejado, continuó—: Por si todo ello no bastara, al cabo de ese tiempo di a luz a una niña preciosa, y lo único que le pedí a la Virgen fue que mi hija creciera sana y yo recuperara lo antes posible mi figura de antaño.

—Pero ¿no fue así?

—Usted lo ha dicho. Sin razón alguna y en contra de toda lógica, comencé a engordar y engordar y engordar, hasta convertirme en la sudorosa foca que tiene usted delante...

—¡Por favor! —intentó protestar el cada vez más impresionado Cantaclaro—. No es...

—¡Olvídelo...! No intente mostrarse cortés con quien hace tiempo que decidió dejar de serlo. Sin saber por qué razón, ni qué abominable pecado había cometido, la naturaleza que me lo había dado todo decidió quitármelo, convirtiéndome en una especie de monstruo de feria aquejado, para más inri, de incontinencia urinaria... El resultado lógico es que el hombre al que adoraba, me abandonó.

—Eso quiere decir que no estaba lo suficientemente enamorado.

—¡Se equivoca! Lo estaba. Y aún lo está. Continúa loco por la mujer con la que se casó y me consta que aún la busca a todas horas aunque le resulte imposible encontrarla bajo esta espesa capa de grasa, sudor, amargura y desesperación... —Alzó su copa como si estuviera brindando al sol—. Si ni siquiera yo soy capaz de reconocerme a mí misma, ¿cómo pretende que me reconozca alguien más?

Tal como le venía sucediendo con cierta frecuencia durante los últimos tiempos, y tras tantos años de tener siempre la palabra fácil, el Cantaclaro no acertaba a expresar cuanto sentía, puesto que la desgarrada forma de decir las cosas de la desconcertante mujer que se sentaba frente a él, le había dejado de piedra.

—Llegó un momento... —continuó sin perder la calma la vicerrectora que hablaba del tema como si se refiriera a una desconocida— en que se me presentaron dos únicas opciones: o suicidarme, lo cual estaba en contra de mi conciencia y mi sentido de la moral, o encarar el problema sin tapujos y con el más absoluto desparpajo a base de ser la primera en aceptar mis defectos, aireándolos antes de que nadie pudiera echármelos en cara o susurrarlos a mis espaldas. Tan desorbitada soy en cuerpo como en alma. —Sonrió de un modo encantador al inquirir—: ¿Entiende a lo que me refiero?

—Lo entiendo.

—No voy a preguntarle si lo aprueba o lo rechaza puesto que a decir verdad me tiene sin cuidado.

—Lo supongo.

—Lo que ahora importa es que su pretendido viaje a la selva me sigue pareciendo una locura.

—A mí también, pero aun así, debo intentarlo.

—¿Por qué...? —le apuntó acusadoramente con el dedo al puntualizar—: Y no me salga otra vez con evasivas.

Bruno Guinea se limitó a encogerse de hombros.

—¿Qué quiere que le diga? —replicó—. Todo aquello que admite una explicación lógica deja de ser una locura, y si estuviera realmente cuerdo me limitaría a tomar un taxi que me llevara al aeropuerto y de regreso a casa... —Se inclinó hacia delante y miró directamente a los hermosos ojos verdes de su oponente—. Una voz en mi interior me grita que ahí, en ese misterioso lugar, se oculta algo de la máxima importancia para la medicina, y estoy dispuesto a dejarme la piel en el intento.

—¿«Algo de la máxima importancia para la medicina»?

—Eso he dicho.

—¿Algo como qué?

—Aún no lo sé.

—Me está volviendo a poner nerviosa, y eso me obligará a correr nuevamente al baño... —Suspiró como si en ello le fuera la vida, se secó el sudor de la frente, y acabó por asentir como si estuviera admitiendo públicamente una derrota—. Creo que estoy cometiendo un error del que tendré que arrepentirme, pero también creo que nadie tiene derecho a despertar a los auténticos soñadores... —Lanzó un nuevo resoplido—. Conozco a una persona que tal vez quiera ayudarle.

—¿Quién?

—Galo Zambrano. También está loco, pero a mi modo de ver es el hombre que mejor conoce la selva, aunque le advierto que es guaquero.

—Nunca he tenido problemas con las creencias religiosas de la gente.

La gorda no pudo evitar que se le escapara una sonora y rotunda carcajada que tuvo la virtud de hacer volver el rostro a cuantos tomaban el sol al borde de la piscina.

—¡No sea estúpido! —exclamó al poco—. He dicho «guaquero» con «g», no «cuáquero» con «c».

—¿Y cuál es la diferencia?

—Los «guaqueros» son saqueadores de tumbas. Pese a que la mayoría de la gente lo ignore, Ecuador es mucho más rico en ruinas incaicas inexploradas que el propio Perú, y casi todo el oro del imperio se extraía de ríos que corrían por nuestro territorio. Por ello abundan los tipos como Galo Zambrano, que viven de recorrer los más intrincados valles de esas montañas en busca de tumbas que con frecuencia contienen joyas muy valiosas.

—No sé si me apetece mucho la idea de adentrarme en la Caída al Infierno en compañía de un profanador de tumbas, aunque se trate de tumbas prehispánicas.

—Mientras siga con vida no tiene nada que temer... —fue la no demasiado tranquilizadora respuesta—. Pero tenga por seguro de que en cuanto estire la pata le quitará las botas, aunque para entonces de nada le servirían.

—¡Gran consuelo!

—Es todo lo que puedo ofrecerle... —le hizo notar doña Cecilia Prados de Villanueva al tiempo que se pellizcaba la imponente papada—. Como comprenderá no existe demasiada gente dispuesta a adentrarse en unas montañas de las que casi nadie regresa, en busca de no se sabe qué, y en compañía de un inexperto ratón de biblioteca...

—De laboratorio, no de biblioteca... —puntualizó el otro en tono quisquilloso.

—Para el caso es lo mismo... —La gorda hizo un gesto hacia la escultural muchacha que cruzaba de nuevo ante ellos—. Yo tenía una figura como ésa —dijo—. Incluso mejor, podría asegurar sin pecar de pedante, y lo cierto es que vendería mi alma al diablo con tal de recuperarla.

—¿Cómo ha dicho?

—Que vendería mi alma al diablo a cambio de volver a tener aquel cuerpo y todo lo que ello traía aparejado.

—¡No diga tonterías! Y no juegue con esas cosas... ¡Vender su alma al diablo! ¿A quién se le ocurre?

—Es sólo un decir... —puntualizó la buena mujer un tanto desconcertada por la seriedad que había adquirido de improviso el tono de voz de su acompañante—. Y puede jugarse el cuello a que daría cuanto tengo por volver a unos años en los que era tan feliz que ni siquiera me daba cuenta de lo feliz que era. Eso es, quizá, lo peor que tiene el ser dichoso; que no lo notas hasta que lo has perdido, porque enterrada bajo tanta grasa advierto que mi verdadero yo se asfixia como si hubiera caído en una oscura cuba de gelatina de la que no pudiera encontrar la salida.

—La verdadera belleza está en el interior... —masculló su interlocutor por decir algo que pudiera servir mínimamente de consuelo.

—¡Bobadas! Interiormente yo era mucho más bella cuando lo era también exteriormente, puesto que ahora me invaden la ira, el rencor, la envidia, los celos y un ansia de morir que me amarga a todas horas... —Hizo un gesto hacia la estatua que se alzaba al final del jardín—. Y ahora he de irme, pero le aconsejo que vaya a saludar al busto de Orellana, eche un vistazo al valle por el que tendrá que descender hacia el Napo.

Bruno Guinea obedeció, atravesó sin prisas la amplia explanada, y fue a detenerse junto a la cabeza de bronce cubierta con un pesado yelmo que oteaba, con su único ojo, el lejano horizonte.

Al pie podía leerse una inscripción.

«Desde aquí partió Francisco de Orellana hacia el descubrimiento de nuestro gran río de las Amazonas.»

Siguió la dirección de su mirada y llegó a la conclusión de que el trujillano tuvo razones más que suficientes para justificar el inmenso error que cometiera tantos siglos atrás. El idílico valle que descendía suavemente, cubierto de flores y surcado por un minúsculo riachuelo cuyas aguas probablemente irían a parar al Napo, luego al Amazonas y por último a un océano que se abría a casi siete mil kilómetros de distancia, para nada permitía sospechar que constituía en realidad la antesala de la más intrincada y peligrosa región del mundo, pese a que el porcentaje de bajas entre quienes habían intentado conquistarla superaba en mucho al de cuantos hubieran intentado conquistar las más inaccesibles cumbres del Himalaya.

Galo Zambrano, el guaquero expoliador de tumbas, era un hombre pequeño, delgado, cetrino y endeble en apariencia, aunque en cuanto se le observaba con mayor atención se caía en la cuenta de que dicha impresión resultaba ficticia, puesto que todo él era puro músculo, enormes pulmones, y unos nervios que semejaban cuerdas de piano, por lo que su fuerza y resistencia superaba en mucho la de cualquier gigantón que le duplicara en peso y envergadura.

Su mirada era fría, como de muerto, o como si le hubieran colocado en las cuencas de los ojos dos negras bolas de cristal semejantes a la de las figuras de los museos de cera, y tenía la inquietante costumbre de hablar muy bajo y en tonos graves, argumentando que en las selvas por las que solía moverse una voz alta y aguda era perceptible a enorme distancia, y él era de esa clase de individuos que, por su profesión, prefieren pasar desapercibidos.

Tomó asiento en un amplio butacón del pequeño salón lateral del hotel, semivacío a aquellas horas, y permaneció largo rato en silencio estudiando con especial detenimiento a quien llevaba más de media hora esperándole, y que no pudo por menos que acabar por revolverse en su asiento un tanto molesto por tan descarada y escasamente correcta actitud.

—¿Y bien?

—Se trata de su vida... —musitó al fin el recién llegado con su grave tono de ultratumba—. Y usted sabrá en cuánto la valora.

—Ya doña Cecilia me asustó lo suficiente... —replicó con impaciente irritación Bruno Guinea—. Estoy dispuesto a asumir todos los riesgos.

—Lo necesito por escrito... —advirtió el ecuatoriano en el tono de alguien que se está refiriendo a una simple transacción comercial—. Y debe quedar muy claro que si se queda en el camino, en el camino se queda. Si ya resulta difícil salir de allí por el propio pie, imposible lo veo cargando ochenta kilos a la espalda.

—Setenta...

—No es mucha la diferencia. ¿Qué es lo que busca?

—Aún no lo sé.

—¿Momias?

—Ni por lo más remoto.

—¿Tesoros?

La negativa no dejaba lugar a dudas.

—Tampoco.

—¿Plantaciones de coca...? Le advierto que ésa es una región en la que ni el más desesperado cocalero pondría un pie, puesto que más amor que al dinero se le tiene a la vida. —Como por tercera vez su interlocutor agitara la cabeza de un lado a otro, el ecuatoriano inquirió arrugando la nariz—: ¿Entonces...? ¿Qué vaina se le ha perdido en semejante mierdero?

—Bichos.

—¿Bichos...? —repitió el otro en el colmo de la incredulidad.

—Exactamente.

—Pues tendrán que ser bichos bien malignos, puesto que por aquella puta región nunca los he visto de otra clase.

—Ésos son los que me interesan.

—Hay gustos para todo... ¿Y cuándo quiere partir?

—En cuanto me haya acostumbrado a las alturas... —replicó el Cantaclaro con naturalidad—. Aún me cuesta respirar, y nó creo que fuera capaz de caminar más de una hora seguida.

—Le advierto que cuando nos pongamos en marcha tendrá que patear de sol a sol, y como nos encontramos en el ecuador, eso significa que son doce horas justas. —El guaquero meditó frunciendo el entrecejo como si con ello se concentrara mejor, y al fin señaló—: Mi consejo es que, para combatir el soroche, no se quede siempre aquí en los tres mil metros de Quito. Le conviene bajar cada día a unos mil, y subir luego, en coche, pero, eso sí, muy despacio. De tanto en tanto deténgase y dé un largo paseo. Con un poco de suerte, y dependiendo de su constitución, en una semana estará en condiciones de emprender la marcha.

—¿Una semana? —se asombró el español—. Si voy a tardar una semana en ponerme en condiciones... ¿cuánto tardaremos en volver?

—Eso dependerá únicamente de usted y de esos bichos... —argumentó el otro con la más absoluta de las lógicas—. Como comprenderá, ni a mi gente ni a mí nos apetece estar allí ni un minuto más de lo necesario. Mil dólares no es una cifra como para tirar cohetes.

—¿Mil dólares?

—Diarios... —fue la rápida aclaración—. Eso y los gastos, lo que vendrá a sumar unos cincuenta mil dólares en total, porque no creo que en ningún caso aguantemos más de un mes allá dentro.

—¿Y de dónde saco yo cincuenta mil dólares?

—Usted sabrá, pero doña Cecilia me dio a entender que tenía una especie de patrocinadores...

—¿Patrocinadores? —se sorprendió el otro—. ¿Qué clase de patrocinadores?

—Una institución científica panameña... —Galo Zambrano le observó con especial interés para inquirir con aire de manifiesta sospecha—: ¿Es que acaso no sabe que existe esa institución?

El Cantaclaro se vio obligado a reconocer su absoluta ignorancia.

—Hasta que llegué a Quito jamás había oído hablar de ella —admitió.

—¡La gran puta...! —explotó el ecuatoriano que a cada instante que pasaba se le advertía más perplejo—. Todo esto manda cojones... Alguien quiere ir a donde nadie quiere ir, a buscar no sabe qué, durante no sabe cuánto tiempo, y patrocinado por no sabe quién... —Atrapó una mosca en el aire con una inquietante habilidad para aplastarla entre los dedos y depositar los restos sobre el brazo de la butaca—. ¡Suena a coña! —concluyó.

—Me temo que no me queda más remedio que darle la razón.

—¡Gran consuelo! Pero a mi gente no va a gustarle.

—¿Su gente son todos guaqueros?

—¿Qué esperaba que fueran? *¿Boy scout?* Están acostumbrados a ocultarse del ejército, y a descubrir una tumba donde nadie más la vería, pero no tengo muy claro sobre cómo reaccionarán cuando les diga que vamos a internarnos en la Caída al Infierno sin una razón muy sólida.

—Supongo que será capaz de convencerles de que mil dólares diarios son una razón bastante sólida —le hizo notar Bruno Guinea.

El otro asintió con un leve ademán de cabeza:

—Lo es, a condición de que me garantice que no anda buscando lugares en los que plantar coca... —Su tono cambió y se hizo claramente amenazante—. Si sospecho que se trata de un negocio relacionado con la droga no saldrá vivo de allí, no por una simple cuestión de ética, sino porque tenemos la triste experiencia de que cuando los narcos invaden un determinado territorio, la presión policial nos impide trabajar. Éste es un país muy pequeño, cada día quedan menos lugares auténticamente vírgenes, y lo que nos interesa es que continúen como están... ¿Me ha entendido?

—Perfectamente.

—Pues téngalo muy presente: si intenta jugármela le dejaré en la selva y puede apostarse los huevos a que nunca saldría por sus propios medios. —Se puso en pie de un salto, como si le impulsara un resorte—. Y ahora me largo —concluyó—. Piénselo, y si consigue ese dinero avise a doña Cecilia, pero si de algo le sirve la voz de la experiencia, mi humilde consejo es que se vuelva a casa.

De nuevo a solas, el Cantaclaro permaneció un largo rato meditando sobre cuanto acababa de oír, plenamente convencido de que Galo Zambrano era de los que sabían de lo que hablaban y cumplían sus amenazas sin el más mínimo pestañeo.

En apenas tres días había pasado de su viejo y cómodo laboratorio de Madrid, en el que lo más excitante que solía ocurrirle era la siempre esperada muerte de un paciente o las largas discusiones seudometafísicas que mantenía con su amigo el Canaima, a un desconcertante universo en el que inmensas gordas se contaban extrañas historias y un personaje de aspecto patibulario le amenazaba con dejarle morir en la que presentaban como la más aterradora de las regiones inexploradas.

Todo ello sin contar las entrevistas con el mismísimo Satanás.

Miró a su alrededor.

Se encontraba sentado en un discreto salón del encantador hotel Quito, cuando la puerta del fondo se entreabría vislumbraba las mesas de ruleta del pequeño casino en el que dos docenas de personas se jugaban alegremente el dinero, y a través del amplio ventanal podía distinguir un cielo que en cuestión de minutos había pasado de un azul luminoso a la más cerrada de las noches y en el que se distinguían millares de estrellas que parecían poder tocarse con la mano.

¿Cómo había llegado hasta allí?

¿Qué hacía tan lejos de su hogar y su familia?

¿Qué viento de locura había cruzado por su mente en el momento en que decidió abordar un avión que habría de conducirle tan lejos?

Cuanto más se detenía a pensarlo, más se aferraba al convencimiento de que en ningún momento había sabido por qué razón estaba haciendo todo aquello.

Tal vez fuera simple curiosidad.

Tal vez el espíritu de aventura de alguien que en su juventud soñó con conocer el mundo pero las circunstancias le habían impelido a no conocer más que el corto trecho que separaba su mísera pensión de la universidad, y años más tarde su apartamento del hospital.

O tal vez fuera la auténtica necesidad de salvar a la humanidad de uno de sus peores males.

Aún no había llegado a ninguna conclusión válida, y empezaba a dudar que algún día lo consiguiera.

Su mente, ¡tan lúcida antaño!, parecía haberse sumido en una especie de densa bruma de la que no acertaba a escapar.

A menudo, cuando en el hospital se encaminaba al despacho del director, se veía obligado a pasar junto a la sala de los enfermos de Alzheimer, y al evocar la encorvada figura de un anciano que recorría una y otra vez los pasillos como si buscara ansiosamente una salida que luego no se atrevía a encarar, le parecía estar viéndose a sí mismo en aquellos momentos, tan perdido entre cuatro paredes como un niño en el más oscuro y espeso de los bosques.

Triste resultaba en verdad que fallasen el corazón o los riñones; triste no poder andar o advertir que no se aspiraba el aire necesario, pero más triste se le antojaba en aquellos momentos el hecho de haber perdido la capacidad de entender y analizar cuanto estaba sucediendo.

Aunque a decir verdad, lo que estaba sucediendo sí que lo entendía.

Eran sus más íntimas reacciones las que le desconcertaban.

Arriesgarse, como se estaba arriesgando, a enredarse cada vez más en aquella especie de pegajosa telaraña que le agobiaba, se le antojaba el más inconcebible de los errores que un ser humano medianamente inteligente pudiera cometer, pero él, Bruno Guinea, que siempre había presumido de tener la cabeza en su sitio, lo estaba cometiendo a cada paso que daba.

«La tentación», aquella estúpida palabra que siempre le había incitado a pensar en trampas semiinfantiles en la que ningún hombre de su entereza moral y su inteligencia caería, le estaba arrastrando hacia el más abominable de los abismos sin proporcionarle siquiera el placer que se supone acompaña a cualquier tipo de pecado.

El juego, el alcohol, las drogas, la riqueza, el poder o el sexo ofrecían al ser humano innegables satisfacciones por las que en determinadas circunstancias valía la pena arriesgarse, pero el simple hecho de atravesar medio mundo con el fin de llegar a una ciudad desconocida desde la que emprender un largo viaje hacia la más espesa, peligrosa e incómoda de las selvas, no era algo que, bien mirado, pudiera atraer a nadie que estuviera en su sano juicio.

¿Qué le había empujado por tanto a embarcarse en tan nefasta e incierta aventura?

Al cabo de un largo rato, y tras mucho rebuscar en su interior, llegó a la conclusión de que le estaban tentando con el más antiguo de los pecados.

A la soberbia le cabía el dudoso honor de ser el primero de los pecados, y el origen de cuantos habrían de nacer posteriormente, puesto que hasta que la soberbia de Lucifer no le impulsó a rebelarse contra su creador, los conceptos de bien y mal aún no existían.

De ahí partía todo, por tanto, y en el mismo punto solía concluir casi todo, puesto que el fondo, la necesidad de poder, riqueza o predominio sexual no constituía más que una forma, más o menos velada, de soberbia.

La soberbia se convertía demasiado a menudo en una especie de masturbación del alma, en la que el pecador experimentaba una íntima y muy privada satisfacción a base de ir excitando cada vez más su egolatría para concluir estallando en un desmesurado orgasmo por la sencilla fórmula de convencerse a sí mismo de una indiscutible superioridad que le proyectaba muy por encima del resto de los mortales.

Avariciosos de sí mismos, los soberbios no solían atender a más razones que aquellas que aumentasen de algún modo su insaciable autoestima, y aun admitiendo que era lego en la materia, el Cantaclaro siempre había sido de la opinión que aquél no era más que un paso previo a una forma de psicopatía que invitaba a creer que por el hecho de ser superiores a los demás, las reglas por las que se regían el resto de los mortales no contaban para ellos.

Grandes soberbios en activo eran a su modo de ver Pinochet, Sharon, Milosevic o Arzallus, capaces de excitar los odios o empujar a sus conciudadanos a la muerte por el simple placer de reafirmar la supuesta supremacía de su raza, su credo religioso, o su ideología política.

No era desde luego exactamente aquélla la forma de soberbia que ahora le aquejaba, pero se veía obligado a reconocer que en lo más íntimo de su ser ardía una diminuta llama de orgullo por haber sido elegido para tan colosal misión, y tenía muy presente que los más devastadores incendios nacían siempre de una llama tan pequeña como aquella.

Tenía por ello la obligación de sofocarla hasta el punto de que llegara un momento en que estuviera absolutamente convencido de que hiciera lo que hiciera lo hacía siempre por amor al prójimo o por evitar terribles padecimientos a millones de seres humanos sin tener en cuenta lo que él mismo pudiera pensar o sentir.

Únicamente renunciando de antemano a cualquier tipo de satisfacción personal por pequeña que fuera, consciente de que no era más que un vehículo elegido por un ser muy superior, estaría en condiciones de enfrentarse al espantoso reto que significaba continuar avanzando en tan difícil empeño.

Si pudiera existir algo más terrible que la condenación eterna, sería sin duda el hecho de saber que dicha condenación había llegado por el hecho de satisfacer un apetito personal.

Aunque, bien mirado, todo aquello no dejaría de ser más que meras elucubraciones a no ser que consiguiera reunir los cincuenta mil dólares que se le exigían por llevarle a buscar no sabía qué clase de bicho a no sabía qué remota jungla.

Intentó acordarse de cuándo fue la última vez en que dispuso de semejante cantidad, pero su memoria no llegaba a tanto.

Las hipotecas, los estudios de los chicos y la enfermedad de Alicia se habían ido comiendo mes tras mes sus escuálidos ingresos sin que jamás consiguieran ahorrar un céntimo, y la única forma que se le ocurría de obtener esa suma era recurriendo a los buenos oficios del Canaima.

Decidió que lo mejor que podía hacer era telefonearle, pero pronto comprendió que antes de hacerlo tenía que encontrar una razón válida que justificase tal petición, puesto que le constaba que su viejo amigo le conocía lo suficiente como para desconcertarse ante lo insólito de la demanda, y no era cuestión de confesarle que lo necesitaba para organizar una absurda expedición a la jungla amazónica.

—Lo que tengo que hacer es regresar a casa... —se dijo—. Tengo que recuperar la cordura y aceptar que éste es el juego más peligroso al que haya jugado nadie. No soy el guardián de todos mis hermanos, ni el redentor de todos los enfermos. Tengo que regresar a casa junto a Alicia y los chicos. Mi vida es mi vida, y no me han dado más que ésta.

Pero en el fondo de su alma sabía a ciencia cierta que no regresaría puesto que durante aquellos últimos días cada vez que cerraba los ojos le venía a la mente el rostro de su madre cuando en la penumbra de su gigantesco dormitorio se consumía hora tras hora, dolor tras dolor, sin que pudiera hacer nada por conservarla a su lado o por aliviar sus espantosos sufrimientos.

Sabía que ella sufría físicamente, pero aún más sufría al comprender cuánto estaba haciendo padecer a su hijo por ser testigo de tan terrible forma de morir.

Una y otra vez suplicaba que se lo llevaran de allí, que lo alejaran de tanta angustia y tan insoportable agonía, pero el pequeño Bruno era ya un muchacho obstinado que se negaba a que le arrebataran ni un solo segundo del tiempo que le quedaba de disfrutar de la presencia de su madre.

Aunque cuanto quedara ya de su madre fuera aquel maltratado despojo al que tan sólo la fe y un infinito amor por su familia, mantenía con vida.

¡Eran tantas las madres de este mundo que morían de aquel modo!

¡Eran tantos los hijos que padecían de igual modo!

¡Eran tantos los seres indefensos que el Cantaclaro había visto pasar por el Corredor de las Lágrimas sin poder hacer nada por retenerlos!

Le asustaba el negro futuro que le aguardaba si se empeñaba en continuar con aquella locura, pero más aún le asustaba el incoloro futuro que le aguardaba si se decidía a renunciar.

Aún no conseguía hacerse a la idea de lo que significaría condenarse por toda la eternidad, pero sí se había hecho la idea de lo que significaría pasar el resto de sus días consciente de que había sido el más cobarde de los seres humanos.

Su obligación, como persona y como médico, era continuar avanzando por un sendero que serpenteaba a través de los más insondables precipicios, y Bruno Guinea era del tipo de hombres que jamás esquivaban sus deberes por mucho que se le exigiera.

Un leve movimiento le distrajo, e instintivamente alzó el rostro hacia el muchacho que había surgido de improviso frente a él, y que le ofrecía en respetuoso silencio un sobre cerrado.

Lo abrió.

Contenía una escueta nota:

¿Cuál es mi número?

—¿Qué significa esto? —quiso saber.

El jovencísimo botones le observó perplejo y acabó por limitarse a encogerse de hombros.

—¿Cómo quiere que lo sepa, señor? —replicó—. Acaban de dejarlo en conserjería y me han ordenado que se lo entregue.

—Gracias.

De nuevo a solas observó con mayor detenimiento el blanco papel sin membrete ni firma.

¿Cuál es mi número?

La extraña pregunta se repitió en su mente una incontable cantidad de veces durante el resto de la noche, pero por más vueltas que le dio no consiguió encontrar respuesta alguna que le satisficiera.

Al día siguiente intentó varias veces hablar con el Canaima pero no consiguió localizarle ni en el hospital ni en su casa, y al recordar que era viernes llegó a la conclusión de que probablemente había hecho una de sus cortas escapadas de fin de semana a Sitges, que al parecer era uno de aquellos lugares de la costa a los que solían acudir ciertos hombres con el fin de entablar fugaces amistades.

Consciente por tanto de que se le presentaban

dos largos días de total inactividad, puesto que incluso la gorda doña Cecilia parecía haber desaparecido de la faz del planeta, decidió dedicarse a recorrer, sin más compañía que su propio capricho, un curioso país del que apenas sabía lo que había leído en una pequeña guía turística.

Dicha guía comenzaba asegurando, tal como suelen asegurar casi todas las guías de este mundo, que aquél era un país singular, maravilloso, diverso e inimitable, pero lo más curioso fue que muy pronto Bruno Guinea se vio en la obligación de reconocer que sus autores no habían exagerado un ápice.

Tras alquilar, por un precio que se le antojó escandaloso, un desvencijado todoterreno que más bien parecía apropiado para ningún tipo de terreno, abandonó la capital rumbo al sudoeste por la sinuosa carretera que descendía hacia la lejana costa del Pacífico, y a los pocos kilómetros se descubrió rodeado por media docena de gigantescos picachos nevados que se recortaban contra un cielo de un azul intensísimo, ya que a más de tres mil metros de altitud y con un aire tan limpio, ese cielo parecía encontrarse increíblemente próximo.

Los lugareños, ataviados con arcaicos ropajes que probablemente no habían evolucionado apenas desde los tiempos del *incario* conformaban con el inmutable paisaje una estampa de la que muy bien podrían haber sido testigo el mismísimo Orellana, puesto que cabría afirmar que los siglos habían cruzado sobre las cumbres de aquellos picachos sin dejar la menor huella de su paso.

Más allá de la prodigiosa Avenida de los Volcanes, es decir, más allá del Cotopaxi, los Illinizas, el Tunguragua, el Rumiñahui o el impresionante Chimborazo, que con sus más de seis mil metros de altitud había estado considerado durante mucho tiempo la cima del mundo, alcanzó una inquietante ciudad cuyo nombre no era más que una deformación del originario, Llactacunga, que en quechua venía a significar algo así como «Garganta de la Patria».

Al parecer Latacunga había sido en épocas muy remotas un centro clave en la vida del imperio, por lo que aún pudo descubrir en sus alrededores ruinas de viejos palacios, muros de antiquísimas fortalezas y anchos caminos empedrados por los que probablemente siglos atrás viajaron enjoyados caciques a hombros de sufridos esclavos, pero que de tanto en tanto desaparecían bajo una gruesa capa de negro asfalto.

Poco a poco le invadió la sensación de que los cuatro últimos siglos apenas había conseguido arañar la superficie de los muros de la ancestral Llactacunga, y es que en el colorido mercado que se alzaba en el centro de una amplia explanada de hierba, los pequeños y cetrinos nativos tan sólo hablaban quechua mientras realizaban sus trueques sin que mediara dinero, al igual que probablemente hacían en aquellos lejanos tiempos en los que el todopoderoso Inca Huáscar era el dios viviente que gobernaba sobre el mayor de los reinos del continente.

Los indígenas se apartaban a su paso, esquivándole, y no pudo por menos que preguntarse qué hacía él allí, tan lejos de su ambiente, con su alta estatura, sus cabellos claros y sus ojos azules, tan diferente de cuantos le rodeaban como si se tratara en verdad de un ser recién llegado de otro planeta.

Las vendedoras —ya que en su inmensa mayoría eran mujeres— se sentaban en silencio ante sus míseras mercancías: algunas frutas, extraños brebajes o malolientes guisos, y aguardaban pacientes, se podría pensar que casi indiferentes, como si no tuvieran el menor interés en realizar una venta, o como si les importara muy poco emprender el camino de vuelta a sus hogares con cuanto habían traído para tener que regresar al mismo punto y a la misma hora al día siguiente.

No se escuchaba una voz más alta que la otra, ni una llamada de reclamo, ni una risa, y aunque abundaban los niños ni tan siquiera alborotaban, como si tuvieran muy claro que habían nacido en un mundo de resignación y silencio.

De regreso al hotel, aun en cierto modo desconcertado, y podría asegurarse que casi impresionado por cuanto había visto, se encontró con un sobre idéntico al que le habían entregado la tarde anterior, y que contenía exactamente el mismo mensaje:

¿Cuál es mi número?

—¿Quién lo ha traído? —quiso saber.

—Lo ignoro, señor... —fue la desconcertada respuesta del viejo conserje—. Cuando llegué ya estaba en su casillero.

—¿Y qué significa?

—Si usted no lo sabe, ¿cómo puedo saberlo yo?

Durmió inquieto, atemorizado por el hecho de tener plena conciencia de que estaba siendo juguete de las maquinaciones de la más tenebrosa criatura jamás creada, y tan sólo consiguió descansar un rato ya casi de amanecida, tras haberse hecho el firme propósito de que al día siguiente emprendería el regreso a casa.

Pero, tal como acostumbra a suceder, al día siguiente había olvidado ya sus buenos propósitos, por lo que volvió a subirse al polvoriento y quejumbroso todoterreno para tomar en esta ocasión una ruta que le conduciría en dirección opuesta a la que eligiera la mañana anterior.

Visitó en primer lugar el ascético monolito coronado por una gran bola de piedra que recordaba que aquel punto exacto marcaba los cero grados, cero minutos, cero segundos de latitud, y junto al que una raya dibujada en el suelo indicaba que allí la Tierra se dividía en dos hemisferios.

Luego continuó sin prisas hacia Otavalo, hogar de indios muy limpios, de blancos ropajes y largas trenzas, y entrada la media tarde, cansado y hambriento fue a detenerse junto al pequeño lago San Pablo, de agua color plata, tan bruñida que podría asegurarse que cada mañana le sacaban brillo, puesto que en realidad ese agua no era más que el reflejo de un cielo siempre cubierto de nubes que parecía pretender indicar que en aquel lugar jamás lucía el sol, y su superficie no servía, como en los restantes lagos de este mundo, para reflejar las siluetas de las montañas o los árboles.

Esos árboles, que abundaban, parecían no obstante como petrificados, puesto que ni el menor soplo de viento agitaba sus ramas, y bajo uno de ellos una negra vaca de blanco pecho bebía tan inmóvil que más que real parecía pintada.

A cierta distancia, una anciana contemplaba el horizonte sin dejar ni por un instante de hacer girar entre sus dedos un pequeño huso con el que hilaba delgadas fibras de lana de alpaca, y al verla Bruno Guinea llegó a la conclusión de que había sido colocada allí mil años antes, como parte imprescindible de un paisaje que nunca cambiaría por tiempo que pasara.

Luego cruzó a cierta distancia una diminuta campesina que cargaba a la espalda un haz de cañas de totora que le duplicaba en tamaño, y siendo tan rápido y ágil, era no obstante tan silencioso su caminar, que no pudo por menos que imaginar que se trataba de una sombra fantasmagórica y no de un auténtico ser de carne y hueso.

De nuevo el silencio, al poco un rumor, y al atisbar entre los matorrales distinguió en un rincón del lago a dos niñas que se bañaban, vestidas, en las heladas aguas y que con bruscos gestos y algunas risas intentaban combatir el intenso frío que las obligaba a tiritar.

Cuando al fin se fueron, corriendo orilla adelante en un vano intento de reaccionar y entrar en calor, el Cantaclaro se quedó de nuevo a solas contemplando el agua color plata, las grises nubes, las también grises montañas y el verde de las orillas, que hubiera sido brillante bajo el sol, e inclinándose se apoderó de una gruesa piedra que arrojó al agua con el fin de que se formaran círculos que rompieran el hechizo de tan misterioso lugar.

No pudo por menos que plantearse si la desagradable sensación de vacío interior que le invadía era fruto del desolado ambiente en el que se encontraba, o de la desazón que se había apoderado de su alma desde el momento en que el Maligno había irrumpido tan inesperadamente en su vida, y cuando al fin comenzó a caer la noche le asaltó la impresión de que el infierno no era en verdad un tórrido lugar en el que el fuego ardía eternamente, sino que debía parecerse más bien a un lago como aquél, en el que las almas se sentirían tiritando y como despellejadas.

De regreso a Quito se enfrentó a la desagradable sorpresa de idéntico sobre e idéntica pregunta:

¿Cuál es mi número?

¡Santo Dios!

¿A qué venía todo aquello?

Sintió sobre él la escrutadora mirada del viejo conserje que parecía haber llegado a la conclusión de que algo terrible preocupaba a su huésped, y tras unos momentos de vacilación fue a tomar asiento en el pequeño salón contiguo, incapaz de averiguar la sinrazón de tan insistente mensaje.

Permaneció largo tiempo inmóvil obsesionado por la corta frase del blanco papel, hasta que la puerta del fondo se entreabrió y le llegó, muy quedo, un insistente runruneo metálico.

Lanzó un hondo suspiro.

Aquélla era sin duda la respuesta.

Pero se trataba evidentemente de avanzar un paso más en la dirección equivocada.

Un error que acumular a lo que empezaba a ser un cúmulo de errores.

—¿Cuál es la apuesta máxima?

—Cincuenta dólares al número, cien al caballo, ciento cincuenta a la transversal, doscientos al cuadro y así sucesivamente...

Bruno Guinea dudó puesto que aún no se había acostumbrado al hecho de que en Ecuador se utilizara con absoluta normalidad la moneda norteamericana, pero por último extrajo del bolsillo un billete de cincuenta dólares y lo colocó con sumo cuidado sobre el verde tapete.

—Al seis —dijo.

—¿Todo al seis?

Asintió convencido.

—Todo al seis.

El crupier se limitó a encogerse de hombros, cambió el billete y lanzó hábilmente una redonda ficha roja de tal manera que quedó justo sobre el número señalado.

Al poco la ruleta giró emitiendo aquel suave sonido metálico que se escuchaba desde el salón vecino en cuanto se abría la puerta.

La blanca bolita dio varios saltos para ir a caer

con suma delicadeza en el interior de una de las alargadas cazoletas.

Tanto los crupiers, como el jefe de mesa y varios jugadores se volvieron a observar al desconocido afortunado con admiración y una cierta sorpresa.

—¡Buen ojo! —exclamó uno de ellos.

—Eso sí que es suerte.

—Aquí tiene, señor: mil seiscientos cincuenta dólares.

—Todo al seis.

Se hizo un largo silencio en el que los presentes intercambiaron largas y significativas miradas como si les costara dar crédito a lo que estaban oyendo.

—¿«Todo al seis»? —repitió enfatizando mucho las palabras el gangoso jefe de mesa.

—Eso he dicho —fue la inequívoca respuesta—. Distribúyalo como quiera, pero todo al seis.

—Lo que usted diga... —aceptó el otro, y en un tono que denotaba un cierto nerviosismo indicó a sus subordinados—: ¡El seis por el máximo!

Mientras repartían el considerable montón de fichas entre caballos, cuadros, transversal, seixenas y columna el Cantaclaro se entretenía en estrujar en el interior de su bolsillo un blanco pedazo de papel en el que podía leerse:

¿Cuál es mi número?

Había llegado el momento de comprobar si aquél era o no un número maldito.

La bolita giró caprichosamente, dio varios saltos y fue a caer como atraída por un potente imán sobre la misma cazoleta.

—¡Cielo santo!

—¡El seis!

—¡Si no lo veo, no lo creo...!

El crupier que había hecho girar la ruleta sudaba frío.

El jefe de mesa pareció querer fulminarle con una mirada de reconvención, y un agitado jefe de sala acudió en el acto puesto que parecía evidente que se trataba de la apuesta más cuantiosa que se había pagado en el pequeño casino en el transcurso de los últimos años.

Bruno Guinea amontonó ante sí el cuantioso premio, entregó tres fichas de cincuenta dólares de propina, e hizo un gesto a cuantas continuaban sobre el tapete.

—¡Déjelas donde están...! —pidió.

—¿Otra vez todo al seis? —casi sollozó el gangoso.

—Exactamente.

—¿Cree que puede repetirse por tercera vez?

—Eso espero.

—Pero el seiscientos sesenta y seis es el número del Diablo —le hizo notar el otro—. Y nunca nadie se arriesgaría a jugar al numero del Diablo.

—Yo sí.

Una treintena de personas se habían arremolinado en torno a la mesa, abandonando otras ruletas y otros juegos, e incluso los camareros, el barman y la vendedora de cigarrillos se aproximaron atraídos por el hecho de que alguien fuera capaz de arriesgar de aquel modo una cantidad que en un país como el Ecuador constituía una pequeña fortuna.

El jefe de mesa descendió de su alta butaca, se pasó la punta de la lengua por los labios, e intercambió una inquisitiva mirada con el atribulado jefe de sala, un cholo de lacios cabellos que ahora parecían escurrirle como si de pronto hubiesen perdido todo su vigor, y que tras unos instantes de duda y sin apartar la vista del montón de fichas, se limitó a aventurar un leve gesto de resignación.

—¡Que tiren...! —musitó en el mismo tono que podría haber ordenado su propia ejecución.

Una mano temblorosa hizo girar el cilindro, lanzó la bola, ésta correteó enloquecida, se desplomó, tropezó contra una de las metálicas suertes triangulares, se disparó hacia la casilla del veinte, permaneció una décima de segundo en ella, pero de pronto, y como impulsada por un resorte salió despedida, surcó el aire y cayó sobre la moteada alfombra.

Casi un centenar de ojos la siguieron en su camino hasta que fue a detenerse a más de cinco metros de distancia.

—¡La leche!

Se diría que nadie se atrevía a tocarla, como si se tratara de un ser vivo que pudiera morderles, pero al fin el cholo se inclinó para apoderarse de ella y observarla con especial detenimiento.

Hizo un gesto a la bola que coronaba la ruleta:

—Utilice la de reserva... —ordenó ásperamente—. Y tenga más cuidado.

Podría creerse que el simple gesto de hacer girar un cilindro bien engrasado y lanzar una pequeña bolita exigía el mayor esfuerzo que ser humano alguno pudiera realizar, puesto que el desgraciado crupier sudaba como si estuviera transportando el mundo sobre sus débiles espaldas.

Pero al fin lo hizo.

—¡Increíble...! —fue lo primero que exclamó la elefantiásica doña Cecilia Prados de Villanueva cuando a la mañana siguiente tomó asiento en su reforzada silla de siempre frente a su apartada mesa de siempre al borde de la piscina—. En Quito no se habla de otra cosa... Llega un español enloquecido, y en una noche casi arruina al casino que nos arruina a todos noche tras noche. ¿Cómo lo hizo?

—Una corazonada.

—¡Joder con sus corazonadas...! —exclamó abruptamente la expresiva mujer—. ¡Tres seises seguidos! ¿No tiene alguna corazonada que me permita perder cincuenta kilos?

—Por desgracia no. Hasta ahora tan sólo había estado en un casino en un par de ocasiones y créame si le aseguro que jamás había acertado un solo número.

—Pero eso de acertar tres seguidos tiene narices... ¡Y precisamente el seis! —Le observó de medio lado con sus hermosos y expresivos ojos verdes—. ¿Por un casual tiene usted algún tipo de pacto con el Diablo? —inquirió sonriente—. Porque es cosa sabida que el seiscientos sesenta y seis es su número.

Bruno Guinea bebió despacio, se tomó un tiempo para responder, y por último le hizo notar:

—Como comprenderá, si tuviera esa clase de tratos no me limitaría a ganar un puñado de dólares... —Ahora fue él quien sonrió al inquirir—: ¿Vendería usted su alma por dinero?

—No... —admitió su interlocutora en idéntico tono—. Por dinero no, desde luego... —Agitó la cabeza de un lado al añadir—: Aunque no le oculto que tal vez la vendería por volver a ser quien era.

—Supongo que ni Dios, ni mucho menos el Diablo, pueden conseguir que el tiempo retroceda. Por mucho que la literatura o la fantasía humana especulen sobre ello, eso nunca será posible.

—¿Por qué está tan seguro?

—Porque la esencia misma del concepto de tiempo es el avance, no el retroceso. Al hablar del «paso del tiempo» estamos cometiendo un error, o más bien una absurda redundancia, puesto que en realidad el tiempo nunca se detiene; siempre «está pasando». Es como si nos refiriésemos a «un río parado», o que discurriese a contracorriente. Ya no se trataría de un río, sino de un embalse, una laguna o cualquier otra cosa que no merecía el nombre de río.

—Sin embargo, a veces, en su desembocadura, y por efecto de las mareas, algunos ríos discurren a contracorriente.

—Pero eso ya no es un río; es un estuario sobre el que gravitan fuerzas muy puntuales… —El Cantaclaro abrió las manos en un gesto que utilizaba para dar las cosas por concluidas—. Pero en el tiempo no existen estuarios y por lo tanto la vida no vuelve atrás empujada por efecto de las mareas. Siento desesperanzarla, pero resulta evidente que esa vida nos lleva siempre hacia delante.

—Lo sé… —admitió la gorda—. Para mi desgracia lo sé muy bien, y lo que en verdad me gustaría en estos momentos, es hacerme una idea de hacia dónde pretende usted que le dirija en estos momentos la vida.

—Hacia la Alta Amazonía.

—¿Y continúa sin saber qué es lo que encontrará allí?

Bruno Guinea asintió seguro de lo que decía:

—Continúo sin saberlo.

—Es usted un hombre extraño.

—Nunca me he tenido por tal. Tan sólo soy un médico normal, con un trabajo normal y una familia normal. Pero incluso el más normal de los mortales tiene la obligación de acariciar de tanto en tanto una ilusión, y yo acaricio la ilusión de que en ese lugar inexplorado se oculten formas de vida que deberíamos conocer más a fondo porque pueden aportar datos muy valiosos para la ciencia. ¿Tan difícil resulta entenderlo?

—Dicho así, no.

—¿Entonces?

—El instinto me indica que hay algo más. La tan socorrida «intuición femenina» me grita que detrás de todo este asunto se oculta algo en cierto modo inconfesable. Y no me estoy refiriendo a un delito, claro está.

—¿A qué se está refiriendo entonces?

—No lo sé... —Doña Cecilia Prados de Villanueva bebió una vez más, muy despacio, mientras mantenía la mirada clavada en su acompañante como si estuviera tratando de descubrir cuanto se escondía en lo más íntimo de su ser y al cabo de un rato que pareció infinitamente largo, puntualizó:

—Es usted un hombre aparentemente normal, de eso no me cabe la menor duda, pero tengo la impresión de que ahora está actuando bajo circunstancias anormales, y le aseguro que mi instinto rara vez me engaña. —Se inclinó hacia delante—. ¿Le apetece hablar sobre ello?

—¿Sobre qué?

—Sobre lo que le preocupa y le hace ser diferente a como suele ser en realidad.

—No sé a qué se refiere —musitó apenas Bruno Guinea.

—Sí que lo sabe... —insistió la otra—. Yo puedo parecerlo, pero no soy tan estúpida como una foca. El otro día, cuando le dije que, según sus patrocinadores de Panamá a usted le interesaba mucho la fauna de nuestra Alta Amazonía, me dio la impresión de que no tenía ni idea de a qué coño me estaba refiriendo. Reaccionó con rapidez, lo admito, pero no lo suficiente como para que no me quedara un rastro de duda. Y a cada minuto que pasa esa duda aumenta.

—Lamento que así sea.

—Con lamentarlo no solucionamos nada... —Ahora la ecuatoriana extendió la mano y la posó sobre la de su interlocutor como si pretendiera infundirle confianza—. Yo soy una mujer que ya no espera nada de la vida, creo que se lo dejé muy claro en su momento. Mi futuro es seguir engordando hasta que mi corazón estalle en mil pedazos. Me resignaba a tan triste futuro, pero ahora presiento que existe algo por lo que vale la pena seguir luchando. Permítame compartir sus inquietudes.

—No puedo hacerlo.

—¿Por qué?

—Resulta difícil de explicar... ¿Cree usted en Dios?

Doña Cecilia Prados de Villanueva se echó hacia atrás e hizo un amplio gesto con la mano señalándose a sí misma de arriba abajo.

—¿Realmente imagina que podría creer que existe un Dios que se haya complacido en arrojarme encima este castigo? ¡No! Naturalmente que no creo en Dios más que en aquellos momentos en que la desesperación me impulsa a maldecirle.

—En ese caso resulta inútil que continuemos hablando sobre el tema.

—¿Pretende insinuar que está siguiendo un mandato divino?

—En absoluto.

—¿Entonces?

—Entonces, nada... ¿Cómo pretende que le aclare algo que ni siquiera yo tengo claro? Le juro que en realidad no sé por qué hago esto. Lo único que sé es que tengo que hacerlo.

—¿Poniendo en peligro su vida?

El español asintió convencido.

—Poniéndola en peligro si es necesario.

—¿Y qué piensa obtener a cambio?

—¿Por qué se presupone que tenemos que esperar siempre algo a cambio de nuestros actos? —quiso saber Bruno Guinea—. ¿Por qué nos hemos hecho a la idea de que el ser humano es incapaz de dar un paso que no obtenga la debida recompensa en este mundo o en el otro? Se acepta que unos busquen gloria o dinero y que otros busquen a Dios, pero jamás se acepta que alguien se mueva sin ningún tipo de interés.

—Daría diez años de una vida que nada vale, por tener la certeza de que ése es su caso. Y ahora márchese porque si continúo pensando en ello le impediré hacer ese viaje.

—¿Le dirá a Galo Zambrano que he conseguido el dinero?

—Seguro que ya lo sabe. Todo Quito lo sabe.

El Cantaclaro se alejó sin prisas, pero cuando estaba a punto de penetrar en el edificio del hotel no pudo por menos que volverse a observar a la desgraciada mujer que permanecía con la cabeza apoyada en el respaldo de la alta butaca.

Sintió una profunda compasión al comprender la agobiante soledad en que se encontraba sumida una mente, a todas luces brillante, aprisionada en el interior de un cuerpo tan opaco.

Una hora más tarde, tumbado en la cama, y contemplando a través del amplio ventanal la llegada de ejércitos de nubes que como cada día de cada mes de cada año descargaría un mar de agua sobre la ciudad en cuanto repicaran en las torres de la catedral las campanadas de las doce, le volvió a la mente el hermoso rostro abotargado, y una vez más no pudo por menos que preguntarse las razones por las que había conocido a tanta gente extraña en tan corto espacio de tiempo.

Tal como él mismo había asegurado, no era más

que un hombre normal con un trabajo normal y una familia normal, pero de la noche a la mañana su existencia se había convertido en un caos del que no acertaba a emerger, al igual que el espíritu de doña Cecilia Prados de Villanueva no acertaba a encontrar el camino que le permitiera abandonar su desproporcionado y sudoroso cuerpo.

Miró el reloj, calculó la diferencia horaria con Madrid y llegó a la conclusión de que en aquellos momentos lo lógico sería que estuviera volviendo a casa para cenar en compañía de Doña Bárbara y los chicos, para acabar sentándose frente a la televisión hasta que el cansancio le venciera definitivamente.

Echaba de menos aquella suave rutina en la que siempre se había sentido seguro, satisfecho consigo mismo por el simple hecho de saber que había dedicado una larga jornada de trabajo a unos enfermos a los que procuraba llevar un poco de ánimo y consuelo, frustrado a veces por no poder salvarlos, pero consciente de que al menos lo había intentado con todas sus fuerzas.

Ello le permitía hacerle el amor a su mujer y dormir luego con la tranquila conciencia de quien cumple su misión a diario, pero ahora allí, tan lejos de lo que había sido siempre su vida, ni se sentía seguro ni con la conciencia tranquila.

Y el hecho de haber ganado tanto dinero de una forma tan irregular contribuía a inquietarle más aún.

Si alguna vez abrigó alguna duda sobre lo peligroso de semejante situación, la constancia de que aquel número maldito había estallado inexplicablemente ante sus ojos le reafirmaba en la idea de que se había adentrado de un modo definitivo por los más tenebrosos senderos por los que hubiera avanzado jamás ser humano alguno.

Y Satanás guiaba sus pasos.

No era verdad.

Razonablemente no podía ser verdad, pero lo era.

Tenía plena conciencia de que el Maligno le iba empujando suavemente hacia la perdición definitiva, pero no conseguía reunir las fuerzas necesarias como para apartarse del camino.

Comenzaba a llover con cronométrica precisión cuando se quedó traspuesto, inmerso en pesadillas que no eran ni mucho menos tan agobiantes como la propia realidad, y las caprichosas nubes abandonaban ya las faldas del Pichincha, cuando sonaron unos intempestivos golpes en la puerta.

La abrió para enfrentarse al ascético rostro del guaquero que desde el mismo umbral le espetó sin más preámbulos:

—¿Cuándo quiere partir?

—Cuanto antes.

—¿Cree que está en condiciones de soportar el viaje?

—Nunca lo sabré si no lo pruebo.

El ecuatoriano, que había ido a tomar asiento en la única butaca de la estancia sin molestarse siquiera en pedir permiso, hizo un leve gesto hacia el valle que aparecía de nuevo completamente despejado.

—Puedo ordenar a mi gente que se reúna con nosotros cerca de Papallacta, pero tiene que ser sobre seguro porque no estoy dispuesto a arriesgarme a levantar sospechas sin una razón justificada.

—¿Sospechas? —se sorprendió Bruno Guinea—. ¿A qué clase de sospechas se refiere?

—A que la mayoría de mis hombres están fichados, y si la policía descubre que los concentro en un punto muy concreto imaginarán que hemos descubierto alguna tumba importante en las proximidades y que nos proponemos saquearla. Y en ese caso puede jugarse el cuello a que los tendremos pegados al culo.

—¿Y qué? No vamos a hacer nada malo.

—Aunque así sea. Me consta que hay varios policías hijos de puta que si me localizaran en las selvas del oriente me pegarían un tiro con el único fin de colgarse una medalla.

—¡Me cuesta creerlo!

—Usted no los conoce... —insistió el otro en un tono que denotaba el más absoluto de los convencimientos—. Me dejarían seco, me colocarían un pequeño ídolo de oro en el bolsillo y jurarían que me habían agarrado con las manos en la masa.

—También podrían hacerlo aquí.

—¿En Quito...? —se sorprendió el otro—. ¡De ninguna manera! Aquí, si te agarran con una máscara de oro de tres kilos no eres más que un traficante en obras de arte, que se expone a una multa y un año de cárcel. Pero en cuanto te adentras en la selva te conviertes en un saqueador; un despreciable bandido cuya vida no vale lo que la bala que se emplea en liquidarlo.

—Entiendo.

—Confío en que lo entienda en toda su amplitud y en todos sus matices para que tenga muy claro en qué se está metiendo y no me venga luego con boberías. Esto no es ningún juego de *guaguas.*

—¿Juego de qué?

—Juego de *guaguas*.

—¿Y eso qué significa?

—Juego de niños. Aquí un *guaguas* es un niño, ¿o es que aún no se había enterado?

—No —admitió su interlocutor un tanto confundido—. Tengo entendido que en Canarias una gua-

gua es un autobús, pero nunca lo había oído refiriéndose a un niño.

—¡Al fin y al cabo qué carajo importa! —exclamó impaciente el guaquero—. Lo que quiero es que tenga muy presente que éste no va a ser un paseo por el prado y que el peligro puede llegar de donde menos se espera.

—¿Es que nunca se cansan de repetírmelo?

El otro se puso en pie dando por concluida la conversación al tiempo que exclamaba:

—Por lo que a mí respecta, punto en boca. Si me entrega veinte mil dólares de adelanto, pasado mañana al amanecer vendré a buscarle y que sea lo que Dios quiera. De lo contrario aquí se acaba la historia.

Partiendo desde la misma espalda del hotel Quito, una carretera asfaltada descendía serpenteando hasta el diminuto pueblo de Pifo, y luego, atravesando el hermosísimo valle, un viejo camino empedrado comenzaba a ascender muy suavemente hacia las altas cumbres andinas.

A la derecha, a lo lejos, el majestuoso Cotopaxi mostraba su inconfundible cono de volcán perfecto, y más distante, ahora a la izquierda el eternamente nevado Cayambe les recordaba que justo por su cima cruzaba la línea equinoccial.

Se vieron obligados a atravesar por un estrecho puente que salvaba un riachuelo encajonado y rugiente, río aún de la vertiente occidental de la cordillera, y que en su corto recorrido acabaría desembocando en el relativamente cercano océano Pacífico.

A partir de ese punto el sendero se volvía cada vez más empinado, por lo que Bruno Guinea empezó a advertir que allí, a más de tres mil metros de altitud, el oxígeno comenzaba a faltarle y cada vez se le hacía más difícil respirar.

Atravesaron pequeñas plantaciones saludando al pasar a silenciosos indígenas que se sentaban a las puertas de sus míseras cabañas, y que parecían sorprenderse por la presencia en sus remotas soledades de un extranjero de piel clara, y dos horas más tarde alcanzaron los temidos páramos del Guamaní, tierras batidas por el viento, y en las que la expedición de Orellana perdió en su día a un centenar de nativos de las tierras costeñas, vencidos por el intenso frío.

Cercana ya la cota de los cuatro mil metros poco había que ver, más que la grandiosidad del paisaje, puesto que la vegetación era rala y escasa pese a que para los botánicos probablemente ofrecería elementos de interés poco comprensibles para un lego en la materia.

Le llamó, no obstante, la atención la presencia de un incontable número de diminutos colibríes, puesto que siempre había asociado su hábitat a las selvas húmedas y cálidas y resultaba sorprendente su presencia en un lugar en el que helaba todas las noches.

De igual modo le desconcertó la presencia de miríadas de sapos que se cruzaban continuamente en su camino, saltando, no con la agilidad con que siempre les había visto hacer, sino más bien con gestos cansinos, como si transportaran un peso insoportable a sus espaldas, o una fuerza invencible les impidiera elevarse.

Aparte de ello tan sólo distinguió a lo lejos algún que otro tapir velludo, media docena de venados de color rojizo, y un curioso oso de anteojos, el escurridizo *cucumarí*, tan escaso ya, que según Galo Zambrano se encontraba en trance de extinción.

Al caer la tarde, y tal como solía suceder casi a diario, comenzó a llover torrencialmente sobre el páramo por lo que se vieron obligados a buscar precario refugio en un desvencijado chamizo en el que el Cantaclaro cayó al instante rendido por la fatiga mientras su acompañante se entretenía en encender un pequeño fuego utilizando para ello piedras de carbón que previsoramente había traído consigo.

Evidentemente aquélla era una difícil ruta alejada de todas las vigilancias policiales que el desconfiado guaquero acostumbraba a hacer con cierta frecuencia, por lo que sabía muy bien que sin ese carbón difícilmente conseguirían soportar las bajas temperaturas de tan inhóspita región.

A media mañana del día siguiente alcanzaron El Paso, en el que una virgen de piedra parecía pretender proteger a los escasos viajeros, y un desconchado mojón recordaba que allí, a cuatro mil cien metros de altitud, concluía la provincia de Pichincha y daba comienzo al desconocido Oriente Ecuatoriano de los profundos abismos y las impenetrables selvas.

Aquélla era sin duda la auténtica puerta de una Amazonía que se extendía por casi siete mil kilómetros de agua y jungla hasta las mismísimas playas del Atlántico.

Sobre sus cabezas, el Antisana, de más de cinco mil setecientos metros de altura impresionaba por su abrupta configuración, tan inaccesible que tan sólo una expedición había sido capaz de coronarlo, pese a que tanto el explorador francés La Condamine, como mucho más tarde el famoso Humboldt, lo intentaran a riesgo de perecer en el intento.

Cuando las nieves del Antisana quedaron al fin a sus espaldas, la tierra comenzó a descender abruptamente, y aunque Bruno Guinea viniera soñando ya con semejante descenso, no resultaba en absoluto cómodo pese a que el cambio de paisaje, vegetación e incluso temperatura le insuflaran nuevos ánimos.

Era largo y pesado el camino, advirtiendo cómo

a cada paso el mundo parecía transformarse de tal modo que se podría pensar que los árboles acudían en su busca, pues cada metro que avanzaban era un metro que perdía el páramo y ganaba la selva.

A partir de allí se veían obligados a seguir los senderos del agua, y ese agua sería ya siempre su fiel compañera, la que les guiaba y les abría paso, puesto que de las eternas nieves del Antisana y mil picachos más nacía ese agua que se desgranaba, primero en diminutas cataratas y más tarde en bravías torrenteras que se desplomaban hasta la aún lejana cuenca amazónica por la que se desperezarían dulcemente hasta el mar.

Almorzaron frugalmente a orillas de la laguna de Papallacta, sin duda uno de los lugares más paradisíacos imaginables, a media distancia entre las frías cumbres y los calientes valles, rodeada de frondosos árboles, flores de mil colores y un silencio que obligaba a pensar que así debería haber sido el mundo en sus comienzos.

—¿Cómo se encuentra? —quiso saber entonces Galo Zambrano, que hasta aquel momento apenas había abierto la boca consciente de que una sola palabra hubiera bastado para agotar definitivamente a su exhausto acompañante.

—Como si me hubiera pasado por encima una manada de búfalos.

—Pues lo peor aún está por llegar, aunque por suerte para usted vamos ya de cara a tierras bajas.

—Es la falta de oxígeno lo que me está matando.

—Lo sé. Son pocos los europeos capaces de cruzar esos páramos, y de lo que puede estar seguro, es de que tiene un corazón a prueba de bomba. Si no le reventó esta mañana dudo que lo haga nunca.

—Hubo un momento en que pensé que se me escaparía por la boca.

—Ya me di cuenta.

—¿Y qué hubiera hecho?

El guaquero aventuró con un leve gesto la diminuta aldea que se distinguía al fondo del valle.

—Recoger a mi gente y aprovechar el viaje intentando localizar alguna tola en las laderas del Antisana. Años de experiencia, y el olfato me dicen que ahí arriba se oculta alguna de las tumbas de niños que los antiguos sacrificaban a los dioses. Ésas, y las de los curacas, suelen ser las más abundantes en joyas.

—¿O sea que me hubiera abandonado en mitad de la nada?

—Todos los muertos están siempre en mitad de la nada... —fue la tranquila respuesta—. Y lo mismo da que lleven muertos un día que mil años. Se lo dije y se lo repito: mi responsabilidad hacia usted concluirá en el momento mismo en que se le ocurra la mala idea de dejar de respirar.

—Pues si tengo que volver por el mismo camino es muy posible que deje de respirar de una vez por todas... —Hizo un gesto hacia la lejanía al inquirir—: ¿No hay salida hacia abajo?

—¿Hacia abajo? —repitió desconcertado su interlocutor—. ¡Naturalmente! La que utilizó Orellana por el cauce del Alto Coca, pero supongo que ya sabe lo que le costó. Desde entonces, y pronto hará quinientos años de eso, nadie ha sido capaz de reencontrar el camino. —El ecuatoriano agitó una y otra vez la cabeza negativamente—. Y le aseguro que no seré yo quien lo busque, puesto que el Coca más arriba de las cataratas está considerado, y con razón, un río maldito que devora a cuantos se aproximan a sus orillas.

Poco después reemprendieron la marcha para dejar prudentemente a la derecha Papallacta y alcanzar al fin un mísero poblacho que no constituía en realidad más que una agrupación de chozas de techo de paja, una desvencijada iglesia en la que probablemente no se celebraban oficios desde hacía treinta años, y un pretencioso «hotel» que no contaba más que con dos oscuras y hediondas habitaciones ocupadas ya por los hombres de Galo Zambrano.

Éstos admitían ser profanadores de tumbas prehispánicas, pero por su carácter y catadura de igual modo podrían haber admitido ser salteadores de caminos, piratas caribeños, o asesinos a sueldo.

Dos eran cholos andinos, otro un indio alama nacido a orillas del Napo, y el último un negrazo gigantesco llegado de la norteña región bananera de Esmeraldas.

Fue Galo Zambrano quien durante la cena le aclaró a su acompañante la razón de tan distintos lugares de procedencia.

—Ecuador... —comenzó diciendo— es como Dios, a la vez «Uno y Trino». «Uno», porque los ecuatorianos tenemos muy arraigado el espíritu patriótico, siendo como somos una nación diminuta emparedada entre Perú y Colombia. Y «Trino» porque estamos constituidos por tres regiones que en apariencia no tienen nada que ver las unas con las otras. En el centro se alza la cordillera, de gigantescas montañas pobladas por cholos descendientes directos de los incas; en el oriente las selvas, de indios amazónicos, algunos aún tan salvajes como los aucas que asesinan a cuantos se atreven a pisar su territorio, y en el poniente, las tierras calientes, dominadas por negros descendientes de esclavos africanos.

—¿Y quién ostenta el poder? —quiso saber Bruno Guinea.

—¿El poder? —repitió su interlocutor negando

con un leve gesto de la cabeza—. También en esto nos dividimos en tres, puesto que existe el «poder social», es decir, el de las clases altas que suelen ser descendientes de las familias españolas que se establecieron en Quito, y que siendo antaño grandes terratenientes, fueron perdiendo su fuerza a medida que dividían sus tierras entre sus descendientes. Luego existe el «poder económico» que está en manos de los inmigrantes sirios y libaneses que se establecieron en Guayaquil amasando increíbles fortunas con el café, el cacao, el banano y el comercio. Y por último existe el «poder político» que suelen repartirse tanto los profesionales como los militares, según las circunstancias, y que igual pueden provenir de un sector, como de otro.

—¡Curioso!

—En mi país casi todo es curioso cuando nos sorprende, aunque lo más sorprendente que ha ocurrido en estos últimos tiempos, se circunscribe al hecho de que de pronto llegue un matasanos español y gane una fortuna apostando al número del Diablo. ¿Cómo lo consiguió?

—Como se suele conseguir casi todo en la vida: con mucha suerte.

—La suerte acostumbra a tener límites —sentenció Galo Zambrano.

—Se equivoca... —le contradijo el Cantaclaro—. Ni la suerte, ni la mala suerte conocen fronteras. Hay personas que nacen con una buena estrella que les acompaña hasta el día de su muerte, y otras que nacen estrelladas y mueren de igual modo.

—¿Y usted es de las primeras?

—¡Ni por lo más remoto! —se escandalizó el otro—. Lo que ocurrió la otra noche incluso a mí me resulta inexplicable.

—Pero ¿por qué tres veces el seis?

—¿Y por qué no? Cada vez que gira la ruleta puede caer en un número con total independencia del que haya salido con anterioridad.

—¡De acuerdo! —aceptó el ecuatoriano dando por concluido el tema—. Lo único que espero es que cuando nos veamos en peligro tenga un golpe de suerte parecido y nos salve el pellejo... —Le guiñó un ojo en un gesto impropio de su carácter—. Y ahora intente descansar, puesto que nos esperan jornadas muy duras.

—¿Adónde nos dirigimos?

El otro hizo un gesto que denotaba sorpresa.

—¿Y usted me lo pregunta? —inquirió—. A cuatro horas de camino comienza la Alta Amazonía, y en cualquier momento, nunca se sabe exactamente dónde, a qué hora, ni por cuánto tiempo, nos engullirá el Mar Blanco, pero aún no me ha aclarado qué es lo que busca.

—«El Mar Blanco»... —repitió confuso Bruno Guinea—. ¿Qué es eso del «Mar Blanco»?

—La niebla más espesa que nunca haya visto nadie; un océano de nubes que llegan desde miles de kilómetros de distancia, porque como aquí el viento sopla siempre del este, empuja hacia los Andes todo el vapor de agua que el sol ha ido levantando de la humedad de la cuenca amazónica. Un poco más abajo de donde nos encontramos, la Cordillera Real se convierte en una barrera natural en la que «la mitad del tiempo hay lluvia, y la otra mitad diluvia».

—Nunca me había hablado de eso... —protestó con gesto de cansancio el español.

—Son muchas las cosas malas de esta región de las que nunca le he hablado, y si tampoco le he mencionado las buenas es porque no conozco ninguna. Pero es usted quien paga por venir.

—¿Y cómo podemos evitar ese Mar Blanco?

—Procurando mantenernos por encima de las nubes, pero eso no siempre es posible, ya que de improviso ascienden más de mil metros y te atrapan antes de que hayan tenido tiempo de reaccionar.

—Difícil me lo pone.

—Difícil es.

Es noche, tumbado en un mugriento jergón arrinconado en una hedionda estancia que se veía obligado a compartir con dos profanadores de tumbas, Bruno Guinea soñó que se sumergía en empapados algodones de entre cuyas prietas fibras surgían de tanto en tanto informes bestias que intentaban devorarle.

También soñó con Alicia, y con el acogedor estudio repleto de libros en el que tan a gusto se había sentido siempre.

Cuando al fin despertó el sol estaba muy alto, machacando con furia la solitaria plazoleta de tierra apisonada, y le sorprendió descubrir que en todo cuanto alcanzaba la vista no se distinguía más vida que tres perros, dos cerdos, media docena de gallinas, y a su derecha, casi invisible bajo el porche de la vetusta iglesia cerrada a cal y canto, la figura de un viejo y andrajoso nativo que permanecía acuclillado con la espalda apoyada contra el muro.

Se aproximó a él.

—¡Buenos días! —saludó.

—Buenos serán si usted lo dice... —fue la en cierto modo desconcertante respuesta.

—¿Dónde están todos?

—¿No los ve?

—No.

—Pues si usted no los ve, imagínese yo.

Fue en ese justo momento cuando el Cantaclaro

descubrió que los ojos del anciano eran como dos bolas de cristal translúcido.

—¡Lo siento! —balbuceó desconcertado.

—No es culpa suya. —El pordiosero alzó el rostro, le miró de frente, y Bruno Guinea tuvo la desagradable sensación de que a pesar de que sus ojos aparecían muertos en realidad le estaba viendo. Al cabo de unos instantes, una especie de leve sonrisa burlona se dibujó en sus labios al musitar muy quedamente:

—Aún está a tiempo.

—¿A tiempo de qué? —quiso saber.

—De arrepentirse. Ha hecho un largo viaje, pero las auténticas dificultades no han empezado.

El Cantaclaro le observó con extraña fijeza y por último inquirió con un hilo de voz:

—¿Damián Centeno?

—Ahora me llamo Huasi, según creo.

—¿Y por qué ese nuevo disfraz?

—No se trata de un disfraz. Se trata de un cuerpo. Cansado, ciego y roto, pero tan válido como cualquier otro, puesto que como ya le dije tan sólo los utilizó un día, y en realidad nunca he necesitado ojos para ver, lengua para hablar, ni oídos para escuchar.

—¿Y a qué ha venido?

—A recordarle por última vez que aún está a tiempo de arrepentirse.

—Hubiera preferido que viniera a decirme qué es lo que tengo que buscar.

—¡De eso nada! La gracia de este juego estriba en que estoy poniendo a prueba, no sólo su valor y su capacidad de sacrificio, sino su inteligencia y sus dotes deductivas... —El anciano alzó una mano escuálida y señaló con un sarmentoso dedo en dirección a la selva—. Ahí dentro se esconde un animal que puede acabar con el sufrimiento de millones de seres humanos, pero no pienso decirle cuál es, ni qué aspecto tiene. De usted depende triunfar, fracasar, o morir en el intento.

—¿Realmente corro peligro?

—¡Naturalmente! Y mucho a mi entender.

—¿Y qué ocurrirá si muero?

El llamado Huasi dejó escapar una corta carcajada.

—Supongo que volará directamente al paraíso puesto que al haberlo hecho por una causa tan justa sin haber alcanzado un trato final conmigo en buena lógica deberá ser recompensado por ello... —Hizo una corta pausa—. O al menos eso espero.

—Pero ¿a usted no le conviene que muera?

—Desde luego que no, aunque resulta más que evidente que no rezaré por usted.

—Pero ¿tampoco hará nada por impedirlo? —quiso saber el Cantaclaro.

—¿Y cómo podría impedirlo? —pareció sorprenderse el otro—. La Muerte presume de autónoma y caprichosa, y le juro que no tengo el más mínimo poder sobre sus decisiones, puesto que si lo tuviera intentaría que la gente dejara siempre este mundo en el momento en que a mí más me conviene: es decir, cuando cargan con el mayor número de pecados... —Lanzó un hondo resoplido, se interrumpió de improviso, y al poco musitó agitando una y otra vez la cabeza—: No. Me temo que, si por desgracia a la puñetera vieja hedionda se le ocurre la mala idea de cruzarse en su camino, todos mis desvelos habrán resultado inútiles y habré perdido el tiempo de una forma miserable.

—¿O sea que la Muerte está en disposición de desbaratar los planes del mismísimo Demonio...?

—Como los de todo el mundo, puesto que sus decisiones son las únicas inapelables.

—¿Ni siquiera por Dios?

—Ni siquiera por él, que a lo más que puede llegar es a retrasar unos años la sentencia, puesto que le aseguro que nunca ha existido un solo ser viviente que se haya convertido en inmortal.

—¿Y Lucifer?

—¿Yo? —se sorprendió su interlocutor—. Yo no soy lo que pudiera llamarse «un ser viviente» propiamente dicho. Yo soy alguien que habita en todos los seres vivientes aunque en la mayoría nunca llegue a manifestarse.

—¿Quiere decir con eso que siempre estuvo en mí y fui yo quien le empujó a manifestarse?

—Piense lo que quiera, no he venido hasta el culo del mundo con la intención de discutir lo que para mí no son más que banalidades, sino para advertirle que ésta es su última oportunidad.

—Tanto insiste que llegaré a pensar que es lo que en verdad está deseando.

—En cierto modo… —admitió el anciano sin tapujos—. El que se arriesgue como lo hace, sabiendo que si triunfa se condena por toda una eternidad, me obliga a meditar sobre el hecho de que tal vez dicha condenación no espanta tanto como había imaginado, y eso me inquieta.

Bruno Guinea, que había tomado asiento en la escalinata sonrió convencido de que en verdad el ciego le estaba viendo, para acabar por agitar la cabeza negativamente.

—No tiene por qué inquietarse… —replicó—. La condenación eterna me aterroriza mucho más de lo que pueda imaginar, pero lo cierto es que no acabo de creer cuanto me está ocurriendo. Es como si de pronto hubiera aprendido a volar pero me negará a aceptarlo achacándolo a un mal sueño.

—Por desgracia no es un sueño.

—¿Por desgracia para quién?

—Para usted, supongo.

—Supone mal. Voy haciéndome a la idea de qué es lo que puedo ganar y qué es lo que puedo perder, y comienzo a asumirlo.

—Es mucho lo que puede perder.

—Pero es mucho más lo que puedo ganar, porque hay algo de lo que sí puede estar seguro: cuando me esté martirizando allá abajo habrá algo que nunca podrá quitarme.

—¿La satisfacción de saber que lo ha hecho por amor al prójimo...? —concluyó la frase con una irónica sonrisa el llamado Huasi.

—Usted lo ha dicho. El concepto que tenga de mí mismo me acompañará hasta el fin de los siglos, y conociéndole como empiezo a conocerle, creo estar en condición de asegurar que cambiaría su increíble poder por algo tan nimio como tener un buen concepto de sí mismo.

—¡Tal vez!

—Tal vez, no... ¡Seguro! —insistió el Cantaclaro que de nuevo hacía honor a su apodo—. Todo, incluso su poder o su ilimitada capacidad de hacer el mal acaban por cansar. O por aburrir, como usted mismo dijo. Pero lo que yo siento ahora, o lo que sentiré si consigo acabar con esa maldita enfermedad, jamás me cansará ni acabará por aburrirme.

—¿Está intentando provocarme? —masculló el llamado Huasi endureciendo el tono de voz—. No se deje engañar por las apariencias, puesto que bajo este envoltorio de anciano desvalido, se sigue ocultando el todopoderoso Satanás.

—No me dejo engañar por las apariencias... —fue la tranquila respuesta—. Pero hay algo que he aprendido muy bien en estos últimos tiempos: Satanás puede hacer que gente insospechada me llame por teléfono, e incluso trucar una ruleta, pero no es en absoluto todopoderoso, puesto que la Muerte no le obedece y un simple «no» le anula por completo... —Bruno Guinea sacó apenas la punta de la lengua y se la golpeó repetidas veces con el índice—. Y yo siempre tendré aquí, a mi disposición, ese «no» al que tanto le teme.

—No por mucho tiempo.

—¿Qué quiere decir con eso?

—Que en cuanto averigüe cuál es ese animal consideraré que se ha cerrado nuestro trato, y a partir de ese instante ese «no» carecerá de valor. Me habré apoderado de su alma por todo el resto de la eternidad.

—¡En absoluto! —fue la tranquila respuesta—. Ése no fue el trato.

Podría creerse que por los opacos ojos del ciego cruzaba un rayo de furia cuando su dueño inquirió impaciente:

—¿Cómo que ése no fue el trato?

—¡Como que no...! —Incluso el propio Cantaclaro parecía sorprenderse de su autocontrol en semejante momento y situación—. Se apoderará de mi alma a partir del momento de mi muerte, pero ni un minuto antes... —le apuntó directamente con el dedo sin importarle si podía verle o no al puntualizar en tono quisquilloso—: Hasta que una muerte, sobre lo que por lo que asegura no tiene el más mínimo control, no venga a llevarme, seguiré siendo dueño absoluto de mis actos, y mi alma seguirá siendo mía... ¡Ése fue el trato! ¿O no?

—Visto así, sí... —admitió el viejo.

—Es que es la única forma de verlo. Estoy de acuerdo en que desde el momento en que localice a ese animal no podré volverme atrás, pero usted estará de acuerdo conmigo en que tendrá que esperar para cobrar su premio. Hasta que el cáncer haya desaparecido de la faz de la Tierra, mi alma seguirá siendo mía.

—Se está volviendo un astuto negociador.

—Tengo el más experimentado de los maestros.

—Eso es muy cierto. Tal vez resulte divertido mantener largas discusiones más adelante. Allá abajo están todos tan acojonados que no se puede ni hablar con ellos. Hombres muy inteligentes y que fueron realmente grandes en vida, se han convertido ahora en tristes guiñapos balbuceantes... —De improviso los ojos cobraron vida, como si se hubieran desprendido del glauco velo que los ocultaba, y su dueño añadió sonriente—: Creo que resultará una divertida experiencia contar con un huésped que no esté allí por méritos propios y cuya conciencia continúe intacta.

—Pues a mí maldita la gracia que me hará.

El viejo Huasi dejó escapar una nueva carcajada.

—¡Lo supongo! —exclamó—. Pero lo cierto es que jamás me ha importado lo que piensen o sientan los demás... —Hizo un gesto hacia el extremo de una de las embarradas calles—. Y ahora es mejor que se vaya —dijo—. La gente del pueblo está volviendo.

Bruno Guinea se volvió hacia el punto indicado y advirtió cómo, efectivamente, al poco hacían su aparición una treinta de hombres y mujeres al frente de los cuales se encontraba Galo Zambrano.

Se dirigió hacia él.

—¿Dónde estaban? —quiso saber...

El otro hizo un indeterminado gesto hacia una montaña cercana.

—Allá arriba... —dijo—. Los lugareños han encontrado unos restos muy prometedores y estábamos analizándolos... Tal vez, cuando todo esto acabe, volvamos a investigar a fondo.

—¿«Investigar a fondo» significa «saquear»?

—¿Y a quién le importa...? —fue la respuesta—. Puede tener por seguro que ningún científico se molestará nunca en rebuscar en ese lugar. Existen cientos de yacimientos semejantes a todo lo largo y ancho del país, y nadie les hace ni puñetero caso. Si nosotros no los sacamos a la luz, seguirán donde están durante mil años más.

—¿Y qué tiene eso de malo?

—¿Y qué tiene de bueno? —replicó el guaquero con sorprendente rapidez—. Un tesoro bajo tierra es como una vaca sagrada de la India: no beneficia a nadie. Si lo encuentro me beneficiará a mí, y a quien lo compre, que podrá disfrutar de un hermoso objeto del que ahora tan sólo disfrutan los gusanos.

El Cantaclaro llegó a la conclusión de que no merecía la pena empantanarse en una inútil discusión que no conduciría más que a provocar una situación incómoda, puesto que resultaba evidente que si había aceptado viajar en compañía de salteadores de tumbas, carecía de fuerza moral para criticar sus métodos.

—¡De acuerdo! —dijo limitándose a encogerse de hombros—. ¿Cuándo nos vamos?

—¡Ya!

Habían alcanzado la puerta del «hotel», y lo primero que hizo el ecuatoriano fue entregarle una especie de esterilla de poco más de metro y medio de ancho y dos de largo fuertemente enrollada y atada con una correa que permitía colgarla a la espalda.

—¡Cuídela! —ordenó secamente—. Si la pierde es hombre muerto.

—¿Y eso?

—Ahora no tengo tiempo de explicárselo, pero recuerde que compartiremos con usted el agua, la comida y todo cuanto haga falta... ¡Todo menos esto!

—¡Pues sí que estamos buenos...! —exclamó el Cantaclaro visiblemente confuso—. ¿Desde cuándo un puñado de cañas puede ser más importante que el agua o la comida...?

Su interlocutor se limitó a hacer un gesto hacia el extremo del pueblo al tiempo que replicaba:

—Desde el mismo momento en que nos internemos en esa selva.

Avanzaron a buen ritmo durante unas cuatro horas, siempre precedidos por media docena de lugareños que transportaban pesados bultos sujetándoselos a la frente por medio de anchas cintas, y a Bruno Guinea le admiró la rapidez y agilidad con que se movían por entre la espesura, con un paso tan vivo y saltarín que incluso le costaba trabajo imitar pese a no cargar más que con su ligera esterilla.

A medida que el sendero descendía serpenteando sinuosamente, los árboles ganaban altura hasta que al fin llegó un momento en el que el azul del cielo desapareció vencido por el verde de las lianas y las hojas, y no volvieron a verle hasta que alcanzaron el borde de un angosto barranco que parecía cortar en dos la Tierra como si el afilado y gigantesco machete de un cíclope se hubiera entretenido en abrirla al igual que se pudiera abrir, de un solo tajo, una sandía.

El fondo de la recta cicatriz permanecía en sombras a más de mil metros bajo ellos, tan cerrado por la espesa vegetación que nacía a uno y otro lado que resultaba imposible determinar si algún cauce de agua corría allá abajo en una u otra dirección.

De tanto en tanto, ululaba el viento, jugando a imitar voces humanas al rozar con los salientes de las rocas, y cuando al poco distinguieron en la distancia un frágil puente de tablas y cuerdas que se balanceaba como un poseso, al Cantaclaro ni tan siquiera le cruzó por la mente la idea de que alguien tuviera la más remota intención de atravesarlo.

Pero, para su desgracia, aquél era, al parecer, su punto de destino.

—¡Aquí está! —fue lo primero que exclamó Galo Zambrano al detenerse justo a la entrada, con el altivo tono de quien se siente orgulloso de algo propio— «el Puente de la Espada», el último vestigio de civilización a las mismísimas puertas de la Caída del Infierno.

—¿«Civilización»? —Se asombró con apenas un hilo de voz el aterrorizado Bruno Guinea—. ¿Se atreve a considerar esto una muestra de «civilización»?

—¡Por supuesto...! Este puente es una auténtica obra de arte, y una clara prueba de la capacidad de sacrificio y el valor de una raza. Seis obreros desaparecieron allá abajo mientras se construía, pero desde entonces, y de eso hace ya más de cien años, tan sólo cinco viajeros se han despeñado. —Se encogió de hombros como si pretendiera evitar responsabilidades al puntualizar—: ¡Bueno! Cinco... que se sepa.

—¡Hermoso consuelo!

—Y aún más hermoso si tiene en cuenta que las crónicas de la época aseguran que por este mismo barranco se precipitaron más de cuarenta componentes de la expedición de Orellana...

—No puede ni imaginar cuánto me anima...

—¿Quiere saber por qué le llaman «el Puente de la Espada»?

Sin aguardar respuesta extrajo de su mochila unos viejos prismáticos, los enfocó hacia un punto al lado opuesto del talud, y al poco se los tendió a su acompañante.

—¡Fíjese en aquello! —dijo—. A unos treinta metros por debajo del enganche del puente, junto al saliente de roca... ¿Qué es lo que ve?

El español tomó los prismáticos, buscó el lugar indicado, y al poco alzó el rostro un tanto sorprendido.

—Parece la empuñadura de una espada —admitió.

—*Es* la empuñadura de una espada toledana perteneciente a uno de los capitanes de Orellana. El pobre hombre resbaló cayendo al abismo, y su espada se incrustó de tal forma en una hendidura del muro, que nadie ha sido capaz de extraerla pese a que muchos lo han intentado. Cuenta la leyenda que el cadáver de su dueño permaneció varios meses colgando de ella.

—¡Qué historia tan macabra!

—La espada ha quedado ahí como clara advertencia de que por ningún concepto se debe pasar de este lugar.

—Pero por lo visto haremos caso omiso de tal advertencia...

—Usted paga por eso.

—¡Debo estar loco!

—Nunca lo he dudado... —Galo Zambrano hizo un gesto hacia el barranco para inquirir con una leve sonrisa—: ¿Se decide? Le recuerdo, una vez más, que aquí se acaba lo bueno.

—¿«Bueno»? ¿Qué es lo que ha habido de bueno hasta el momento?

—Tampoco ha sido tan malo, digo yo. Apenas algo más que un pequeño paseo por la montaña

—indicó con la barbilla hacia el otro lado—. Pero eso de ahí es muy distinto —añadió—. A partir del puente hay que echarle muchos cojones...

—¿Y qué ocurrirá si no me atrevo a cruzar?

—Que habrá perdido su dinero. Uno de mis hombres le acompañará de regreso a Quito y yo me concentraré en averiguar qué ocultan las ruinas que me enseñaron esta mañana.

—Está deseando hacerlo, ¿no es cierto?

—Es posible...

—Para usted sería una jugada perfecta ya que habría organizado una expedición ilegal con el dinero de un gilipollas que se acojonó a las primeras de cambio.

—¡Mejor aún! —le corrigió el otro evidentemente divertido—. Se trataría de una expedición ilegal financiada con el dinero de un casino, y eso siempre tiene algo de morboso, ¿no cree? —El ecuatoriano le golpeó afectuosamente en el hombro con un ademán impropio de un personaje por lo general tan respetuoso y circunspecto—. ¡Pero no se preocupe! —añadió—. Eso no va a ocurrir, porque estoy convencido de que atravesará ese puente.

—Yo no estoy tan seguro... —fue la respuesta—. ¡Observe cómo se balancea! ¿Quién coño puede soñar en pasar por ahí sin matarse?

—Eso ya se está solucionando... —replicó el guaquero al tiempo que señalaba hacia uno de los lugareños que había comenzado a adentrarse en el puente atado a la cintura por dos largos cabos de cuerda cuyos extremos sujetaban con fuerza sus compañeros—. En menos de media hora habrá dejado de balancearse.

El Cantaclaro prestó atención, impresionado por la desmesurada muestra de valor de que hacía gala el esquelético indígena que avanzaba muy despacio y aferrándose con tremenda fuerza a las barandillas de cuerda con el fin de evitar que el viento lo elevara como una pluma para acabar lanzándole al fondo del abismo.

Cuando hubo llegado, ¡casi milagrosamente!, al centro mismo del puente, se sentó a horcajadas, se sujetó con las piernas como un jinete que estuviera tratando de domar a un caballo demasiado brioso, y comenzó a atar las cuerdas que le sujetaban por la cintura, a las argollas que colgaban de uno y otro lado de la más ancha de las tablas.

Cuando lo hubo conseguido alzó el brazo y sus compañeros tensaron desde la orilla las largas sogas sujetándolas a gruesos árboles que se encontraban a unos veinte metros de distancia.

De ese modo, bridado por la derecha y por la izquierda, el balanceo del puente disminuyó de forma notable, por lo que el resto de la expedición se dispuso a cruzarlo.

No obstante, cuando tan sólo dos de los porteadores se encontraban ya al otro lado, Galo Zambrano alzó la mano deteniendo al resto al tiempo que se volvía a Bruno Guinea.

—Ahora le toca a usted —dijo—. Resultaría estúpido que cruzáramos si el que les paga no se decide a hacerlo. Ahí enfrente no se nos ha perdido nada a nadie.

La respuesta sonó casi infantil.

—Es que tengo miedo.

—¿Y quién no? —replicó el ecuatoriano con desconcertante naturalidad—. El hecho de vivir a estas altitudes puede que evite tener vértigo, pero no tener miedo. Más bien al contrario, puesto que has visto precipitarse a tantos compañeros al abismo que tienes plena conciencia de la magnitud del peligro. Pero le recordaré un viejo dicho local: «El miedo es el único enemigo que vence sin armas».

El español le dirigió una acusadora mirada de reproche al replicar:

—En estos momentos tengo la mente tan en blanco que no me siento capaz de entender qué carajo quiere decir con eso.

—Quiero decir que un río ahoga, un jaguar devora, una serpiente envenena o un abismo engulle, pero el miedo es tan sólo una palabra que a la larga provoca más muertes que los ríos, los abismos, los jaguares o las serpientes... —Dirigió la mirada al frente—. Ese puente no parece demasiado seguro, lo admito, pero si se cae, le habrá matado el miedo, no el puente.

—¿Y qué más da quién me mate si al fin y al cabo acabo en el fondo del precipicio? —quiso saber el Cantaclaro.

—A mí no me daría igual morir por cobardía o porque el destino me jugó una mala pasada... —replicó Galo Zambrano convencido de lo que decía—. Pero no es momento de cháchara que a nada conduce, sino de tomar decisiones. ¿Cruza o no cruza?

Tenía razón el guaquero y el miedo puede llegar a convertirse en el más poderoso de los enemigos, puesto que paraliza de tal forma a su víctima, que su mente se siente incapaz de emitir los impulsos necesarios para que el cuerpo reaccione.

El terror colapsa el cerebro e incluso detiene de golpe los latidos del corazón, y bloqueado por el pánico en mitad del precipicio, azotado por el viento, ensordecido por sus aullidos, mareado por el balanceo e incapaz de abrir las manos que se aferraban como garfios a las viejas cuerdas deshilachadas, Bruno Guinea experimentó un irrefrenable deseo de lanzar un desesperado alarido y dejarse arrastrar sin oponer resistencia a un oscuro abismo que le atraía con la fuerza de un imán.

—¡No mire hacia abajo! —oyó que le gritaban—. No mire hacia abajo. ¡Mire al frente! ¡Mire al frente!

¡Qué fácil resultaba decirlo desde la seguridad de la orilla!

Pero qué difícil obedecer desde donde se encontraba.

Transcurrió un minuto.

Pero no fue un minuto.

Fue toda una eternidad.

Otro minuto.

Y otra eternidad.

No acertaba a dar un solo paso hacia delante.

Pero más incapaz se sentía de retroceder.

—¡Mire al frente! ¡Mire al frente!

Alzó la vista. El corte que dividía en dos la Tierra se abría ante sus ojos, y muy a lo lejos, visible únicamente desde el punto en que se encontraba, distinguió la majestuosa silueta de un altísimo volcán que lanzaba al cielo un penacho de humo blanco.

Parecía surgir de la verde selva como un desafío a cualquier lógica, tal vez incongruente tan alejado de sus hermanos de las agrestes cumbres de la cordillera, pero infundía una especie de contagiosa serenidad que tuvo la virtud de conseguir lo que no conseguían los gritos de los guaqueros.

Ya en la orilla opuesta, y cuando a los pocos minutos Galo Zambrano se dejó caer a su lado, inquirió:

—¿Cómo se llama ese volcán?

—Sangay.

—Tengo la impresión de que me ha salvado la vida.

—En ese caso no habrá hecho más que cumplir con su obligación.

—Explíquese.

—Los indígenas aseguran que esta jungla es como un mar en el que los viajeros acostumbran a perderse... —continuó el ecuatoriano—. Pero cuando están a punto de desesperar sin conseguir orientarse, basta con subirse a un árbol y buscar al Sangay, que con su eterna columna de humo es como el mayor de los faros en mitad del océano. Cuenta la leyenda que Sangay Chimé era una hermosísima princesa cuzqueña que junto a su esposo, el valiente general Cayambe, desafió al todopoderoso inca por salvar a su pequeña hija, Tunguragua, que había sido elegida por los sumos sacerdotes para ser sacrificada a los dioses. En su memoria se dio nombre al volcán que salva a los viajeros... —Dirigió a su acompañante una severa mirada con la que al parecer pretendía fulminarle para añadir—: Pero no hemos llegado hasta aquí para hablar sobre mitología incaica, sino para buscar algo, y creo que ha llegado el momento de aclarar qué es lo que estamos buscando.

—¿Por qué insiste? —replicó en tono impaciente su interlocutor—. Nunca he tratado de engañarle. Continúo sin saberlo.

—¡Santo cielo!

—¿Cree que le miento?

—¡Ojalá me mintiera...! —La exclamación sonaba totalmente sincera—. Si lo estuviera haciendo significaría que al menos alguien tiene alguna idea sobre lo que hacemos aquí y no andaríamos todos a ciegas.

—¡Pues lo lamento, pero así es!

—¡Bien! —admitió el ecuatoriano—. Creo que por hoy ya hemos tenido suficientes emociones. Pasaremos la noche aquí, y que mañana sea lo que Dios quiera...

Ordenó encender un fuego que era más el humo que el calor o la luz que proporcionaba, y en cuanto cerró la noche, a las seis en punto, ni un minuto antes ni un minuto después, tal como correspondía durante todos los días del año a una región que aún cabalgaba sobre la línea equinoccial, cenaron frugalmente y se dispusieron a pasar su primera noche en pleno corazón de la Alta Amazonía.

—Aquí es donde entran en juego las esteras... —señaló al poco el guaquero—. Y tenga muy presente de que las use o no correctamente puede depender su vida... Envuélvase en ella como si se tratara de un rollito de primavera.

—¿Un qué?

—Un «rollito de primavera». ¿Nunca ha comido en un restaurante chino? —Ante el mudo gesto de asentimiento añadió—: Pues eso es lo que tiene que hacer: envolverse dejando visibles únicamente las botas y el sombrero de tal forma que ni un solo centímetro de su piel quede a la vista.

—¿Tantos mosquitos hay?

—¿Mosquitos...? —Se sorprendió el otro—. Sí, claro que abundan los mosquitos. Y las serpientes, las arañas y los escorpiones... Pero ¿quién piensa en ellos? Es por los murciélagos.

—¿Ha dicho murciélagos?

—¡Exactamente!

—¿Está tratando de tomarme el pelo?

—¡Qué más quisiera yo! —exclamó su interlocutor con absoluta honestidad—. ¿Acaso no ha oído hablar nunca de los murciélagos vampiro?

—Siempre creí que se trataba de un cuento infantil.

—¡Escuche, amigo mío...! —puntualizó el otro inclinándose levemente hacia delante—. El *Desmodus*

Rotundus, que así es como doña Cecilia asegura que se llama, y jamás se me podrá olvidar ese enrevesado nombre, es un «murciélago hematófago», es decir, que únicamente se alimenta de sangre.

El Cantaclaro le observó estupefacto y no pudo por menos que exclamar alarmado.

—¡No me joda!

—Nada más lejos de mi ánimo, y puede creerme si le juro que éste es el lugar del mundo en que más abunda, puesto que anida en las profundas cuevas de esos barrancos.

—¿Y de la sangre de quién se alimentan, porque en todo el día no he visto un puñetero animal?

—En cuanto oscurece se dejan caer hasta la llanura amazónica donde atacan a cuanto bicho viviente se pone a su alcance. Luego, poco antes del amanecer permiten que las corrientes de aire que comienzan a ascender por las laderas de la cordillera les traigan de regreso a casa, donde se pasan el resto del día durmiendo.

—¿Y pueden matar a una persona?

—De un solo ataque, no. Pero como van expulsando la sangre al tiempo que la tragan, extraen casi medio litro de un golpe, por lo que al día siguiente su víctima se encuentra muy debilitada.

—Pero bebiendo mucha agua esa sangre se repondrá fácilmente.

—No, si son varios los vampiros que han atacado al mismo tiempo. Y hay que ser muy fuerte para conseguir recuperar las fuerzas cuanto te han atacado varias noches seguidas.

—¿Por qué no me había hablado de esto?

—Porque no me lo preguntó.

—¿Y cómo iba a preguntarle sobre algo sobre cuya existencia no tenía la más remota idea?

—Lo ignoro, pero desde el primer momento le advertí que nos adentraríamos en la región más peligrosa del planeta, y al fin y al cabo los vampiros no constituyen más que uno de tantos peligros. —El guaquero se encogió de hombros como si cuanto decía careciera de importancia—. Y le garantizo que el hecho de que le chupen un par de litros de sangre no es lo más grave que puede ocurrirle, a no ser que al mismo tiempo le inyecten la rabia.

—¿La rabia...? —repitió su abatido acompañante con apenas un suspiro—. ¿Se refiere a la rabia de los perros?

—De los perros, los gatos, las vacas, los caballos, los jaguares, y sobre todo, de los miles de monos que habitan a orillas del Napo, y que constituyen la principal fuente de alimentación del puñetero *Desmodus Rotundus* de los cojones.

—Me niego a creerlo.

—Como quiera, pero un hermano de mi madre dedicó media vida a desmontar la selva con el fin de levantar una explotación ganadera cerca de Puyo, se gastó una fortuna importando las mejores vacas desde Estados Unidos, pero a los tres años esas malditas ratas voladoras le habían contagiado la rabia a todos sus animales.

—¿Y qué hizo?

—Pegarse un tiro.

—¿Por qué aquí todo lo solucionan por la tremenda? —se lamentó el Cantaclaro—. En mi país su tío se habría limitado a empezar de nuevo en otra parte.

—Porque aquí todo es tremendo... —intervino uno de los hombres de Galo Zambrano, un cholo que respondía al nombre de Arcadio y que hasta ese momento se había limitado a escuchar en silencio al igual que el resto de sus compañeros—. Estamos en la mitad del mundo, en el mismísimo corazón de la Cordillera Real, y por lo tanto tenemos las montañas más altas, las selvas más espesas, los ríos más caudalosos, los abismos más profundos e incluso los viejos más viejos. Mi abuelo ha cumplido más de cien años y aún trabaja en el campo todos los días.

—¿Y a qué atribuye tanta longevidad?

—A que nació en mil ochocientos noventa y ocho —replicó con sorna el otro, aunque de inmediato cambió el tono—. ¡No! La verdad es que en mi pueblo todo el que no muere de accidente suele pasar del siglo en perfecto estado de salud. Constantemente nos visitan científicos de todo el mundo, pero aún no han conseguido determinar por qué razón casi nunca enfermamos.

—¿Ni siquiera de rabia?

—De rabia sí, naturalmente —admitió el cholo—. Pero en mi pueblo no se suelen dar casos de rabia porque está a la orilla de una laguna, y los murciélagos que han cogido la rabia huyen del agua.

—¡Curioso! ¿Está muy lejos su pueblo?

—A un día de marcha hacia el sur.

—Me gustaría visitarlo.

—¡Será en otra ocasión...! —intervino Galo Zambrano dando por concluida la charla—. Ahora es tarde y mañana nos espera una jornada muy dura...

Probablemente el guaquero tenía razón y el día siguiente sería muy duro, pero lo que resultó evidente, es que aquélla fue, sin duda alguna, la noche más dura que había pasado Bruno Guinea en toda su vida.

Convertido en un rollito de primavera, incapacitado para mover un solo músculo y con las cañas, del grueso de un dedo, clavándosele en la espalda, se sentía como un difunto encajonado en un ataúd demasiado estrecho; un auténtico muerto viviente que ni siquiera conseguía respirar a pleno pulmón.

Docenas de mosquitos zumbaban junto a sus oídos, algunos le picaban sin que tuviera otra posibilidad de defenderse que restregarse la cara contra la estera, los ronquidos de sus compañeros de viaje le desvelaban, y el ulular del viento en el acantilado tenía la virtud de ponerle los vellos de punta.

Evidentemente aquello era el infierno.

Ni fuego eterno, ni calderas de aceite hirviendo, ni hierros al rojo desgarrando la carne.

Bastaba con una simple estera y un millón de mosquitos sedientos de sangre.

A media noche abrigó el convencimiento de que acabaría por volverse loco.

Una hora después se encontraba al borde de un ataque de histeria.

Cuando llegó a la conclusión de que por más que lo intentara no lograría conciliar el sueño, giró sobre sí mismo en busca de la libertad.

Pocas cosas le habían hecho tan feliz en esta vida como sentarse junto al fuego pudiendo mover a su antojo los brazos y las piernas.

Respiró a pleno pulmón el humo espeso y maloliente de la hoguera de hojarasca y ramas húmedas, y permaneció largo rato observando con envidia a quienes roncaban pese a parecer auténticas momias que en lugar de en vendas de lino estuvieran envueltas en cañas.

El ser humano demostraba así, una vez más, su versatilidad y su capacidad de adaptación a cualquier medio, desde los desiertos a los polos, pasando por las ciudades, o por aquella desconcertante región en la que al parecer reinaba la más repugnante de las bestias voladoras.

Bruno Guinea no recordaba haber visto nunca un murciélago de cerca.

Los había visto volar, eso sí, en los atardeceres de verano, o cruzar bajo algún solitario farol en plena noche, pero a su memoria no acudía ninguna imagen que no fuera una inquietante fotografía o tal vez algún documental televisivo.

Abundaban en África, de eso estaba seguro, ya que formaban una parte muy importante de la iconografía propia de las películas de aventuras, pero siempre dio por sentado que se alimentaban de insectos o de frutas, sin que se le pasara por la mente la absurda idea de que algún día pudieran buscar su sangre.

Nunca, ni por lo más remoto, pero ahora se encontraba allí, sentado frente a una apestosa hoguera y sin conseguir descansar ni un instante a pesar de que le dolía cada centímetro del cuerpo y se encontraba agotado.

Cerró los ojos apenas unos minutos, pero en el momento de volver a abrirlos se encontró solo.

Buscó a su alrededor y no vio a nadie.

Ni personas, ni momias, ni árboles, ni hoguera, y por no ver no alcanzó a ver casi ni sus propias manos.

Tal como le ocurriera en sueños, pero ahora se sabía despierto, se había sumergido de improviso en un húmedo universo de algodón.

La niebla, la más espesa niebla que nadie hubiera sido nunca capaz de imaginar se había posado sobre la Alta Amazonía como un gigantesco cisne blanco que extendiera sus alas de poniente a levante.

Un escalofrío le recorrió la espalda.

No era miedo ni frío lo que experimentaba, sino una indescriptible sensación de irrealidad, puesto que últimamente le parecía estar viviendo una vida paralela de la que no consideraba protagonista, sino tan sólo testigo presencial sin derecho a voto.

El Bruno Guinea que permanecía allí sentado, poco o nada tenía que ver con el Bruno Guinea que se observaba a sí mismo desde lejos.

El desequilibrado dispuesto a pactar con Lucifer y que buscaba no sabía qué no sabía dónde, poco o nada tenía que ver con el equilibrado esposo cuyas únicas preocupaciones se limitaban a cumplir lo mejor que sabía con su trabajo.

Él no era él, y sin embargo seguía siéndolo.

En ocasiones le asaltaba la impresión de que se había convertido en la última víctima de la encefalopatía espongiforme, el tan traído y llevado *mal de las vacas locas* que al parecer convertía los cerebros en una especie de queso de gruyère con más sombras que luces, y más olvidos que recuerdos.

Desde el momento mismo en que el inquietante Damián Centeno le confesara que era el mismísimo Satanás en persona, su mente quedaba a ratos vacía, pero a ratos bullía con mil ideas que amenazaban con explotar como un gigantesco castillo de fuegos artificiales.

—Acojona, ¿no es cierto?

Giró el rostro hacia el punto en que había resonado el ronco vozarrón del gigantesco negro, que sorprendentemente se llamaba Rosario, que había tomado asiento a su lado, y del que apenas conseguía distinguir los contornos pese a que no se encontraba a más de un metro de distancia.

—Ya lo creo que acojona —replicó al poco—. Nunca vi nada igual.

—Ya lo he visto cientos de veces, pero aún no he conseguido acostumbrarme. Mi tierra es tierra de cristianos y estas cosas no ocurren.

—No es más que un fenómeno meteorológico. Simples nubes.

—En Esmeraldas las nubes traen agua o traen sombra, y ambas son cosas que con aquel puto calor se agradecen. Pero aquí las nubes son como monstruos dotados de vida que van y vienen, suben y bajan y en cuanto te descuidas se apoderan de tu alma y te enloquecen arrojándote al abismo. —El llamado Rosario agitó una y otra vez su pesada cabeza pese a que tuviera la absoluta certeza de que nadie podía verle—. ¡No! —insistió—. Aquí las nubes no son nubes, son una tremenda cabronada.

—Pero al menos ahuyentan a los mosquitos... —señaló el Cantaclaro en un tono de voz que pretendía ser animoso—. Desde que ha hecho su aparición la niebla ya no me pican.

—¡Si usted lo dice...! A mí jamás me han picado. Ni con niebla, ni sin ella.

—¡Pues no sabe la suerte que tiene, porque a mí me martirizan! —le hizo notar su interlocutor—. Y confío en que ahuyente también a los murciélagos.

—¡De eso nada! —fue la convencida respuesta—. Los muy hijos de la gran puta vuelan con la misma seguridad en la niebla que en las tinieblas. Al parecer al jodido radar que tienen en la orejas no le afectan la humedad ni los cortocircuitos.

—¡Lástima!

—¡Y que lo diga!

—¿Le han atacado alguna vez?

—Alguna... Una noche, no lejos de aquí, me mordieron tres, y me dejaron tan *agüevoneado* que al día siguiente no tenía fuerzas ni para sacarme la picha. Me tuve que mear encima.

—¿Y no notó nada?

—Ya le he dicho que me dejaron para los leones.

—Me refiero a cuando le mordieron. ¿No le despertaron?

—¿Un vampiro? —se asombró el negro—. Tiene los dientes tan finos que ni te enteras. —El negro Rosario guardó unos instantes de silencio y por último añadió—: Que yo sepa nadie se ha despertado jamás en el momento en que le muerde un murciélago. Por eso son tan puñeteramente peligrosos.

—¿Pretende hacerme creer que ahora mismo pueden estar por aquí, acechándonos y dispuestos a atacarnos?

—¡Puede jugarse el cuello, amigo mío! —sentenció el esmeraldeño—. Puede jugarse el cuello. Están aquí y nos observan, pero tenga por seguro de que no se aproximarán hasta que nos hayamos dormido. Poseen una especie de sexto sentido que les avisa y no existe modo alguno de engañarles...

El día amaneció de un minuto al siguiente.

Y amaneció radiante.

Podría decirse que no existía en parte alguna un cielo tan refulgente como el de la Cordillera Real, y la tropa de Galo Zambrano se puso de inmediato en pie tan animada como si en lugar de haber pernoctado al aire libre y envueltos en una estera de cañas lo hubieran hecho en la cama de un hotel de cinco estrellas.

Los lugareños emprendieron muy de mañana el regreso a su mísera aldea mientras los guaqueros se ocupaban de seleccionar el material que llevarían consigo, dejando parte de las provisiones junto a la entrada del puente.

—¿Y eso? —quiso saber de inmediato Bruno Guinea.

—¿Y qué otra cosa podemos hacer? —fue la respuesta del ecuatoriano—. Los peones nunca quieren pasar de aquí, y no podemos cargar con todo. Cuando usted decida dónde nos vamos a quedar, mandaré a buscar el resto.

—¿Y si lo roban?

—¿Robar? —Se asombró el otro—. Aquí nadie

roba nada, amigo mío. Entra dentro de lo posible que te maten, pero es muy improbable que te roben. Dejando a un lado el hecho de que resulta harto difícil que nadie más que nosotros cruce ese puente en los próximos quince años... ¿Qué tal se encuentra?

—¡Hecho unos zorros...!

—Lo cierto es que tiene un aspecto de lo más cochambroso.

—Es que no he pegado un ojo en toda la noche. ¿No sería más lógico dormir en tiendas de campaña?

El guaquero comenzó a reír muy quedamente, pero su risa fue en aumento como si cuanto más meditara en lo que acababa de oír, más gracia le hiciera la en apariencia estúpida ocurrencia.

Al cabo de unos instantes, cuando consiguió calmarse ante la incómoda expresión de su acompañante, señaló:

—Por estos pagos no hay forma humana de cargar con una tienda de campaña, dejando a un lado de que de nada serviría, puesto que los murciélagos muerden atravesando la lona por gruesa que sea. Lo único que les detiene son estas cañas.

—No creo que consiga dormir jamás como un rollito de primavera —se lamentó el Cantaclaro—. Me produce claustrofobia.

—Pues vértigo y claustrofobia son los peores compañeros de viaje en este lugar y en este caso...

Como siempre, el ecuatoriano sabía muy bien de lo que hablaba puesto que apenas dos horas más tarde alcanzaron el borde de un precipicio del que resultaba imposible ver el fondo puesto que a unos seiscientos metros bajo ellos se extendía un mar de nubes que se perdía de vista en la distancia.

Tomó asiento, con los pies colgando sobre el abismo, y mientras pelaba con toda calma un plátano cuya piel lanzó al vacío, comentó con absoluta naturalidad:

—¡Aquí la tiene...! La Caída del Infierno. El muro contra el que chocan todas las nubes de la cuenca amazónica y el espectáculo más grandioso que puede contemplarse en este mundo.

—Sí que lo es —se vio obligado a admitir el español.

—A nuestra espalda se alza el Roncador, que cuando se enfada hace que todo tiemble, a lo lejos aún se distingue la cima del Sangay y aquél de allá arriba es el Cayambe. Como puede comprobar, nos rodean nubes, selva, precipicios y volcanes... ¿Qué más se puede pedir?

—¿Qué tal un buen techo y una cama? —aventuró con una leve sonrisa su interlocutor.

—¡Eso lo puede tener cualquiera...! —fue la respuesta—. Pero para disfrutar de este paisaje es necesario ser alguien «muy especial» y tener los cojones bien puestos... —Le propinó un fuerte mordisco al plátano, y con lo que le quedaba en la mano señaló la siguiente colina al añadir—: Sobre todo cuando tengamos que pasar al otro lado.

—¿Y eso por qué?

—Porque es terreno pedregoso, de matorral bajo, hierba alta y muchas cuevas en las que proliferan las vizcachas.

—¿Qué es una vizcacha?

El guaquero se volvió a observarle con innegable desconcierto.

—¿Me quiere hacer creer que nunca ha visto una vizcacha?

—Nunca.

—¿Ni ha oído hablar de ellas? —Ante la nueva negativa agitó una y otra vez la cabeza y por último añadió—: Es una especie de enorme conejillo de indias, de piel muy cara y bastante bueno para comer.

—¿Y ataca?

—¿Atacar? —se escandalizó el otro—. ¿A quién coño va a atacar un conejo de indias?

—¿Y yo qué sé? —se lamentó Bruno Guinea, al que cada vez se le advertía más confundido—. Creí entenderle que tendríamos problemas al cruzar por la zona en la que habitan.

—¡Sí, claro! Naturalmente que los tendremos. Y muchos.

—¿Y a qué se debe, si por lo que dice no atacan?

—A que donde abundan las vizcachas, abundan las japutas, que se alimentan de ellas, y que como su mismo nombre indica, son las serpientes más venenosas y más «coño-e-madre» de toda esta maldita región.

—¡Ya empezamos! Esto es como «salir de Guatemala para meterse en Guatepeor». Y no me repita que me lo advirtió, porque no pasa un solo día que no me venga con una historia más aterradora que la anterior... —Hizo un gesto hacia la colina—. ¿Y no podemos evitar pasar por ahí?

El ecuatoriano se limitó a negar con un leve ademán de cabeza:

—Al otro lado hay un precipicio de lo más puñetero. Ése es el único camino.

—¿Para ir adónde?

—A ninguna parte. Usted quería conocer la alta amazonía, y aquí estamos. O avanzamos, o retrocedemos... ¡No hay más cera que la que arde! Se apoderó de una piedra y la lanzó para que trazara un arco y se precipitara cada vez más rápidamente hacia el mar de nubes—. Y como comprenderá, por aquí no vamos a ninguna parte.

—Eso no se lo discute nadie... ¿Atacan esas serpientes?

—¿Por qué cree que las llaman «japutas»?

—¿Y son venenosas?

—Mortales.

—¿Y qué piensa hacer?

—Cruzar.

—¿Cómo?

—Con mucho cuidado y mucha sal.

—¿Sal?

—Eso he dicho.

—¿Acaso les gusta la sal?

—¡No diga pendejadas! —se irritó Galo Zambrano que comenzaba a impacientarse—. ¿Dónde se ha visto que a una serpiente le guste la sal si en toda la Amazonía no existe ni un gramo de sal? —Se volvió a medias y le gritó a uno de sus hombres—: ¡Ramiro! ¡Trae la sal!

El llamado Ramiro, un indio amazónico de alta estatura y piel muy clara se aproximó de inmediato portando un saco de unos cinco kilos que colocó junto a su jefe, abriéndolo para mostrar que se encontraba efectivamente lleno hasta los bordes de sal gruesa.

El guaquero extrajo entonces del bolsillo un pañuelo, se anudó una punta al dedo meñique de la mano izquierda, lo extendió sobre una laja de piedra y lo llenó de sal. A continuación unió las tres puntas restantes y las aferró cerrando fuertemente el puño de tal forma que se convertía en una especie de bolsa que colgaba bajo su mano.

—Esto es lo que tiene que hacer —dijo—. Extender el brazo y llevar siempre el pañuelo por delante.

—¿Y eso espanta a las japutas?

—¡Ni de vaina!

—¿Entonces?

—Cuando se tropiece con una serpiente como de metro y medio, grisáceas y con manchas negras, advertirá que se alza de inmediato sobre la cola en posición de ataque, y en ese momento, sin pensárselo dos veces, abra la mano y deje que el pañuelo caiga y la sal se derrame.

—¿Y qué se consigue?

—Que la serpiente, que tiene unos reflejos muy rápidos, advertirá que algo que al recibir los rayos del sol lanza destellos brillantes se mueve ante sus ojos, por lo que creerá que la atacan y contraatacará en el acto.

—¿Y...?

—Que cerrará con fuerza las mandíbulas esperando clavar los colmillos en un enemigo tangible, pero se encontrará con que las fosas nasales y la boca se le han llenado de algo desagradable e irritante que se le disuelve en la saliva, se le introduce por debajo de las glándulas venenosas y no sabe cómo expulsar.

—Supongo que lo escupirá.

—Supone mal, porque la mayoría de las serpientes, al igual que otros muchos animales, no poseen una lengua como la del ser humano, acostumbrada a escupir, por lo que la japuta suele salir echando leches con el rabo entre las piernas.

—Las serpientes no tienen piernas.

—¡Más a mi favor!

—¿Y a quién se le ocurrió ese truco?

—¡Ni idea! Pero lo cierto es que ha salvado muchas vidas.

—No sé por qué, pero tengo la impresión de que me está tomando el pelo.

—Es muy libre de pensar lo que le apetezca, pero le aconsejo que si pretende llegar al otro lado de esa maldita colina, aguce el ojo y tengo la mano rápida.

Resultaba del todo punto curioso, y a decir verdad en cierto modo ridículo, ver avanzar a seis hombretones hechos y derechos, muy despacio, mirando y remirando una y otra vez en todas direcciones y con un brazo alargado como si transportaran un apagado farol a plena luz del día.

Las vizcachas abundaban, eso era cierto, y proliferaban en tal número que mataron a palos a tres de ellas, garantizándose la cena y el almuerzo del día siguiente, pero también fue cierto que el Cantaclaro no tuvo ocasión de distinguir ni tan siquiera la sombra de una serpiente, por lo que se quedó con la duda sobre si se había convertido o no en víctima de una pesada broma.

Cuando poco más tarde preguntó si no podría darse el caso de que las vizcachas que se estaban asando a fuego lento hubieran contraído la rabia, el negro Rosario le hizo notar que resultaba del todo imposible, puesto que desde poco antes de que se pusiese el sol se refugiaban en profundas madrigueras a las que ningún murciélago de este mundo tendría posibilidad de acceder.

El cholo Arcadio hizo un gesto hacia lo alto, indicando al grupo de cóndores que trazaban amplios círculos a más de mil metros sobre sus cabezas.

—Japutas y cóndores son sus únicos enemigos, o sea que coma sin miedo.

La carne era algo dura pero muy sabrosa, y estaban a punto de concluir lo que constituía a todas luces un auténtico banquete, cuando la niebla les invadió una vez más, como un sudario, y verla avanzar entre unos árboles a los que iba haciendo desaparecer como por arte de magia impresionaba incluso a unos hombres que estaban desde siempre habituados a convivir con ella, puesto que en semejantes soledades, aquella densa bruma parecía convertirse en la dueña del mundo.

Arrebujados en sus ponchos y con los sombreros calados hasta las cejas, los seis hombres se mantuvieron inmóviles y en silencio, conscientes de que se habían convertido en rehenes de unas nubes que habían decidido trepar por las laderas de la cordillera y allí permanecerían hasta que les apeteciera retirarse como la marea de un caprichoso océano que no se atuviera a ningún tipo de horario.

Intentar avanzar un solo metro en semejantes condiciones significaba arriesgarse a una muerte segura, puesto que era aquella región de barranqueras y precipicios que se abrían sin previo aviso bajo los pies, tragándose al viajero.

Se habían convertido en ciegos en el corazón del Mar Blanco, y en la mente de todos estaba el recuerdo de que por culpa de aquella niebla y aquellos abismos habían muerto cuatro mil de los hombres que acompañaban a Francisco de Orellana, ya que sabían por experiencia que espadas, lanzas, ballestas, cascos y corazas se oxidaban en el lecho de los riachuelos que corrían a cientos de metros más abajo como mudos testigos de que allí se había librado una de las más desconocidas y crueles batallas de la historia.

Recostado en el tronco de un árbol y tiritando de frío, Bruno Guinea entendió al fin, en toda su magnitud, la controvertida teoría de que la mayor hazaña que fueron capaces de realizar quinientos años atrás los conquistadores españoles, no se centró en el hecho de derrotar con mayor o menor grado de astucia a los ejércitos enemigos, por muy poderosos que éstos llegaran a ser, sino en domeñar a la más hostil de las naturalezas a que ningún ser humano se hubiera enfrentado con anterioridad.

Resultaba evidente que murieron más valientes abriendo caminos que abriendo cabezas.

Y que se derrochó más coraje avanzando paso a paso y en silencio, que lanzándose a la carga gritando a voz en cuello.

Debieron quedar muchos más cadáveres en el cauce de los oscuros ríos, que en los luminosos campos de batalla.

Durante aquellas largas horas de obligada inactividad, el Cantaclaro trató de imaginar qué clase de pensamientos cruzarían por la mente del tuerto Orellana cuando tanto tiempo atrás tuviera que permanecer de igual modo recostado contra un árbol, viendo morir a su gente y sin tener la más remota idea de dónde se encontraba y hacia dónde se dirigía.

Trató de imaginar de igual modo lo que significaría para quienes habían cruzado el océano en busca de rápidas victorias tener que permanecer durante más de un año en semejantes soledades, hambrientos y cubiertos de andrajos, por lo que llegó a la dolorosa conclusión de que los auténticos héroes no suelen ser aquellos de los que nos habla la historia, sino aquellos otros a los que por lo general la historia olvida.

Orellana perduraría, en efecto, en la memoria de unos pocos, e incluso un busto en su honor se alzaba en los jardines de un hotel quiteño, pero de casi cuatro mil de sus acompañantes nada más supo nadie, ni a nadie le importó que se apagaran en silencio tragados por la niebla.

Toda la noche llovió torrencialmente.

Y todo el amanecer.

Y la mañana entera.

A la niebla le sucedió una cortina de agua impenetrable, y en cuanto ésta cesó llegó de nuevo la niebla.

De la tierra ascendía un vaho denso, en cierto modo semejante al que se apodera de una sauna en los peores momentos, y por más que aguzara la vista a Bruno Guinea le resultaba imposible distinguir ni tan siquiera la punta de sus botas.

Cabría asegurar que se había quedado solo en mitad del universo, y únicamente la áspera tos del negro Rosario que resonaba de tanto en tanto a su derecha le mantenía en contacto con lo poco que debía subsistir de la especie humana.

Nadie hablaba.

A lo más que se podía aspirar era a maldecir en voz baja, o a inquirir airadamente cuánto tiempo más tendrían que esperar allí sentados.

La respuesta de Galo Zambrano era siempre la misma:

—La puerta está abierta. Márchate cuando quieras.

Ni una palabra más.

Pero ¿hacia dónde podrían dirigirse en mitad de una jungla cruzada por incontables precipicios?

Incluso el más ciego de los ciegos contaría con la ventaja de su experiencia en semejantes circunstancias, puesto que un ciego de nacimiento solía tener un oído y un sentido de la orientación que ninguno de aquellos seis desgraciados había conseguido desarrollar en tan corto espacio de tiempo.

El Cantaclaro evocó una vez más la extraña pesadilla en la que se veía inmerso en una montaña de algodón empapado del que surgían extrañas bestias que pretendían devorarle.

En cuestión de días había pasado a convertirse en dolorosa realidad.

Únicamente faltaban las bestias, aunque era más que probable que también se encontraran allí, aguardando el momento propicio.

Tal vez se tratara de una serpiente venenosa.

Tal vez de una anaconda que le devoraría en silencio.

Tal vez de un jaguar que le arrancaría el corazón de un certero zarpazo.

Tal vez de un murciélago vampiro que le inocularía la rabia.

Siendo aún un niño había visto a un perro morir de rabia, y se esforzó por regresar a sus tiempos de estudiante e intentar recordar cuánto sabía sobre los primeros síntomas de tan cruel enfermedad.

Resultó inútil puesto que tenía el cerebro tan reblandecido, húmedo y en blanco como el espeso manto de nubes que les envolvía por completo.

Agradeció la llegada de la lluvia, puesto que cuando no llovía el silencio se transformaba en un amenazante compañero.

Transcurrió un nuevo día.

Y una noche.

—¡Volvamos! —dijo alguien.

—¿Cómo?

—Volviendo.

—¿Cruzando por la región de las japutas?

—Tal vez allí no haya niebla.

—Si ha llegado hasta aquí, también habrá llegado hasta allí.

—¿Cómo podríamos saberlo?

—Avanzando a ciegas hasta que una de ellas nos muerda los cojones, aunque por lo general las serpientes no acostumbran a asomar la cabeza fuera de sus nidos cuando hay niebla.

—¿Y eso por qué?

—Porque al parecer son bichos de sangre fría que necesitan calentarse al sol, pero yo no tengo la menor intención de ser el primero en ir a comprobarlo jugándome los huevos... —Se hizo una larga pausa y al final se escuchó irónica una pregunta—: ¿A quién le apetece ir por delante?

—¡Dios misericordioso!

Bruno Guinea estuvo tentado de confesar a los allí presentes que no era cosa de Dios sino de un diabólico ser que se complacía en mantenerle muy quieto y con tiempo más que sobrado para reflexionar sobre lo que estaba sucediendo, y sobre lo cerca que se encontraba de dar el definitivo paso hacia una eterna condenación, pero se abstuvo de hacerlo.

Habían llegado al lugar indicado, la auténtica Caída al Infierno por no decir el infierno mismo, y quizá aquella desesperante inmovilidad, aquella desolación, y aquellos larguísimos períodos de dolorosos silencios, constituían la esencia del castigo que habría de sufrir durante los próximos mil años.

El Cantaclaro jamás había tenido necesidad de plantearse con anterioridad en qué consistían exactamente las torturas a que supuestamente se sometía a un condenado en cuanto pisaba las bóvedas del Averno, puesto que jamás había aceptado, ni remotamente, que pudiera existir tal Averno.

Pero ahora, recostado contra aquel chorreante árbol, «alguien» le estaba ofreciendo la oportunidad a su imaginación de volar tan lejos como quisiera.

Tal vez porque Satanás sabía muy bien que la imaginación hace sufrir a un ser humano de un modo mucho más intenso e insoportable de lo que físicamente puede llegar a sufrir.

Al igual que la imaginación vuela más aprisa que la luz, viaja más allá de los confines del universo, o crea utopías de todo punto irrealizables, es capaz de fabricar monstruos que hielan la sangre.

¿Quién en este mundo se había planteado seriamente en qué consiste la eterna condenación y qué se ocultaba detrás del «fuego eterno»?

¿O de la «eterna oscuridad»?

¿Y por qué no del «frío eterno»?

¿O el «eterno resplandor» que aturde y lacera la retina?

¿Qué decir del absoluto silencio en contrapartida a los «aullidos de desesperación y el crujir de dientes»?

Para Bruno Guinea todo ello continuaría siendo un absurdo a no ser por la incuestionable evidencia de que el Maligno se había cruzado una tarde en su camino.

Era como si de improviso tuviera que plantearse el futuro desde el punto de vista de haberse convertido inesperadamente en mujer, o en cualquier otro tipo de ser humano que muy poco tuviera que ver con su anterior forma de entender la existencia.

Llegó a la conclusión de que le hubiera resultado mucho más sencillo pasar de la noche a la mañana, de ser blanco a ser negro, que de ser agnóstico a tener que aceptar que efectivamente existían un cielo, y un infierno del que al parecer pretendían que muy pronto entrara a formar parte.

¿Qué podía pasar por la mente de un ciego de nacimiento que de improviso abriera los ojos para descubrir todas las formas y colores del universo?

Le vinieron a la mente las palabras de un enfermo terminal que una noche le aferró la mano para susurrar muy quedamente:

—La muerte siempre está demasiado lejos, hasta que está ya demasiado cerca.

Se había acostumbrado a vivir en continuo contacto con la muerte, pero el tipo de muerte que acechaba entre los jirones de niebla de aquel bosque en nada se parecía a la que solía rondar de amanecida por el tétrico Corredor de las Lágrimas.

Y probablemente se debía a que era ésta una muerte que se encontraba a su modo de ver demasiado cerca.

La presentía aleteando a su alrededor, esperando paciente a que cerrara los ojos y bajara la guardia, confiada y segura de sí misma, con esa confianza que infundía el hecho indiscutible de haber vencido siempre en todas las batallas.

«Ven muerte tan escondida que no te sienta venir, porque el placer de morir no me vuelva a dar la vida.»

Jamás había compartido los sentimientos que al parecer Teresa de Jesús pretendía expresar en aquella frase.

Estaba de acuerdo en que llegara escondida, pero no con el hecho de que morir pudiera considerarse un placer, por muy convencida que la Santa de Ávila estuviera de que acudía a reunirse con su Creador.

Si ese Creador había querido que fuese un ser humano, lo lógico hubiera sido que tan cerca de él se sintiera como ser humano, antes que como ser espiritual.

¿Deliraba?

Sin duda alguna deliraba puesto que el lugar, el momento y las circunstancias invitaban a ello, y no conseguía evitar que su mente vagara descontroladamente como la espesa niebla que a ratos se apelmazaba en torno a una rama, y a ratos se deshilachaba obligando a abrigar la falsa esperanza de que muy pronto acabaría por desaparecer.

Le venció el sueño.

Y le despertó una mano que le zarandeaba el hombro.

—¡Eh, amigo…! ¡En marcha!

Abrió los ojos para enfrentarse a la amplia sonrisa del negro Rosario que exclamó alborozado:

—¡Al fin ha salido el puto sol!

Se dispuso a ponerse en pie pero se quedó muy quieto al advertir que la expresión del esmeraldeño cambiaba al observarse la palma de la mano:

—¡Carajo...! —exclamó—. ¿Y esto?

Se la mostró enrojecida.

—¡Jefe...! —exclamó al instante—. Al español le han mordido.

Bruno Guinea se volvió apenas, miró de reojo y palideció al advertir que por su hombro izquierdo se deslizaba un pequeño hilo de sangre.

—¡Que Dios me ampare!

Galo Zambrano acudió de inmediato para arrodillarse y examinarle muy de cerca el lóbulo de la oreja.

—Es cierto... —admitió sin inmutarse apenas—. Aquí están las marcas de los colmillos.

—¡Pero no he notado nada!

—¡Naturalmente! Esos cabrones son muy listos; esperan a que su víctima se haya dormido, y al clavar los dientes inyectan un anestésico que al propio tiempo licua la sangre para poder absorberla con más facilidad. Por suerte no ha sido mucha... —añadió—. No creo que pase de medio litro. Coma algo, beba mucho y olvídese del tema.

—¿Y la rabia?

—Al primer síntoma le pego un tiro y se acabó el problema.

—¡No lo dirá en serio!

—Completamente. En donde nos encontramos la rabia no tiene cura y significa un peligro para todos... —El guaquero sonrió como un conejo al añadir—: Y créame si le aseguro que pegándole un tiro estaría haciéndole un favor.

El cholo Arcadio, que se había aproximado, agarró con fuerza la oreja del herido, la apretó casi hasta hacerle daño, estudió luego con especial detenimiento la diminuta costra que se le había quedado pegada a la yema de su dedo y por último sentenció muy serio:

—No tiene por qué preocuparse. Ha tenido suerte. Ese bicho no le ha inoculado ningún tipo de enfermedad.

—¿Cómo lo sabe?

—Porque se trata de la mordedura típica del Señor de las Tinieblas, un murciélago muy pequeño y muy raro, pero que se caracteriza porque jamás transmite enfermedades.

—Y eso, ¿a qué se debe?

—¿Y a mí qué me pregunta? Sólo sé lo que sé; lo que me contó mi padre y a mi padre se lo contó a su vez mi abuelo... El Señor de las Tinieblas es apenas mayor que un colibrí, habita en las cuevas más profundas de la zona más inaccesible de la Caída del Infierno, vive muchísimos años, y rara vez se deja ver. —Sonrió ampliamente—. Pero no se tiene noticias de un solo caso en que haya transmitido enfermedades.

El Cantaclaro permaneció un largo rato inmóvil, con la vista clavada en el rostro del cholo pero con el pensamiento muy lejos de allí, y al fin, como si le costara un enorme esfuerzo murmuró:

—Eso es lo que vengo buscando.

—¿Cómo ha dicho?

—Que ése es, sin lugar a dudas, el animal que vengo buscando.

—¿El Señor de las Tinieblas?

Asintió convencido.

—Un mamífero que se alimenta de sangre y que puede morder a un animal enfermo pero que no transmite la enfermedad, tiene que haber desarrollado sin duda una desconocida forma de autoprotección...

—¿Y eso qué quiere decir? —inquirió un confundido Galo Zambrano.

—Que analizándolo se puede llegar a descubrir las características que le inmunizan.

—¡Cinco mil dólares!

—Por cada uno que atrapemos vivo... —Bruno Guinea alzó el dedo en muda advertencia—. ¡Pero no intente engañarme...! Tienen que ser auténticos Señores de las Tinieblas. Los demás no me sirven.

Galo Zambrano extendió la mano en un ademán a todas luces tranquilizador.

—¡No se preocupe! —dijo—. Por cinco mil dólares le traigo al Señor de las Tinieblas, a su padre, su abuelo, e incluso al fundador de la dinastía. Le juro por mis muertos que serán auténticos. ¿Los quiere machos o hembras?

—Cinco machos y cinco hembras serían perfectos.

—¡De acuerdo! Sólo existe un problema.

—¿Y es?

—Usted... —El guaquero sonrió maliciosamente al puntualizar—: Nosotros estamos acostumbrados a movernos por estas selvas, y sabemos cómo subir y bajar por los acantilados sin rompernos la crisma, pero si tenemos que cargar con un señorito de ciudad que además tiene vértigo, y perdone el atrevimiento, andaremos bastante jodidos...

—En eso estoy totalmente de acuerdo... —admitió de inmediato el Cantaclaro—. Ya me he dado cuenta de que aquí no soy más que un estorbo. ¿Qué es lo que propone?

—Que nos espere junto al puente, allí donde dejamos el grueso de las provisiones. Le arreglaremos una chabolita para que se sienta a salvo de los murciélagos, y se quedará tranquilito, leyendo un libro, hasta que regresemos con esos diez asquerosos chupasangre.

—No he traído ningún libro.

—Le puedo prestar *Yo, Claudio.* ¿Lo ha leído?

—No.

—Es bueno. ¡Muy bueno! Yo diría que incluso apasionante.

Yo, Claudio era en verdad un libro muy bueno, «incluso apasionante», pese a lo cual Bruno Guinea raramente consiguió sumergirse por completo en su compleja trama, teniendo como tenía la mente puesta en otra parte.

Sentado durante largas horas a la puerta de un improvisado chamizo construido a base de ramas y cañas fuertemente entrelazadas, intentaba una y otra vez concentrarse en las intrigas palaciegas del astuto emperador y su promiscua esposa, pero una y otra vez su imaginación volaba lejos del libro e incluso del paisaje circundante, agobiado por la evidencia de que ya había dado el paso definitivo, y había caído por tanto en manos del Demonio.

Conocía el secreto.

Abrigaba la casi absoluta seguridad de que aquel diminuto y escurridizo Señor de las Tinieblas, era la bestia que venía buscando, y que probablemente analizando las misteriosas sustancias que componían su sangre, y que sin duda había ido desarrollando a través de miles de años de evolución, conseguiría aislar y sinterizar elementos que tuviesen las mismas características de curación, casi milagrosa, que contenía la cápsula que le salvara la vida a Leonor Acevedo un mes atrás.

¡Un mes!

Tan sólo había transcurrido un mes, y sin embargo en ocasiones le asaltaba la sensación de que toda su existencia anterior carecía de importancia frente al indescriptible cúmulo de acontecimientos que se habían precipitado a lo largo de treinta días, y que hubieran colmado de emociones la vida de cualquier ser humano.

Ningún teólogo que hubiera pasado cien años buscando la verdadera esencia del mal, habría conseguido llegar tan lejos como él había llegado, ni a conocer tan profundamente a Lucifer como él lo conocía.

Pero ¿en verdad lo conocía, o lo suyo no era más que mera presunción?

No era más que presunción sin duda alguna.

Cuatro charlas bajo otras tantas diferentes apariencias no bastaban —ni a él, ni a nadie— para averiguar qué era lo que en verdad se ocultaba bajo aquel ligero barniz de inofensivo aburrimiento.

Malvado y astuto, como sin duda tenía que ser el Ángel Negro que un aciago día se atrevió a enfrentarse al Supremo Creador, la imagen de sí mismo que había venido ofreciendo probablemente nada tenía que ver con su auténtica forma de ser.

En aquellos momentos Bruno Guinea lamentaba profundamente que su escasa o casi nula preparación religiosa, fruto de lo que siempre considero puro agnosticismo, aunque ahora se veía obligado a admitir que se aproximaba más bien al ateísmo, le impidiera enfrentarse a su enemigo con argumentos teológicos más sólidos de los que había ofrecido hasta el presente, lo que ciertamente le hubiera ayudado a desenmascarar sus verdaderas intenciones.

Cuanto más meditaba sobre el Ángel Caído, más se convencía de que algo terrible maquinaba, pero, al fin y al cabo nada podía existir más terrible de lo que personalmente le sucedería a partir del momento en que diera al mundo la noticia de que había encontrado la fórmula de acabar con el peor de sus males.

Su único futuro sería ya la eterna condenación.

Durante aquellos días de obligada reflexión, se preguntó a menudo cuál sería la reacción de la comunidad científica internacional a partir del momento en que un desconocido saltara a la palestra asegurando que en la sangre de un murciélago hematófogo de las altas selvas ecuatorianas se ocultaba la solución a la más devastadora de las enfermedades.

Resultaba difícil de imaginar.

A la incredulidad sucedería el asombro en cuanto medio centenar de enfermos terminales reaccionaran tal como había reaccionado Leonor Acevedo, y docenas de auténticos muertos vivientes que agonizaban sin la más mínima esperanza de curación sacaran el pie que ya tenían en la tumba arrojando muy lejos sus blancos sudarios.

El deprimente y tétrico Corredor de las Lágrimas pasaría a convertirse en el Pasillo de las Risas, y la espeluznante mujer de la guadaña no volvería a pasearse a sus anchas por unas oscuras salas en las que no solía aspirarse más que dolor y desesperación.

No más noches de bajar las escaleras a sabiendas de que iba a enfrentarse a la ansiosa mirada de unos infelices moribundos que solicitaban su ayuda sin pronunciar palabra, y no más noches de rabia e impotencia al comprender que un pobre niño se marchaba sin tiempo de aprender a vivir, puesto que no estaba en su mano conseguir que sonriera por última vez.

No más hijos llorando su orfandad; no más padres con la mirada clavada en un muro preguntándose la sinrazón de tan amarga tragedia; no más hermanos agobiados por el peso de la culpa al plantearse si habían hecho cuanto estaba en su mano por salvar al ser querido.

¿Y todo eso a cambio de qué?

A cambio de la condenación eterna de un personaje anónimo que había pasado la mayor parte de su vida encerrado en un cuartucho repleto de viejos legajos y desconchados microscopios.

Había algo que no encajaba, de eso estaba cada vez más seguro.

Faltaba alguna pieza, ciertamente importante, pero por más que la buscaba no alcanzaba ni siquiera a sospechar de qué pieza del rompecabezas se trataba.

Aquél era, evidentemente, el gran secreto que el Maligno ocultaba, pero empezaba a sospechar que ni siquiera pasándose media vida meditando sobre ello al borde de un abismo y a las puertas de un mísero chamizo en mitad de la jungla, encontraría las respuestas que buscaba.

A ratos llovía.

A ratos un sol de fuego abrasaba la tierra.

A ratos la más espesa de las nieblas acudía a visitarle.

En un par de ocasiones distinguió a un gigantesco y solitario cóndor girando sobre su cabeza probablemente observándole con mirada golosa.

Una mañana incluso consiguió atrapar a una imprudente vizcacha que parecía no haber encontrado mejor refugio que un rincón de la improvisada choza.

Pasó a convertirse en una especie de «paella con conejo al estilo andino» que le supo a gloria pese a que echara de menos el azafrán.

Luego, al tercer día, escuchó pasos en la espesura y al poco hizo su aparición el cholo Ollanta, el cuarto de los hombres de Galo Zambrano, y al que hasta el momento Bruno Guinea no había oído pronunciar más de media docena de palabras.

Llegó, hizo un mudo gesto de salutación con la cabeza, tomó asiento junto al fuego y extendió las manos buscando calentarse, aunque casi de inmediato se concentró en observar una profunda herida que le sangraba en el antebrazo.

—¿Qué le ha ocurrido? —quiso saber el Cantaclaro.

—Me mordió una japuta.

—¡Santo cielo! ¿Y está tranquilo?

La respuesta tardó en llegar, y cuando lo hizo resultó sorprendente:

—No es que esté tranquilo —musitó—. Es que estoy muerto.

Lógicamente su interlocutor quedó tan perplejo que tardó más de un minuto en reaccionar.

—¿Cómo ha dicho? —inquirió al fin.

—He dicho que estoy muerto. Hace ya más de tres horas que uno de esos malditos bichos surgió de entre los matorrales en una zona en la que se suponía que no debía estar, y me mordió aquí justo en la vena... —Era un hombre de corta estatura pero muy fornido que parecía estarse desinflando como un neumático atravesado por un clavo—. Y lo peor no es eso... —musitó en un tono de profunda tristeza—. Lo peor es que tengo una mujer y cuatro guaguas que alimentar. El mayor acaba de cumplir once años, y el menor aún gatea.

—Pero ¿por qué no lleva consigo un suero contra las serpientes?

—No hay suero que valga contra las japutas —fue la seca respuesta—. Te matan en cuestión de minutos...

—Acaba de asegurar que hace ya más de tres horas que le mordió.

—Y hace más de tres horas que estoy muerto... —El cholo Ollanta alzó los oscuros ojos, más tristes que nunca y añadió en un tono de voz que sonó absolutamente distinto—: ¿Es que aún no se ha dado cuenta de lo que ocurre?

Bruno Guinea advirtió que el corazón le daba un vuelco, por unos instantes creyó estar soñando, y por último le asaltó una especie de vahído que estuvo a punto de obligarle a vomitar.

Se esforzó por contener el temblor que se había apoderado de sus manos y por último susurró casi imperceptiblemente:

—¿Quiere decir que está muerto... «muerto»?

—Completamente.

—¿Y qué se ha introducido en su cuerpo?

—No encontré ningún otro por estas soledades?

—¿Lo mató sólo por eso...? —se horrorizó el Cantaclaro—. Tenía cuatro hijos.

—¡En absoluto! —pareció escandalizarse su interlocutor—. Salvo molestar a unos cuantos difuntos, este pobre infeliz no le había hecho mal a nadie. Ni siquiera era un posible «cliente», y ya en otra ocasión le he dicho que no tengo la más mínima influencia sobre la Muerte... —Sonrió apenas—. De hecho nos aborrecemos desde hace milenios.

—Debo estar alucinando.

—¡No! No se haga ilusiones... —El cholo hizo un gesto a su alrededor como si pretendiera que observara el paisaje con mayor atención—. Está aquí, lejos del mundo, al borde de un precipicio, en mitad de la selva y sentado frente a quien se ha convertido ya en su dueño.

—Aún no es mi dueño.

—Lo soy.

El Cantaclaro negó una y otra vez con firmeza:

—No lo será hasta que tenga la absoluta seguridad de que el cáncer ha sido vencido en todas sus facetas.

—En eso estoy de acuerdo... —admitió su oponente colocando las manos directamente sobre un fuego que no parecía afectarle en lo más mínimo—. Pero también estará de acuerdo conmigo en que ahora que conoce el remedio no será capaz de guardar el secreto. Pronto o tarde, más bien pronto a mi modo de ver, lo hará público, y a partir de ese instante su alma me pertenecerá.

—¿Mi alma y qué más?

—¿Qué más? —fingió sorprenderse el difunto Ollanta—. ¿Acaso posee algo más valioso que su alma? No hay nada que valga más que el alma y lo sabe.

—Lo sé... —admitió Bruno Guinea—. No hay nada más valioso que el alma, pero estoy convencido de que no es eso lo que busca.

—¿Y qué otras cosas podría buscar? ¿Riquezas...? ¿Honores...? ¿Poder...? —El cholo dejó escapar una corta carcajada al puntualizar—: ¿Acaso olvida que en realidad soy quien concede tales dones a quienes me adoran? ¡No se pase de listo! Yo únicamente me alimento de almas, y la suya se me antoja un bocado muy especial...

—¿Por qué?

—Porque presumía de ser como una roca inatacable y me ha divertido enormemente ver cómo se iba agrietando hasta resquebrajarse y amenazar con estallar de un momento a otro. —Chasqueó la lengua en un gesto que denotaba un cierto entusiasmo—. ¡Me encanta ese tipo de retos! —concluyó.

—Triste victoria si el precio es tan exorbitantemente alto y el premio tan ridículamente bajo.

El difunto Ollanta, que a cada minuto que pasaba tenía más aspecto de auténtico cadáver alzó la mano y apuntó directamente con el dedo a su confundido interlocutor al señalar:

—Yo soy el único, y admito que en eso me asemejo bastante a los humanos, que puede decidir qué premio desea recibir. Sé de miles de hombres que renunciaron a todo por culpa de una mujer, y de otros que renunciaron al amor por el estúpido placer de sentirse poderosos pese a que la soledad de ese poder les amargase. Algunos incluso me ofrecieron su alma a cambio de que la historia de la literatura les dedicase unas líneas.

—¿Fue Bram Stoker uno de ellos?

—¿Quién?

—Bram Stoker, el autor de *Drácula*.

—No, que yo recuerde… —replicó el otro un tanto confundido—. ¿Y a qué viene esa pregunta?

—A que durante estos días he estado meditando en el hecho de que resulta muy significativo que Bram Stoker escribiera sobre un hombre que alcanza una especie de inmortalidad convirtiéndose en murciélago de hábitos nocturnos, que se alimenta de la sangre de sus víctimas, y que luego esas víctimas se convierten a su vez en vampiros que atacan a otros seres humanos… —observó al Maligno con profunda atención al inquirir no sin cierta ironía—: ¿No se le antoja demasiado casual?

—¿Acaso cree que tengo algo que ver con todo eso?

—¿Por qué no? La leyenda de Drácula siempre ha tenido connotaciones sobrenaturales y digamos que abiertamente demoníacas.

El cadáver, si es que en realidad era un cadáver, apartó las manos del fuego, se rascó la desgreñada melena y tras meditar unos instantes, agitó una y otra vez la cabeza como si todo aquello le fastidiara en extremo.

—No sé por qué razón siempre tienen que involucrarme en todo cuanto se refiere a algún tipo de maldad —sentenció—. El ser humano es ya de por sí bastante retorcido como para que necesite mi ayuda, y la inmensa mayoría de la gente que hace cosas terribles se las arregla muy bien sin mí, que además, y como ya le he remarcado demasiadas veces, no puedo obligar a nadie a hacer nada que no quiera hacer.

—¡Lo sé! Fue el primer defensor del libre albedrío.

—Y continúo siéndolo. Si no hubiera defendido ante todo el libre albedrío, y me hubiera limitado a aceptar humildemente el principio de la predestinación, mis culpas tendrían que caer sobre quien había decidido de antemano que me rebelara contra mi creador... —Ollanta, o Lucifer, o quienquiera que fuese quien se sentaba junto al fuego, lanzó un profundo resoplido al insistir—: Supongo que lo que probablemente ocurrió es que ese tal Bram Stoker había oído hablar de que en algún lugar de Sudamérica existían unos murciélagos que se alimentaban de sangre, y que cuando mordían a alguien, la víctima mordía a su vez a otros. Pero eso no ocurría porque los agredidos se convirtieran a su vez en vampiros, sino porque les habían inoculado la rabia, y ya se sabe que todo animal rabioso, sea hombre, perro, caballo o rata, muerde a su vez.

—Suena bastante lógico.

—Es que parece lógico que esa historia le diera la idea para una novela, pero como no conocía la región del mundo en que vivían los murciélagos, y por otro lado había oído hablar de un conde rumano de apellido Drakul, famoso por el salvajismo de sus innumerables crímenes, probablemente decidió trasladar el escenario de su novela a un sombrío castillo de los Cárpatos, lo cual resultaba mucho más práctico y estremecedor.

—Se entiende que para un escritor irlandés de finales del siglo XIX, las selvas americanas debían ser un lugar demasiado lejano, luminoso y exótico, mientras que el corazón de la vieja Europa estaba al alcance de la mano —admitió Bruno Guinea.

—Al igual que un gran número de novelas de aquellos tiempos, *Drácula* está basada en leyendas contadas por alguien que ha oído campanas, pero no sabe exactamente dónde —le hizo notar su interlocutor—. Si se fija, la historia del «hombre lobo» es muy semejante: un lobo, muerde a un hombre al que transmite la rabia convirtiéndole automáticamente en alguien que muerde a su vez. Al cabo de un tiempo la fantasía popular lo convierte en un hombre lobo pese a que en realidad no es más que un pobre enfermo.

—¿En ese caso el conde Drácula está ya en el infierno?

—Supongo que de estar, no estaría por vampiro, sino por empalador y asesino sanguinario, pero lo cierto es que el infierno no es el lugar que le corresponde.

—¿Y eso por qué? —quiso saber el Cantaclaro.

—Porque era un loco que no tenía responsabilidad sobre sus actos. ¿O acaso cree que la justicia divina es peor que la humana? Cuando un juez considera que el estado mental de un reo le impide distinguir el bien del mal, ni lo ejecuta, ni lo envía a la cárcel. Se limita a internarlo en un manicomio. De igual modo, cuando un psicópata incurable muere, resultaría injusto que me dedicara a martirizarle por el resto de la eternidad. No es más que un error de la naturaleza, y como tal debe ser tratado.

—¿Quiere decir que quien lo creó asume su parte de culpa...? —quiso saber su sorprendido oponente que por enésima vez parecía no dar crédito a lo que estaba oyendo.

—Sería un modo, bastante sofisticado, de decirlo —admitió su interlocutor encogiéndose de hombros—. La línea que separa el bien y el mal, ni es totalmente recta, ni suele estar delimitada con la necesaria nitidez. Con frecuencia yo mismo no sé qué actitud adoptar con respecto a determinados hechos.

—Creo que no le entiendo... —replicó en un arranque de sinceridad Bruno Guinea—. ¡Es más...! Estoy seguro de que no entiendo nada en absoluto. ¿Cómo es posible que la más pura esencia del Mal, y al que es de suponer que por algo llaman el Maligno, abrigue algún tipo de dudas sobre lo que está bien o está mal?

—Porque a lo largo del devenir de la historia he descubierto que el bien y el mal se encuentran interconectados hasta el punto de que llega un momento en que no tengo muy claro si me conviene más inclinarme de un lado o del otro.

—Sigo sin entenderlo.

—Le daré un ejemplo bastante pedestre... —musitó el cholo Ollanta, o lo que quedaba de él, inclinándose ligeramente hacia delante—. Imagínese por un momento que yo, como esencia del mal, hubiera alentado a aquel bárbaro de Drakul para que continuara empalando a infelices hasta que entre sus víctimas se encontrara un bisabuelo de Adolf Hitler. Lógicamente, en ese caso éste nunca hubiera nacido, con lo que se habría evitado a la humanidad un mal infinitamente mayor. E imagínese de igual modo que *el Espíritu del Bien* impulsara a un transeúnte a lanzarse al río a salvar a una pobre muchacha que se estaba ahogando. Y esa muchacha acabara convirtiéndose en la madre de Hitler...

—No me vale el ejemplo... —protestó de inmediato el Cantaclaro—. Nadie puede predecir qué es...

—¡Yo sí debería poder...! —fue la rápida respuesta—. Si, como se asegura, la eterna confrontación entre el Bien y el Mal está equilibrada, lo justo sería que yo también conociese el futuro, pero no es así, y por lo tanto lucho siempre en inferioridad de condiciones.

—Pues resulta evidente que está consiguiendo notables victorias.

—Con gran esfuerzo y gracias a la desidia de mis enemigos que lo tienen todo en sus manos para conseguir un mundo perfecto pero permiten que se convierta en lo que es.

—¡Extraña conversación! —no pudo por menos que reconocer Bruno Guinea—. Extraña y reveladora, sobre todo teniendo en cuenta que la estoy manteniendo con un difunto, pero lo que no me ha aclarado es a qué lugar van a parar las almas de esos locos que por lo visto no tienen cabida en el infierno, y supongo que mucho menos en el cielo.

—Mueren.

—¿Cómo ha dicho?

—He dicho que mueren.

—¡Pero eso no es posible! Se supone que todas las almas son inmortales.

—Ésas no. Son un error de la naturaleza y constituyen un peligro puesto que incluso como almas resultan incontrolables. Visto que no se les puede castigar, y mucho menos premiar, se las obliga a volatilizarse.

—¡A mí todo esto acabará por volverme loco! —fue la sentida protesta—. En menos de un mes, todos los esquemas que tenía del mundo han saltado por los aires... —Un chasquido de los dedos evidenció gráficamente lo que pretendía decir—. Se han «volatilizado» y empiezo a temer que mi cerebro no está capacitado para asimilar conceptos tan distintos.

—No se preocupe... —le tranquilizó el Maligno—. Lo está. Si algo he aprendido a través de los milenios, es a admirar la prodigiosa complejidad del cerebro humano y su portentosa capacidad para adaptarse a cualquier cambio. Ésa sí que es una verdadera obra de arte, y por ello siempre he estado en contra de quienes la menosprecian y pretenden encorsetarla.

—¿Pretende asegurar con eso que «la otra parte» la menosprecia?

—¡No le quepa la menor duda! Si no fuera por mí, que incito a los humanos a hacer el mal, en poco se diferenciarían de una vaca o una oveja.

—Los lobos hacen el mal.

—¡Se equivoca! Actúan únicamente por instinto. Matan porque necesitan comer, no por maldad. Sin embargo yo puedo conseguir que los hombres hagan cosas verdaderamente terribles por el simple placer de hacerlas.

—¿Y eso le enorgullece?

—Es mi obligación.

—Eso significa que alguien «encorsetó» su cerebro encaminándolo en una única dirección.

—¿Y acaso imagina que no lo sé...? ¿Y que no me rebelo contra ello?

—Quizá la mejor manera de rebelarse sería hacer algo totalmente diferente; algo opuesto a aquello para lo que siempre ha estado programado.

—¿Como qué?

—Como el bien. La máxima rebelión posible en el Maligno se concretaría, a mi modo de ver, en procurarle a la especie humana el mayor bien que en estos momentos pudiera desear.

—¿El fin del cáncer...?

—¿Por qué no?

—¿E imagina que ésas son mis auténticas razones?

—Me gustaría imaginarlo. Si lleva milenios comportándose de una forma que le ha llevado siempre al mismo punto, la auténtica «rebelión» se concretaría en actuar de forma totalmente diferente.

—No cabe duda de que sería en verdad magnífico, pero por desgracia es algo que está en contra de mi naturaleza... —El cholo Ollanta se puso en pie y lanzó un profundo suspiro con el que pretendía demostrar su cansancio o su hastío—. Tal vez algún día, dentro de muchos miles de años, consideren que he pagado mis culpas y me permitan cambiar, pero de momento no lo veo posible...

Dio media vuelta y se alejó arrastrando los pies y casi tambaleándose para perderse de vista entre la bruma que empezaba a adueñarse una vez más del paisaje.

Transcurrieron otros dos días de soledad, niebla y disentería.

Dos días más para recapacitar sobre cuanto estaba ocurriendo, y sobre cómo la cruel e inevitable trampa se iba cerrando en torno suyo, puesto que Bruno Guinea se veía obligado a admitir que la apreciación del difunto Ollanta había sido acertada, ya que se sentía incapaz de guardar eternamente un secreto que sin duda significaría la salvación para millones de enfermos desahuciados.

Le constaba que acababa de dejar atrás el punto sin retorno, y que de ahora en adelante su vida se deslizaría vertiginosamente por un agridulce tobogán, en el que la innegable satisfacción que experimentaría al comprender que estaba haciendo tanto bien a tantos infelices, iría unida indefectiblemente a la amargura de saber que personalmente se enfrentaba al peor de los destinos.

Le vino a la mente una inscripción que leyera durante su viaje de novios sobre la puerta de la Prisión de los Plomos en Venecia: CONCLUYE AQUÍ TODA ESPERANZA.

Si por aquel entonces se le antojó lo más terrible

que nadie había escrito nunca, ahora cabía considerarlo casi como una broma, puesto que resultaba evidente que a cuantos reos encerraron durante siglos en aquel temible presidio les quedaba una remota posibilidad de sobrevivir, o en el peor de los casos la posibilidad de alcanzar el perdón en la otra vida, mientras que a él, ni ésta, ni la otra vida, le ofrecían ya esperanza alguna.

Por si tamaño pesar interior no bastara para amargarle por completo la existencia, unas incontenibles y dolorosas diarreas le estaban colocando al límite de sus escasas fuerzas.

El Cantaclaro había sido siempre un hombre de ciudad, incapaz incluso de beber el agua que salía directamente del grifo, y abandonado a su suerte como le habían dejado en un remoto rincón de la Alta Amazonía, se sentía tan vulnerable como un perro perdido en mitad de una autopista.

Los mosquitos le asediaban, los murciélagos le aterrorizaban, y a cada instante temía que una de aquellas letales japutas surgiera de entre la espesura y le enviara, en cuestión de minutos, a hacer compañía al infeliz Ollanta.

¿Valía la pena sacrificarse de aquel modo?

Una y otra vez rechazó hacerse a sí mismo semejante demanda, no porque se sintiera incapaz de encontrar respuesta, sino porque abrigaba la absoluta convicción de que se trataba ya de una pregunta inútil.

La suerte estaba echada.

Había cruzado el Rubicón.

La batalla estaba ganada y perdida al propio tiempo.

Ganada por todos; perdida por él.

Se encerró en la choza para sumirse una vez más

en un profundo sopor del que tan sólo le sacó al fin la suave voz del guaquero:

—¡Aquí los tiene!

Los observó encerrados en toscas jaulas de caña y se dijo a sí mismo que jamás había contemplado tan de cerca bestias tan repugnantes.

—Ponen los pelos de punta —musitó apenas.

—¡Pues imagíneselos chillando y revoloteando en el interior de una cueva, y rodeados por miles de congéneres de los que sí transmiten la rabia y que no paraban de jodernos...! —Galo Zambrano lanzó un sonoro gruñido—. Le garantizo que jamás las he pasado más putas y que nos hemos ganado a peso hasta el último centavo.

—Le creo.

—Y lo peor es que el pobre Ollanta ha muerto. Encontramos su cuerpo entre unas matas. Le mordió una japuta.

—¡Lo lamento! Lo lamento en el alma.

—Era un buen hombre, y aún no entiendo cómo diablos se dejó sorprender.

—¿Dónde está?

—Donde murió.

—¿Lo enterraron?

—Es lo menos que podíamos hacer por él, y supongo que le dará igual descansar aquí que en su pueblo.

—¿Tenía familia?

—Mujer y cuatro mocosos, pero no se preocupe, les haré llegar la parte del dinero que le corresponde, y con eso podrán sobrevivir una temporada.

—Facilíteme su dirección y me ocuparé de que nunca les falte de nada —señaló Bruno Guinea—. Aún no puedo explicárselo, pero estoy convencido de que ha dado la vida por algo de suma importancia. Estos bichos pueden significar mucho para la ciencia.

—¿Los necesita vivos?

—¡Naturalmente!

—Pues usted verá cómo se las arregla… —le hizo notar el guaquero en tono pesimista—. Mi impresión es de que no soportan el cautiverio, y que desde luego no sobrevivirán al frío de los páramos. Aparte de que necesitan su diaria dosis de sangre fresca.

—¡No me joda!

—Nada más lejos de mi ánimo, pero apenas llevan dos días encerrados y ya los noto chuchurríos y como deslavazados.

—¿Qué me propone?

—Regresar cuanto antes al pueblo, encerrarlos en una cueva y proporcionarles perros, cerdos o cabras con los que alimentarse, porque puede jurar por sus muertos que no volveremos a cazarlos por ningún dinero del mundo.

—Y que lo digas… —intervino en tono de profundo malhumor el negro Rosario que parecía haber adelgazado diez kilos en tan pocos días—. Es el trabajo más repugnante a que me he enfrentado nunca, y eso que llevo desenterradas más de cuarenta putas momias…

Emplearon el tiempo justo en comer frugalmente y guardar en la destartalada choza todo cuanto no valía la pena llevarse pero que podría servirle para algo a «algún loco que algún día se le ocurriera pasar por allí», y apenas una hora más tarde se encontraban cruzando el puente con el consiguiente pánico por parte del Cantaclaro.

De nuevo en la diminuta aldea, y a falta de una cueva apropiada decidieron soltar a los murciélagos en la vieja iglesia abandonada no sin antes haber sellado bien todos aquellos resquicios por los que pudieran escapar, proporcionándoles como alimento un rollizo cerdo y dos perros vagabundos que se pasaron gran parte de la noche aullando.

Resultaba difícil conciliar el sueño a sabiendas de que en cuanto dejaran de ladrar y se durmieran caerían en manos de las repelentes bestezuelas, pero era tanto el cansancio y la tensión acumulada, que ni siquiera tan lúgubres lamentos consiguieron mantener despierto al agotado Bruno Guinea.

A la mañana siguiente en el sucio suelo de la vieja iglesia se distinguían varias manchas de sangre, y el más flaco de los perros parecía incapaz de mantenerse en pie.

—Este infeliz no aguanta otro asalto... —sentenció convencido el cholo Arcadio, pero tras observar con detenimiento al gorrino, añadió convencido—: Sin embargo al jodío marrano ni siquiera lo han tocado.

—¿Y a qué lo atribuye?

—A que se olió la tostada y no llegó a dormirse, o a que tiene la piel demasiado gruesa... —Rió divertido al añadir—: O tal vez se deba al hecho de que esos asquerosos bicharracos son musulmanes y tienen prohibido comer cerdo.

—¿Qué piensa hacer ahora? —quiso saber Galo Zambrano cuando se encontraron de nuevo en la gran plaza exterior por la que corría un viento frío.

—Volver a Quito y regresar el material que necesito para trabajar aquí, ya que al parecer no puedo sacar de su hábitat a los murciélagos.

—Vivos, no, desde luego... —insistió una vez más el ecuatoriano—. No me considero en absoluto un experto en fauna salvaje, pero ese «Señor de las Tinieblas» da la impresión de ser un animalejo extremadamente delicado... —Chasqueó la lengua como si con ello reafirmase su aserto al concluir—: Si tan sólo sobrevive en esta región del planeta por algo será, digo yo.

—Suena bastante lógico.

—¿Realmente cree que es el bicho que andaba buscando?

—Estoy convencido.

—¿Y para qué sirve?

—Lo verá en su momento... —fue la evasiva respuesta—. Ahora lo que importa es que sus hombres se queden aquí, cuidándolos, y usted me acompañe a Quito. Les seguiré pagando el precio convenido: mil dólares diarios.

—¿Sin tener que volver a la selva? —se asombró el otro—. Se van a poner muy contentos...

—Me alegro por ellos, pero el trato únicamente es válido si los bichos siguen vivos.

—Le garantizo que lo estarán aun a costa de su propia sangre... ¿Cuándo quiere partir?

—Ya.

El viaje de regreso fue tan duro y fatigoso como el de ida, pero en esta ocasión Bruno Guinea parecía espoleado por una prisa que parecía a punto de obligarle a expulsar el corazón por la boca a cada paso, por lo que el guaquero se vio en la obligación de aplacar sus ímpetus haciéndole comprender que de nada serviría que se quedase «tieso como un ajo» en mitad del páramo.

—Quito lleva miles de años en el mismo lugar... —dijo—. No va a moverse. Ni esos sucios bicharracos tampoco...

Traspasaron el umbral del hotel muy entrada la noche, y tras unas cortas horas de inquieto descanso, Bruno Guinea invitó a comer a doña Cecilia Prados de Villanueva, y en cuanto la tuvo enfrente le espetó sin más preámbulos:

—Necesito ayuda. Mucha ayuda.

—¿Qué clase de ayuda? —quiso saber la desconcertada gorda.

—Toda la que puedan prestarme... —La observó con extraña fijeza para inquirir en voz baja—: ¿Es usted capaz de guardar un secreto?

—No lo sé... —fue la sincera y en cierto modo humorística respuesta—. Aún no he guardado ninguno.

—Le estoy hablando en serio.

—Lo supongo, puesto que le noto tremendamente alterado. ¿Qué es lo que pretende que haga ahora?

—Dígame antes qué es, según usted, el cáncer.

La oronda vicerrectora pareció sorprenderse por una pregunta que evidentemente no venía a cuento en aquel lugar y aquellas circunstancias, meditó unos instantes, y por último, como si evitara comprometerse en exceso, replicó:

—Nunca he creído que el cáncer sea algo único y específico. Creo más bien que se trata de una denominación común para un sinnúmero de alteraciones genéticas capaces de adoptar aspectos muy diferentes. Por eso nunca me atrevería a definirlo sin miedo a cometer un error.

—¿Y si yo le dijera que creo que he encontrado un elemento que puede anular la inmensa mayoría de dichas alteraciones genéticas impidiendo que se desarrollen descontroladamente?

—Le respondería que, o está completamente loco, o ha hecho el mayor descubrimiento científico de todos los tiempos.

—¿Tengo aspecto de loco?

—Sinceramente... sí —fue la inmediata respuesta—. Alguien que se interna en la Alta Amazonía en compañía de un grupo de facinerosos sin saber qué es lo que en realidad anda buscando tiene que estar rematadamente loco.

—Ahora que conozco la Alta Amazonía debo admitir que tiene toda la razón —replicó el Cantaclaro seguro de lo que decía—. Pero mi mejor defensa estriba en alegar que creo haber encontrado lo que andaba buscando.

Doña Cecilia Prados de Villanueva lanzó un sonoro reniego, como si se encontrara a punto de estallar en un ataque de ira al exclamar fuera de sí.

—Pero ¿cómo carajo puede saberlo si ni siquiera sabía qué era lo que andaba buscando? —mascculló—. ¡No me fastidie, que me está poniendo nerviosa!

—¡No, por Dios! —suplicó encarecidamente su interlocutor—. No se ponga nerviosa... Ahora puedo confesarle que verdaderamente tenía una ligera idea acerca de lo que buscaba.

—¿Y es...?

—¿Me guardará el secreto?

—No estoy del todo segura.

—Al menos es sincera.

—Siempre lo he sido, de modo que lo mejor que puede hacer es proporcionarme una parte de la información, pero no toda.

—Difícil me lo pone.

—Más bien por el contrario... —le hizo notar su interlocutora—. Le estoy ofreciendo la oportunidad de que invente una mentira con los suficientes elementos de autenticidad como para que pueda creérmela aun a sabiendas de que no es del todo cierta... ¿Entiende lo que quiero decir?

—Más o menos.

—Adelante entonces.

Bruno Guinea meditó con la vista perdida en el vacío mientras su oponente le observaba al tiempo que devoraba un enorme plato de cebiche, y por último señaló:

—Imagínese que en ese maldito lugar existiese un tipo de sanguijuela que se alimentara únicamente de sangre, pero que por muy contaminada que estuviera dicha sangre, nunca enfermara. Es más, cuando la expulsa, esa misma sangre aparece ya completamente limpia.

—Durante siglos las sanguijuelas se han utilizado para sangrar a los enfermos, pero nunca oí decir que purifiquen de ese modo la sangre.

—Éstas lo hacen.

—¿Está seguro?

—Bastante seguro.

—Aunque así sea, que en verdad me cuesta admitirlo... —razonó sin perder en esta ocasión la calma doña Cecilia—. ¿Qué tiene eso que ver con impedir las alteraciones genéticas que provocan la aparición de un cáncer?

—Mucho, puesto que la sangre que devuelve es tan fuerte y se ha inmunizado a tal punto, que a mi modo de ver contiene proteínas capaces de atacar y destruir a las células cancerígenas.

—A mi modo de ver científicamente resulta inadmisible.

—La historia de la medicina nos enseña que muchas de las cosas que en un tiempo se consideraron científicamente inadmisibles acabaron por convertirse en verdades incuestionables. El problema de las infecciones puerperales sin ir más lejos.

—No es lo mismo.

—Nada nunca es exactamente lo mismo... —puntualizó quisquilloso Bruno Guinea—. Pero ¿qué ocurriría si lo que le estoy contando tuviera, aunque fuera muy remotamente, una base cierta?

—Que le besaría los pies aunque necesitara una grúa para volver a levantarme.

—Me conformaría con que me besara la frente, pero haga un acto de profunda fe y acepte, aunque tan sólo sea en un instante de enajenación mental, que lo que le propongo tiene unos ciertos visos de realidad... ¿Qué haría a continuación?

—Llevarle en volandas a casa de Horacio Guayas.

—¿Quién es?

—El platanero más rico del país, lo que ya es decir mucho.

—¿Cree que nos ayudará?

—Está desahuciado.

—¿Cáncer?

—Leucemia mieloide crónica que se ha vuelto resistente al tratamiento con interferón alfa, por lo que mi impresión es que le queda ya muy poco tiempo de vida... Si existe una remota posibilidad de que esté en lo cierto, Horacio le dará cuanto pida aunque para él sea ya demasiado tarde.

—¿Cuándo podríamos verle?

—En cuanto terminemos de comer. Me consta que en su estado actual jamás sale de casa.

Horacio Guayas vivía, o más justo sería decir, agonizaba, en un gigantesco palacio incaico enclavado a poco más de media hora de Quito, al pie del volcán más alto del mundo: el Cotopaxi.

Los gruesos muros de piedra negra en los que aún se distinguían las hornacinas que antaño ocuparan los antiquísimos dioses de sus antepasados, conformaban un conjunto armónico de una belleza impactante, entremezclándose con gigantescos ventanales que se abrían hacia paisajes que más parecían postales coloreadas que auténtica realidad.

Las estancias eran muy amplias, con escasos muebles elegidos con un gusto exquisito, y podría decirse que cada cuadro había sido pintado siglos atrás con el único fin de que adornara algún día una de aquellas severas y vetustas paredes.

Su propietario, pequeño y demacrado, presentaba el cómico aspecto de un niño que hubiera decidido enfundarse en un viejo traje de su padre, puesto que resultaba evidente que aquel prodigioso caserón se le había quedado de improviso demasiado grande, aunque aún perduraba algo en sus ojos y en la firmeza de su mentón, que evidenciaba que hasta no hacía mucho tiempo había sido un hombre de fuerte carácter y en cierto modo carismática personalidad.

Recibió a los inesperados visitantes con educada amabilidad pero evidente desgana, y permaneció prácticamente hundido en un rincón de un blanco sofá, casi sin pestañear apenas, hasta que la mantecosa recién llegada concluyó la exposición de los motivos que les habían llevado hasta allí.

Únicamente entonces se volvió a observar con especial detenimiento a Bruno Guinea, para acabar con inquirir en tono monocorde:

—¿De modo que está convencido de haber encontrado una nueva vía en la lucha contra el cáncer? —ante el mudo gesto de asentimiento, añadió—: ¿Un camino largo o un camino corto?

—Confío en que sea corto.

—¿Tan corto para como que yo pudiera beneficiarme?

—Lo dudo.

—Me duele oírlo, pero lo prefiero así —dijo—. Hace meses que me cansé de falsas promesas y esperanzas sin sentido. Mi tiempo se acabó, y poco hay que decir a ese respecto... —Tosió un par de veces, pareció a punto de sufrir un síncope, extendió la mano como para tranquilizar a los presentes, y tras lanzar un resoplido que casi sonaba a blasfemia, inquirió—: Y si no va a beneficiarme, ¿qué obtengo con ayudarle?

—Nada...

—... Excepto la remota esperanza de imaginar que mi dinero contribuirá a evitar que otras personas sufran lo que estoy sufriendo en estos momentos, ¿no es cierto? —concluyó por sí mismo la frase.

—Veo que lo ha entendido... —señaló el Cantaclaro—. Llevo años tratando a pacientes afectados de todo tipo de cánceres, y quizá lo único que he aprendido en este tiempo, es que son los más solidarios, y los que más clara conciencia toman de que nadie en este mundo merece pasar por el infierno que ellos pasan. Se comportan como una gran familia en la que la mayoría acaba muriendo, pero los que sobreviven nunca olvidan y siempre se puede contar con ellos a la hora de aliviar el dolor ajeno.

—¿Y a qué lo atribuye?

—A que de algún modo la enfermedad les hace más humanos, y que Dios me perdone si en ocasiones he llegado a pensar que a todo el mundo le vendría bien padecerla durante unos pocos meses. Probablemente aprenderían el verdadero significado de las cosas que importan, olvidando lo superfluo.

Horacio Guayas movió con lentitud la cabeza, girándola de pared a pared para inquirir con cierta hosquedad:

—¿Es esto lo superfluo?

—Si a estas alturas no sabe ya lo que es superfluo y lo que no lo es, no soy yo quien tiene que aclarárselo... —le hizo notar su único interlocutor, puesto que desde hacía ya largo rato doña Cecilia Prados de Villanueva se limitaba a ser mudo testigo de la conversación—. Este palacio es increíblemente hermoso, pero sospecho que lo cambiaría por unos años de vida... ¿Me equivoco?

—Sabe muy bien que no —reconoció de inmediato el enfermo—. Fue construido hace más de mil años, y seguirá aquí otros mil si el Cotopaxi no despierta algún día y se lo lleva por delante, pero muy pronto nadie se acordará quién transformó un montón de ruinas en lo que ahora ve, puesto que ni siquiera voy a dejárselo a unos hijos que puedan disfrutarlo y agradecérmelo... —Lanzó un leve lamento, aguardó a que el dolor pasara, y al poco añadió—: ¡Tanto trabajo y tantas horas sin dormir para nada! No he tenido tiempo de amar, ni de permitir que alguien me amara, y aquí apoltronado viendo cómo la muerte se aproxima sin remedio, me pregunto de qué me ha servido amasar tanto dinero y tanto objeto inútil.

—Mucha gente te aprecia... —se decidió a comentar al fin la gorda vicerrectora sin excesivo convencimiento.

—Pero mucha más me aborrece... —fue la sincera respuesta—. Y a ésos les alegra el alma saber que muy pronto me convertiré en el cadáver más rico de Ecuador... —Se volvió de nuevo a Bruno Guinea para señalar en tono firme—: Tráigame una de esas sanguijuelas, y si lo que veo me convence pondré a su disposición todo cuanto necesite.

—Eso no puedo hacerlo.

—¿Por qué?

—Porque no se aclimatarían a este frío y esta altura. Probablemente morirían por el camino.

—¿Unas simples sanguijuelas?

—No son exactamente sanguijuelas... —intervino de nuevo doña Cecilia Prados de Villanueva—. Pero como no quiero saber, de momento, de qué animal se trata, me voy a dar un paseo por el jardín mientras ustedes hablan a solas. —Se dirigió directamente al Cantaclaro para señalar—: Creo que lo mejor será que le cuente a Horacio toda la verdad. Es mucho lo que está en juego, y me consta que él sí sabrá mantener el secreto.

Extendió las manos para que le ayudara a levantarse y abandonó la estancia bamboleándose como un pesado galeón en mitad de una tormenta.

—Demasiada mujer... —musitó apenas el dueño de la casa en cuanto hubo desaparecido—. Demasiada mujer en todos los aspectos. De joven trabajé para su padre y se me antojaba la criatura más celestial y deseable que pudiera existir... —Tosió una vez más y cuando se hubo serenado quiso saber—: ¿De qué animal se trata?

—De un murciélago vampiro.

—Entiendo... Una especie de sanguijuela, pero a lo bestia. Me han mordido a menudo. Pero me consta que son muy peligrosos; transmiten la rabia, la peste, el cólera, la sarna y un sinfín de enfermedades.

—Hay uno que no.

—¿El Señor de las Tinieblas?

—¿Lo conoce?

—Hubo una época, hace ya muchos años, en que estuve intentando aclimatar un cierto tipo de platanera enana en el oriente, al pie de la cordillera y a orillas del Napo, pero por desgracia no se daban tan bien como en la costa. Fue por aquel entonces cuando me hablaron de un diminuto vampiro que cuando te mordía te curaba la sarna e incluso el sarampión, pero siempre lo consideré una estúpida leyenda propia de ignorantes lugareños.

—Siempre hay algo de cierto en las leyendas, y he aprendido que si unos «ignorantes lugareños» aseguran que una determinada planta posee unas determinadas propiedades, es porque generaciones de sus antepasados así lo han observado y no conviene menospreciar dicha experiencia.

—¿Quién le habló del Señor de las Tinieblas antes de venir aquí?

—Una inmigrante ecuatoriana que conocí en Madrid —mintió a conciencia Bruno Guinea—. Pero únicamente me habló de los vampiros en general. Hasta hace una semana no tenía la más remota idea de la existencia del Señor de las Tinieblas.

—¿Y ha conseguido capturar alguno?

—Cinco parejas.

—¿Dónde están?

—En una iglesia abandonada, a poco más de tres horas de camino de Papallacta.

—¿Y cree que si los trae hasta aquí arriba morirán?

—Puede que sí y puede que no... —fue la respuesta—. Pero no quiero arriesgarme. Lo prudente sería estudiarlos en su hábitat, poner a su alcance animales enfermos y comprobar si verdaderamente no se contagian. Si consigo descubrir qué proteínas, qué anticuerpos, qué genes, o qué demonios es lo que les permite mantenerse inmunes habremos dado un paso de auténticos gigantes.

El diminuto y esquelético Horacio Guayas pareció sumirse de improviso en un extraño sopor. Cerró los ojos, tosió, experimentó una especie de convulsión que le agitó de los pies a la cabeza, y por último, y sin abrir los ojos inquirió:

—¿Dónde espera encontrar un animal enfermo de cáncer?

—Aún no lo sé, pero lo encontraré.

—No hace falta que busque. Iré yo.

Bruno Guinea agitó una vez más la cabeza como si se negara a aceptar que lo que acababa de oír fuera cierto.

—¿Cómo ha dicho? —inquirió estupefacto.

—Que iré yo —replicó el hombrecillo mirándole ahora de frente—. Dejaré que se atiborren de mi sangre putrefacta, y si no se mueren en un abrir y cerrar de ojos, mi paso por este mundo habrá servido para algo más que para amasar dinero.

—¿Es que se ha vuelto loco?

—A estas alturas puedo volverme loco o Papá Noel si se me antoja... —replicó calmosamente el moribundo—. Con un pie en la tumba estoy en condiciones de poner el otro en la cúpula del Capitolio sin que me importen las consecuencias.

—¿Y está dispuesto a que le chupen la sangre?

—¡Para lo que me sirve ya! La sangre que corre por mis venas se convirtió hace tiempo en mi principal enemiga. Dejemos que esas sucias ratas voladoras se den un banquete y sentémonos a ver qué es lo que les ocurre.

—Me temo que en su estado no soportaría un viaje tan pesado.

—Soy dueño de tres avionetas, un reactor capaz de llegar a Miami sin repostar, y un enorme helicóptero que me depositará en esa aldea en menos de media hora... ¿Cuánto tiempo le llevará reunir el material que necesita?

—Supongo que únicamente unas cuantas horas.

—¡Bien! En ese caso mi secretario le extenderá un cheque por un millón de dólares, y mañana al mediodía le quiero aquí, listo para volar.

—Pero un millón de dólares es demasiado.

—Para alimentar una esperanza, por remota que sea, nada es demasiado.

Galo Zambrano no había volado nunca y en un principio se mostró bastante reacio a la idea de que su bautizo en el aire fuera en un extraño aparato que no le merecía la más mínima confianza.

Bruno Guinea tampoco había volado nunca en helicóptero y tampoco le apetecía en lo más mínimo aventurarse a bordo de uno de ellos por entre los picachos de una peligrosa Cordillera Real siempre agitada por mil vientos contrarios, pero no tardó en llegar a la conclusión de que más valía arriesgarse a un corto mal trago en el aire que a atravesar de nuevo los helados páramos y el agobiante paso del Antisana.

Dedicaron por tanto la mañana a adquirir el material y los víveres que necesitaban, de tal modo que poco antes del mediodía se encontraban de nuevo ante la puerta del prodigioso palacio, en cuyo prado posterior se distinguía ya la silueta, roja, verde y blanca, de una inquietante máquina voladora.

Horacio Guayas surgió de la casa a los pocos minutos, y parecía incluso más pequeño y frágil que el día anterior, hasta el punto de que cabía sospechar que exhalaría el postrer suspiro antes incluso de que consiguiera volver a poner el pie en tierra firme.

No dijo una sola palabra, como si se esforzara por conservar las escasas fuerzas que le quedaban, y apenas se hubo acomodado en una improvisada camilla, cerró los ojos y se quedó traspuesto, sin prestar la menor atención al fastuoso paisaje que se abría ante él.

El perfecto cono del Cotopaxi constituía, visto desde el aire, un espectáculo ciertamente impactante, y distinguir a lo lejos la silueta de seis volcanes, la cima del Chimborazo y más tarde la altiva silueta del Sangay era algo que sin duda quedaría grabado en la retina del más indiferente de los viajeros por mil años que pasaran.

El pesado y estruendoso aparato se convirtió muy pronto en poco más que una hoja seca entre los dedos del viento; una libélula perdida en la Caída del Infierno, y en determinadas ocasiones en una especie de minúsculo alevín que nadara a ciegas en la inmensidad del Mar Blanco, pero su piloto demostró ser un experto navegante capaz de abrirse paso por entre los picachos y los desfiladeros para ir a posarse al fin, no sin lanzar previamente un largo suspiro de alivio, ante la mismísima puerta de la vieja iglesia abandonada.

Tan sólo entonces Horacio Guayas abrió los ojos para musitar con evidente amargura:

—¡Fin del trayecto! Y nunca mejor dicho.

Penetró luego con paso vacilante en el cochambroso edificio, para aguzar la vista intentando distinguir a las oscuras bestezuelas que colgaban de las vigas del techo.

Tardó en volver a hablar, pero cuando lo hizo su voz sonaba extrañamente firme:

—Cualquier lugar es malo para exhalar el último suspiro, pero la verdad es que éste parece el peor imaginable.

—Si quiere, podemos...

—¡Olvídelo! Coloquen una cama aquí justo en el centro y acabemos de una vez.

—Primero tenemos que separar y enjaular a ocho de ellos... —le hizo notar Bruno Guinea—. Con dos que le ataquen será suficiente. Así no correrá peligro de que le desangren y yo sabré cuáles le han mordido exactamente.

—De acuerdo, pero que sea cuanto antes porque me encuentro muy fatigado.

Una hora más tarde, con la noche aproximándose ya con la rapidez que tenía por costumbre desde la infinita llanura amazónica, todo estaba preparado, y resultaba en verdad un espectáculo en cierto modo inquietante y casi cabría asegurar que sobrecogedor, contemplar a la luz de las velas una ancha cama de inmaculadas sábanas blancas destacando justo en el centro de la tétrica nave de paredes mohosas.

Cuando Horacio Guayas se tumbó, recostando con sumo cuidado la cabeza en la almohada, todos los presentes tuvieron la curiosa sensación de que se trataba de la sufrida víctima de un rito satánico que se ofrecía para ser inmolada a las fuerzas del mal, por lo que el Cantaclaro tuvo que rogar a los presentes que les dejaran a solas al tiempo que tomaba asiento en el borde del lecho.

—¿Cómo se encuentra? —quiso saber.

—Preferiría estar jugando en un casino de Las Vegas... —fue la irónica respuesta—. Pero no puedo quejarme.

—¿Tiene miedo?

—¿A esas bestias? —se sorprendió el enfermo—. En absoluto. Mi miedo llega muchísimo más lejos, pero hace tiempo que lo tengo asumido.

Su interlocutor le observó como si estuviera tratando de leer en el fondo de sus ojos, y por último inquirió:

—¿Está seguro de que quiere continuar?

—¡Naturalmente! —fue la firme respuesta en la que no se advertía la menor sombra de duda—. Usted tenía razón; esta maldita enfermedad nos vuelve mucho más humanos, pero también algo más divinos… —Tosió repetidas veces, hizo un terrible esfuerzo por serenarse, y por último musitó—: Cuando se han pasado tantas noches de terror como yo he pasado, ¿qué importa una más si confías en que con ello conseguirás que otros no pasen por lo mismo…? Tan sólo quisiera pedirle una cosa…

—Lo que usted diga.

—Si todo esto condujera a alguna parte, y algún día sus teorías tuvieran éxito, intente que mi nombre se recuerde; que el mundo sepa que un pobre cholito ecuatoriano le echó tantos cojones a la muerte como le había echado a la vida, y a buen seguro que constituiría una magnífica carta de presentación a la hora de enfrentarse a un juicio en el que todo cuanto has hecho en esta vida será tenido en cuenta… Y ahora déjeme a solas con ese par de hijos de puta —esbozó una leve sonrisa—. A lo peor les gano la partida y son ellos los que amanecen tiesos.

El Cantaclaro le acarició la frente, le subió el embozo de la sábana, y salió cerrando a sus espaldas para ir a tomar asiento sobre un pequeño muro, al otro lado de la plaza, observando meditabundo la amazacotada silueta de la vetusta iglesia.

A los pocos minutos Galo Zambrano acudió a tomar asiento a su lado.

—¿En qué piensa? —quiso saber al tiempo que le entregaba un tazón de café hirviendo, puesto que desde las cumbres del Antisana había comenzado a descender un viento inclemente.

—En lo que ese pobre hombre debe estar pensado a sabiendas de que en cuanto se duerma las más repugnantes de las bestias le arrebatarán la escasa vida que le queda.

—Al menos no sufrirá.

—¿Cómo puede estar tan seguro?

—Porque el anestésico que esos cabrones inyectan le relajará, sumiéndole en un agradable sopor. Sé por experiencia que el Señor de las Tinieblas es de los que esperan durante horas, y resulta inútil que te hagas el dormido. No hay forma de engañarle, y cuando al fin se acerca y te muerde te deja fuera de juego porque al ser tan pequeño necesita alimentarse sin sobresaltos. Cuando al fin te despiertas tienes la impresión de que has estado flotando entre dos aguas.

—¿Le han atacado muchas veces?

—Más de las que yo quisiera.

—¿Y cómo lo soporta?

—Haciéndome a la idea de que se trata de un mosquito demasiado grande, pero menos ruidoso, menos molesto y menos feo... ¿Se imagina un mosquito de casi diez centímetros de longitud? Ése sí que sería un bicharraco espeluznante.

—Nunca deja de asombrarme la naturalidad con que se toma estas cosas. A veces creo que incluso le divierten.

El guaquero sorbió sonoramente parte de su café antes de replicar sin dar mayor importancia a sus palabras:

—Las tomo con naturalidad porque son naturales, y forman parte del mundo en que nací. A mí, lo que en verdad me asombra, es el modo en que viven ustedes, en ciudades superpobladas, con vacas locas, fiebre aftosa, Chernobil, síndrome de los Balcanes, mareas negras, hamburguesas, drogas, y no sé qué cuántas cosas más que acaban matando a traición. Leyendo la prensa, escuchando la radio y viendo la televisión, se llega a la conclusión de que la Alta Amazonía, con sus innegables peligros, es casi un jardín de infancia comparado con cualquiera de esas ciudades a las que ustedes consideran «civilizadas». ¡En ellas sí que me sentiría perdido y acojonado!

—Razón tiene... —se vio obligado a admitir Bruno Guinea—. Su aire es una mierda, su agua está contaminada y su comida envenenada. Los cánceres de todo tipo proliferan como las setas tras la lluvia, y de tanto en tanto oleadas de terror nos obligan a plantearnos qué podemos hacer para escapar a tanta hediondez y podredumbre, pero por lo visto ése es el precio que tenemos que pagar por progresar cada vez más aprisa.

—Pero aun sabiéndolo nunca se detienen.

—¡No! Lo cierto es que nunca nos detenemos.

—Pues están locos, y le garantizo que prefiero mil veces enfrentarme a los murciélagos vampiros e incluso a las japutas, porque al menos sé cómo carajo hacerles frente.

Durante un largo rato permanecieron en silencio, bebiendo café con la vista clavada en la puerta de la iglesia, hasta que por último el Cantaclaro inquirió:

—¿Es usted creyente?

—Soy pobre... —fue la curiosa respuesta—. Y a los pobres no nos queda más remedio que ser creyentes. La inmensa mayoría de los ecuatorianos somos tan religiosos porque somos terriblemente pobres.

—¿Y cómo se explica que considerándose a sí mismo un auténtico creyente se dedique a profanar tumbas?

—Porque, que yo sepa, desde que Cristo resucitó, no ha vuelto a visitar ninguna tumba. Dios está en las almas, no en los cuerpos, y yo lo único que hago es despojar a esos cuerpos de algo que no les sirve para nada, pero que ayuda a mitigar mi hambre.

El viento aulló, tal vez de frío, pero ni Bruno Guinea ni el guaquero se inmutaron porque al fin y al cabo aquel frío no podía ni compararse al que habían sufrido al atravesar los páramos y podría creerse que incluso le agradaba sentir cómo cortaba la cara obligándoles a entrecerrar los ojos.

La luna asomó por encima de la iglesia y se entretuvo en iluminar al único ser viviente que se distinguía en el centro de la plaza: un perro sarnoso que la noche antes había servido de cena a los murciélagos, y que se alejó a toda prisa como si temiese que aquel par de desaprensivos pudieran abrigar la intención de encerrarle de nuevo con tan desagradable compañía.

Cuando el viento amainaba se escuchaba, lejana, la insistente llamada de un mochuelo que no obtenía respuesta a sus demandas amorosas, y cada diez minutos la inconfundible silueta de un enorme murciélago insectívoro surcaba la noche persiguiendo a sus presas.

Pese a estar acostumbrado desde un mes atrás a los días extraños y las noches igualmente extrañas, para Bruno Guinea aquella fría noche andina se estaba convirtiendo en la más inquietante de todas ellas, puesto que aún no había conseguido apartar de su mente el aceitunado rostro de Horacio Guayas destacando sobre la blanca almohada como un condenado a muerte esperando la fatal inyección que habría de sumirle en poco tiempo en el más irrecuperable de los sueños.

Había asistido en infinidad de ocasiones a las últimas horas de un moribundo, hasta el punto de perder la cuenta de a cuántos agonizantes, a menudo demasiado jóvenes, había visto exhalar el postrer suspiro, pero tenía conciencia de que todas las defunciones de las que había sido testigo, ninguna resultaba, ni por lo más remoto, tan impactante como aquélla.

Era duro morir, y más aún morir de un mal que va devorando interiormente, pero más terrible resultaba sin duda que la encargada de rematar al condenado fuera una hedionda rata voladora.

Tras un largo silencio, en el que ambos hombres parecían estar rumiando idénticos pensamientos, el ecuatoriano inquirió en su monocorde tono acostumbrado:

—¿Es cierto que anda buscando una solución al cáncer?

—¿Quién se lo ha dicho?

—Hablo mal, pero escucho bien... —fue la tranquila respuesta—. Y si ese desgraciado está ahí, dejándose chupar la sangre, debe ser por algo que considere muy importante.

—Ciertamente lo es.

—¿Acaso espera que contagie la leucemia a los murciélagos?

—La leucemia no es contagiosa.

—Eso tenía oído... —admitió el guaquero—. Y de ahí mi sorpresa. En ese caso, ¿qué espera sacar en limpio de todo esto?

—Determinar en qué condiciones devuelve la sangre el Señor de las Tinieblas, o cómo la metaboliza. Si se alimenta de la sangre de Horacio Guayas y la transforma en una sangre nueva, significa que el jodido *Desmodus Rotundus* es una especie de laboratorio viviente del que podemos aprender muchas cosas.

—¿Como qué?

—El tipo de defensa que desarrolla y que impide que determinadas células decidan de pronto desquiciarse reproduciéndose de un modo incontrolado hasta el punto de acabar por formar un tumor maligno.

—¿Lo cree posible?

—Por eso estamos aquí.

Galo Zambrano meditó largamente, encendió una colilla de habano que siempre llevaba en el bolsillo superior de la camisa sin que nadie le hubiera visto nunca estrenar un habano nuevo, con lo que podía llegar a suponer que se aprovisionaba únicamente de colillas, y al poco comentó con aire de suprema satisfacción:

—O sea que si resulta que usted no está más loco que una vaca inglesa, estaré siendo partícipe de una de las más grandes aventuras científicas de todos los tiempos...

—Más o menos.

—¡Quién me lo iba a decir...! —El ecuatoriano meditó de nuevo y al poco insistió—: Pero lo que no consigo entender es por qué razón se desquician esas malditas células.

—Si lo supiéramos, hace años que habríamos conseguido acabar con el problema —le hizo notar el Cantaclaro—. Precisamente en ese estúpido comportamiento, que a la larga suele acabar con su propia autodestrucción, reside el misterio.

—¿Quiere decir que de alguna manera las células se suicidan?

—Sería una forma de expresarlo, puesto que para una determinada célula que está «programada» para desarrollar una función muy específica, salirse de la norma establecida constituye ciertamente una forma de suicidio.

—Tal vez se deba a que no se siente capaz de soportar algún tipo de presión exterior...

Bruno Guinea se volvió a observar con cierta sorpresa a su interlocutor para inquirir evidentemente interesado:

—¿Qué ha querido decir con eso?

—Que es posible que esas células, programadas como usted dice para realizar una función muy específica, se encuentren sometidas de improviso a la acción de elementos extraños a los que no sepan cómo enfrentarse, con lo que acaban por intentar defenderse aumentando de número de forma desordenada sin ser conscientes de que de ese modo rompen el equilibrio del conjunto.

—Es una interesante forma de enfocarlo... —admitió su interlocutor—. Toda enfermedad no es más que una ruptura del equilibrio orgánico, pero en lo que se refiere al cáncer lo difícil es averiguar la raíz de dicha ruptura.

—¿Si la descubriera encontraría el remedio?

—Sin duda resultaría mucho más sencillo conseguir que las aguas volvieran a su cauce.

—Pues como profano en la materia, lo único que se me ocurre es que cuantos más elementos extraños se presenten, más riesgo de presión existe, y resulta evidente que en el mundo moderno proliferan los elementos extraños.

—Eso es muy cierto, aunque tengo la impresión de que al referirnos a elementos extraños no debemos limitarnos a la agresión de agentes físicos. También influye, y mucho, una prolongada tensión psicológica.

—Me gustaría poder seguirle en sus razonamientos, pero me temo que hasta aquí llegó mi capacidad de asimilación... —admitió el guaquero con sincera naturalidad—. Jamás pasé de la escuela primaria, lo que sé lo sé de oídas, y aunque me considero un tipo curioso, admito que con la curiosidad no basta. —Lanzó lejos lo poquísimo que quedaba de su miserable colilla y se puso en pie desperezándose ruidosamente al añadir—: Y ahora creo que lo mejor será intentar dormir un rato porque tengo la extraña impresión de que nos espera un día muy duro.

El día, más que duro, resultó impactante.

Con la primera claridad del alba, convencido de que los murciélagos habrían regresado ya al más oscuro rincón de la techumbre, Bruno Guinea se decidió a penetrar en la mohosa y maloliente iglesia temiendo enfrentarse al cuerpo sin vida de Horacio Guayas.

Pero contra todo pronóstico aún respiraba.

Poco, pero respiraba.

Su rostro aparecía casi tan blanco como las sábanas, pero mucho más que la almohada que no era en verdad más que una mancha de sangre que aún escurría muy lentamente hasta el punto de que de tanto en tanto una solitaria gota se precipitaba hacia el suelo.

Era una sangre demasiado roja y demasiado líquida.

En buena lógica debería haberse coagulado pero aún continuaba deslizándose por la curva de la almohada, y el Cantaclaro, que tanta sangre había visto a lo largo de su vida, permaneció absorto, como hipnotizado por su brillante color y su textura.

Recogió varias muestras, se cercioró una vez más de que el enfermo continuaba respirando, introdujo su preciado tesoro en un pequeño maletín y se encaminó a la desvencijada habitación del «hotel» que había convertido en improvisado laboratorio.

Dos horas más tarde, Galo Zambrano se lo encontró sentado en una tosca silla, con la vista fija en un punto de la pared y aspecto de encontrarse en otro mundo o en otra dimensión.

—¿Qué le ocurre? —quiso saber.

—Que continúo sin entender nada... —fue la casi inaudible respuesta.

—¿Nada de qué?

—Nada de nada... —El español hizo un significativo gesto hacia la colección de tubos de ensayo y cristales enrojecidos que se alineaban junto al microscopio al puntualizar—. Es la sangre más increíble que haya analizado nunca. Contiene la cantidad exacta de glóbulos rojos, glóbulos blancos y plaquetas que hipotéticamente debería contener la sangre de un hombre joven, fuerte y con una salud a prueba de bomba... Más fluida, eso sí, pero absolutamente perfecta.

—¿Y eso qué significa?

—Que al pasar por el tubo digestivo de ese bicho ha experimentado una inexplicable transformación, puesto que, dado el tamaño del charco resulta evidente que se trata de la sangre de Horacio Guayas.

—¿Y eso es bueno o es malo?

—Bueno... —fue la respuesta—. Evidentemente muy bueno, ya que me reafirma en la idea de que el Señor de las Tinieblas es en realidad una máquina de purificar sangre a una velocidad inconcebible... —Alzó el rostro hacia su interlocutor—. Necesito que atrape a esos dos... —dijo—. Quiero estudiarlos a fondo.

—Eso está hecho... ¿Qué va a pasar con Guayas?

—No tengo ni idea.

—¿Cuánto tiempo cree que sobrevivirá? —quiso saber el ecuatoriano.

Su interlocutor optó por encogerse de hombros al replicar:

—¿Y qué quiere que le diga...? En su estado, y a la vista de la sangre que ha perdido, ya debería estar muerto, pero empiezo a llegar a la amarga conclusión de que todo cuanto he estudiado durante todos estos años ha sido una pérdida de tiempo, puesto que la naturaleza continúa ocultando secretos que van mucho más allá de lo que somos capaces de imaginar... —Se volvió hacia la ventana y señaló con el dedo al exterior—. Hace un rato observaba cómo un colibrí libaba de esa flor y no podía por menos que preguntarme de dónde sacaba la energía suficiente como para mantenerse suspendido en el aire agitando las alas millones de veces al día... —Chasqueó la lengua como si él mismo se admirase de la magnitud de su ignorancia—. En este viaje he visto tantas cosas que empiezo a creer que hasta ahora no había aprendido a mirar.

—Confío en haber contribuido en algo a que entienda nuestro pequeño mundo andino desde otra perspectiva.

—Todo y todos han contribuido... —admitió Bruno Guinea—. Y a menudo me asalta la impresión de que me han colocado ante los ojos un enorme diamante de muchas caras a través del cual veo las cosas de cien modos distintos. La imagen se distorsiona pero de alguna forma esa misma distorsión permite que mi cerebro se haga una idea mucho más clara de cuál es la auténtica realidad.

—¡Vaina...! —se lamentó el guaquero—. Cada vez que habla usted con tanta *sanguaraña* me deja alelado.

—¿Y eso qué es?

—¿*Sanguaraña*? —repitió el otro—. Es una forma de decir las cosas con tal cantidad de adornos y circunloquios que al final te quedas sin saber si te están preguntando la hora o mentando a la madre.

—Le juro que no le he mentado a la madre... —puntualizó muy serio Bruno Guinea.

—Pero tampoco me ha preguntado la hora... —replicó humorísticamente Galo Zambrano—. Aunque la culpa es mía por meterme en camisas de once varas y preguntar sobre cosas que están fuera de mis entendederas. La gente se muere cuando suena la corneta que le llama a morir, y ésa ha sido siempre una corneta desmadrada. El pobre Ollanta era uno de los tipos más fuertes y saludables que he conocido pero ya está bajo tierra, mientras que Horacio Guayas siempre fue un cholito esmirriado por el que nadie daba un chavo, pero lleva meses aferrado a un hilo de vida como a un clavo ardiendo.

—Pues tengo la amarga impresión que lo que quedaba de ese hilo, se quebró.

Al poco regresaron juntos a la iglesia donde permanecieron un largo rato a los pies de la cama observando, en silencio, cómo el «esmirriado cholito» boqueaba angustiosamente como un pez que llevara excesivo tiempo fuera del agua.

Era una muerte más; una de los cientos de muertes semejantes a las que el Cantaclaro se había visto obligado a asistir día tras día a lo largo de su dilatada carrera profesional, pero a las que jamás conseguiría acostumbrarse.

El rico platanero se apagaba como se apaga el eco de una voz lejana que ha rebotado ya contra demasiadas montañas, y lo único que quedaba por hacer era rogar a Dios para que su angustioso final fuera lo más dulce posible.

Muy arriba, apenas visibles en un inaccesible rincón de la techumbre, dos diminutos bultos oscuros colgaban cabeza abajo.

Una rata cruzó sin prisas por lo que en otro tiempo debió ser la base del altar.

Tal como el propio Horacio Guayas afirmara,

cualquier lugar era malo para morir, pero aquel seguía siendo el peor imaginable.

Especialmente cuando la muerte tardaba tanto en llegar.

Al cabo de un par de minutos cesaron los estertores.

Se hizo el silencio.

Fuera ladró un perro.

Bruno Guinea y Galo Zambrano observaron la cama con la máxima atención y al poco intercambiaron una mirada que parecía más bien una muda pregunta.

Al fin el primero se decidió, avanzó un par de metros, se inclinó sobre el paciente y le colocó el dorso de la mano sobre la yugular.

Casi al instante Horacio Guayas abrió los ojos, observó al hombre que se inclinaba sobre él, alzó la vista al techo y muy suavemente musitó:

—Tengo hambre.

Un gran tazón de caldo fue todo lo que se sintió capaz de ingerir, pero lo hizo con ansia, y ello constituía al parecer un triunfo y un placer en la amarga existencia de alguien que llevaba meses sin disfrutar ni de triunfos, ni de placeres.

Al concluir, se recostó en la cama, observó con inquietante fijeza a Bruno Guinea que se había acomodado en un destartalado banco de madera, e inquirió secamente:

—¿Qué significa esto?

El interrogado se limitó a encogerse de hombros al tiempo que replicaba con absoluta naturalidad:

—Sinceramente no lo sé.

—¿Me queda alguna esperanza de vida, o se trata únicamente de esa corta mejoría que según dicen precede al momento final?

—Admito que he asistido a muchas de esas digamos «mejorías terminales» —fue la desganada respuesta—. Pero he de reconocer que las circunstancias eran muy diferentes. —El tono de voz del español evidenciaba que trataba de evitar comprometerse en exceso cuando aventuró—: Lo que en realidad importa, es que resulta indiscutible que en este caso han intervenido elementos externos.

—¿Los murciélagos? —ante el mudo gesto de asentimiento Horacio Guayas insistió—: ¿Cree que les debo a ellos esta sensación de mejoría?

—¿A quién si no?

—¿Y por qué razón?

—Aún no lo sé.

—¿Y cuánto tiempo tardará en averiguarlo?

—Constituiría una irresponsabilidad por mi parte responder sin tener ni la más remota idea de cuánto tiempo puede llevarme descubrir cuál es el elemento que permite que el metabolismo de ese animal se comporte tal como parece ser que se comporta —admitió el Cantaclaro al tiempo que alzaba el rostro hacia las manchas oscuras que permanecían completamente inmóviles en el techo. Al poco, y tras chasquear la lengua en lo que constituía casi un gesto de incredulidad, insistió—: No cabe duda de que esas bestias guardan un valioso secreto, pero me siento como si tras haber descubierto el arcón del tesoro, no encontrara la llave del candado.

—¡Pues búsquela!

—Hago cuanto está en mi mano.

—Eso no basta —le hizo notar el enfermo recuperando en parte el tono del autoritario hombre de empresa que fuera tiempo atrás—. En un caso como éste, y no me estoy refiriendo concretamente a mi propia vida, aunque en el fondo sea la que más me importa, no es suficiente con hacer lo imposible. —Se irguió apenas para mirarle directamente a los ojos e insistir—: Es necesario ir muchísimo más allá para conseguir arrancarle el secreto a esos animalejos. Desde este mismo momento disponga de diez millones de dólares.

—¡Diez millones de dólares! —no pudo por menos que repetir su asombrado interlocutor—. ¿Y para qué quiero yo tanto dinero?

—¿Y para qué lo quiero yo? —fue la en cierto modo desconcertante respuesta—. Lo único que ahora necesito es que esos benditos Señores de las Tinieblas me vuelvan a morder esta noche para que mañana me encuentre tan relajado como me encuentro en estos momentos.

—¿Es que se ha vuelto loco? —protestó Bruno Guinea—. No existe la más mínima posibilidad de que soporte un nuevo ataque. Lo milagroso es que aún siga con vida tras semejante sangría.

—Quien hace un milagro, hace ciento —replicó con innegable ironía Horacio Guayas alzando el dedo pulgar en dirección al techo—. Si el precio que ésos me piden a cambio del bienestar que siento en estos momentos es mi sangre, le puedo jurar que les pagaré con sangre.

—¿Acaso pretende...?

—Lo que está pensando. Métame en el cuerpo todo el plasma y la sangre que encuentre, de tal modo que esta noche nuestros cariñosos amigos cenen a gusto. Y mientras tanto pida que le traigan todo cuanto crea que le pueda hacer falta para sus investigaciones.

—Me preocupa que se esté haciendo falsas ilusiones —le hizo notar el español.

—Nadie puede evitar que un moribundo se haga ilusiones, sean o no falsas —replicó con desconcertante naturalidad el aludido—. Y puedo asegurarle que hacía meses que no me tomaba un tazón de caldo sin vomitar. Ese maldito Interferón me estaba destrozando.

Bruno Guinea meditó unos instantes, alzó una vez más la vista al rincón del techo y acabó por encogerse de hombros con gesto de absoluta resignación al comentar:

—Imagino que desde un punto de vista deontológico aceptar lo que me pide constituye una auténtica aberración, pero admito que hace un rato lo consideraba prácticamente un hombre derrotado, mientras que ahora lucha por su vida, y esa fe es lo que en verdad cura a la gente. —Emitió lo que parecía ser un inconcreto quejido al señalar—: Le haré esa transfusión, dejaremos que le muerdan de nuevo, y esperemos a ver lo que ocurre.

—En ese caso haga venir a mi piloto.

El Cantaclaro salió al exterior, y tras hacer un mudo gesto al hombre que aguardaba junto al helicóptero para que entrara a entrevistarse con su jefe, experimentó un leve escalofrío al advertir que el viejo mendigo se encontraba de nuevo acuclillado junto al muro de la iglesia.

Casi con disimulo tomó asiento a su lado para musitar muy quedamente:

—Me alegra que esté aquí. Necesito su ayuda.

El oscuro y sarmentado rostro se volvió apenas, y los glaucos ojos parecieron querer observarle con atención:

—¿En qué podría yo ayudarle, señor? —quiso saber al cabo de un rato el mísero pedigüeño—. No tengo más ropa que la que llevo puesta, duermo a la intemperie, y más de la mitad de los días no consigo ni un triste mendrugo con el que saciar un hambre que arrastro desde que nací. Siempre me he considerado el hombre más pobre del mundo y me admira descubrir que existe alguien más necesitado que yo.

Durante varios minutos su interlocutor no supo qué decir.

Observó largamente al harapiento hombrecillo, se cercioró de que no se advertía nada en él que recordara a quien días atrás se había apoderado de su cuerpo, y tras meditar largo rato sacó del bolsillo un grueso fajo de billetes y se los colocó en la palma de la mano.

—Con esto puede comprarse ropa, conseguir un lugar decente en el que vivir, y si lo administra bien, le alcanzará para comer durante una larga temporada —dijo—. Perdone mi error, pero es que le confundí con alguien que podría saber más que yo sobre este rincón del planeta y los murciélagos que lo habitan.

El mendigo palpó los billetes y pareció no dar crédito a su repentina buena suerte, pero al advertir que su acompañante se ponía en pie dispuesto a abandonarle, le detuvo alargando la mano.

—¡Espere! —suplicó—. Casi nadie suele perder su tiempo en charlar conmigo, pero si lo que pretende es que le hablen sobre murciélagos, algo sé sobre ellos.

Bruno Guinea volvió a acomodarse a su lado al tiempo que inquiría:

—¿Y es?

—Que la mayor parte de la gente los odia, pero mi abuelo aseguraba que para nuestros antepasados constituían el símbolo de la eternidad. Los adoraban hasta el punto de que en cada tumba solían enterrar uno de ellos.

—¿Qué antepasados? ¿Los incas?

—No. Los incas no. Los antiguos que poblaban estas tierras mucho antes de que los incas llegaran.

—No tengo ni la menor idea de quiénes pudieron ser, pero resulta evidente que alguien poblaba esta región antes de la invasión incaica —reconoció su interlocutor—. Aunque me sorprende que adoraran a un bicho tan repugnante y que acarrea tantas enfermedades.

—Yo no puedo saber si es repugnante o no

—sentenció el invidente—. Cierto es que algunos transmiten enfermedades, y cierto también que si te atacan varias noches seguidas acaban matándote, pero de igual modo es cierto que la mordedura de algunos de ellos alivia los dolores y prolonga la vida.

—¿Está seguro?

—Es lo que mi abuelo decía —se limitó a replicar el arrugado lugareño sin darle excesivo énfasis a sus palabras—. También contaba que hace muchos años, antes incluso de que él naciera, lo que ya es decir, hubo un gran terremoto, y que por su causa los murciélagos abandonaron sus cuevas y durante mucho tiempo no supieron volver a ellas ya que todo el paisaje había cambiado. Eso hizo que durante meses volaran de aquí para allá, desconcertados y aterrorizados, atacando a la gente de un modo enloquecido. —Hizo una larga pausa para acabar por concluir—: Pero curiosamente, todos los habitantes de la región que sobrevivieron a aquella catástrofe llegaron a centenarios, y mi abuelo lo atribuía a que las mordeduras de los murciélagos habían acabado por licuarles la sangre.

—¿Licuarles la sangre? —no pudo por menos que sorprenderse el español—. ¿Está seguro de lo que dice?

—No del todo —fue la honrada respuesta—. Pero mi abuelo era de la opinión que cuando la gente envejece su sangre se espesa, circula con dificultad y acaba matándole. Sin embargo, decía, si los murciélagos contribuyen a que la sangre sea muy fluida, de lo único que hay que preocuparse es de no herirse de gravedad porque esas heridas tardan mucho en cicatrizar. —El invidente hizo una nueva pausa para concluir como si se tratara de una sentencia incuestionable—: Cuanto más corra la sangre por las venas más lejos se llega en esta vida.

—Interesante teoría —sentenció Bruno Guinea—. Resulta evidente que una sangre ligera y sin grasa no obstruye las arterias ni obliga a trabajar en exceso al corazón, y eso siempre es bueno. —Hizo una corta pausa para inquirir—: Lo que no entiendo es qué clase de mecanismo utilizan esos murciélagos para licuar la sangre.

—¿Y qué puedo yo decirle respecto a eso, señor? —argumentó el viejo—. Jamás he visto un murciélago. —Sonrió apenas, tal vez por primera vez en toda su vida—. Y tampoco he visto sangre.

El Cantaclaro dio por concluida la charla golpeándole con afecto en el hombro para encaminarse sin prisas a la mugrienta habitación del cochambroso «hotel» que utilizaba como laboratorio, y aún se encontraba meditando sobre cuanto acaba de escuchar cuando hizo acto de presencia el piloto del helicóptero que se apoyó en el quicio de la puerta a la par que comentaba con cierta aspereza:

—Don Horacio me ha pedido que me ponga a su disposición.

El español hizo un gesto hacia la única silla disponible al tiempo que señalaba:

—Si espera unos minutos le prepararé una lista de lo que voy a necesitar.

—¿Es mucho?

—Bastante.

—¿Y cuánto va a costar?

El tono de voz, casi agresivo, obligó a Bruno Guinea a alzar los ojos para observarle con extraña fijeza:

—¿Le preocupa? —quiso saber.

—En cierto modo.

—¿Y eso?

—Se trata de mi jefe.

—Pero no es su dinero.

—Lo sé —admitió el otro, un hombretón de aspecto rudo que no se esforzaba en lo más mínimo por disimular su mal carácter—. Pero don Horacio ha sido siempre un magnífico patrón, y me jodería mucho descubrir que alguien intenta aprovecharse de su estado.

—Acláreme eso, por favor.

—Creo que sobran las aclaraciones —sentenció sin cambiar de tono el piloto, al que se le notaba un leve acento extranjero aunque resultaba casi imposible determinar su país de origen—. He recorrido mucho mundo, he visto muchas cosas, he pasado infinitas calamidades y he tratado con todo tipo de gentuza hasta encontrar a alguien como don Horacio, estricto y exigente, pero justo y honrado a carta cabal. Me ayudó cuando más lo necesitaba, y ahora creo que mi deber es protegerle.

—¿Protegerle de quién? —quiso saber su interlocutor—. ¿De mí?

—De cualquiera que intente aprovecharse de su vulnerabilidad actual incitándole a concebir absurdas esperanzas. —Hizo un despectivo gesto a su alrededor para concluir secamente—: A mí toda esta parafernalia se me antoja un sucio montaje.

—¿Al decir montaje está pretendiendo insinuar estafa?

—Es usted quien ha pronunciado esa palabra, no yo.

—Lo sé, y no me asusta ni preocupa. Está en su derecho de pensar lo que quiera, e incluso considero encomiable que se preocupe de ese modo por alguien por el que siente afecto.

—Me alegra que entienda mi posición. Y le conviene saber que en este país somos muchos los que trabajamos para don Horacio, y por lo tanto somos muchos los que no estamos dispuestos a que un puñado de desaprensivos se beneficien de lo que ha conseguido con increíbles esfuerzos.

Bruno Guinea estuvo a punto de replicar airadamente invitándole a abandonar de inmediato la estancia, pero tras meditar unos instantes decidió armarse de paciencia, colocó tranquilamente los pies sobre la mesa, e inquirió con voz pausada:

—¿Cómo se llama?

—Nika Poliakov.

—De acuerdo señor Poliakov... No le niego que me encantaría mandarle al carajo pidiéndole que se limite a cumplir con lo que su jefe le ha ordenado. Cada minuto que se pierde es un minuto que cuenta a la hora de salvarle la vida y no creo que deba ser usted quien decida, ni mucho menos quien esté dispuesto a aceptar tamaña responsabilidad. —Hizo una larga pausa, como si tomara aliento o se esforzara por continuar conservando el dominio de sus nervios, y por último se decidió a continuar—. Sin embargo —dijo—, no puedo por menos de aceptar que para alguien, incluido yo mismo hace apenas una semana, la absurda idea de que unos diminutos y casi desconocidos murciélagos pudieran salvar vidas, resulta de todo punto inconcebible e incluso altamente sospechoso, sobre todo cuando se está hablando de muchísimo dinero.

—¡Vaya al grano!

—Eso intento —con el mentón el Cantaclaro indicó hacia el exterior—. ¡Mire por esa ventana! —pidió—. ¿Qué es lo que ve?

—Árboles.

—Árboles, no —le contradijo su oponente—. Lo que está viendo no son simples árboles. Es la selva amazónica; una fabulosa región en gran parte inexplorada que se extiende desde los Andes al Atlántico.

—Eso ya lo sabía.

—Pero ¿sabe lo que significa realmente esa selva?

—No tengo la menor idea de adónde quiere ir a parar.

—Se lo aclararé. Esa selva significa el mayor laboratorio del mundo y el lugar de donde se extraen casi el setenta por ciento de los fármacos que contribuyen a aliviar toda clase de enfermedades. Un solo kilómetro cuadrado de esa jungla contiene más especies de plantas diferentes que toda Europa, y estudiando esas plantas, sus flores, sus raíces, sus hongos, sus lianas y su infinita cantidad de especies animales que ni tan siquiera han sido clasificadas aún, es como investigadores de todo el mundo obtienen insospechadas materias primas que en ocasiones actúan de forma casi milagrosa, porque nada, escúcheme bien, ¡nada! proviene de nada. La ciencia tiene que limitarse a un detallado análisis y una metódica aplicación de los elementos que tiene a su alcance a la hora de determinar cómo pueden actuar cada uno de ellos sobre cada enfermedad. Pero si esa ciencia no tuviera un punto de partida, que en su mayor parte se encuentra en estas selvas, jamás tendría un punto de llegada... ¿Entiende de lo que le hablo?

—Procuro entenderlo.

—Me alegra oírlo, porque conviene que se meta en la cabeza la certeza de que si de pronto, y no voy a detenerme a explicarle los motivos por los que he llegado a semejante conclusión, abrigo la sospecha de que una prehistórica bestia de la jungla amazónica ha desarrollado a lo largo de milenios de evolución un sistema inmunológico que ofrece una esperanza de curación para la más abominable de las plagas que afectan al hombre moderno, seguiré por ese camino cueste lo que cueste y me importan un carajo sus recelos e incluso sus amenazas. ¿Continúa entendiendo de lo que le hablo?

—Sí, en lo que se refiere a las plantas. No tanto, en lo que se refiere a los animales.

—Viene a ser lo mismo, porque al igual que las plantas han creado sus propios mecanismos de defensa, los animales han evolucionado de formas muy diferentes según las circunstancias. Las tortugas desarrollan un caparazón, los puercoespines púas, los osos hormigueros la capacidad de no envenenarse con el ácido fórmico, los camaleones el arte de confundirse con el entorno, y ciertas ranas una piel venenosa. Observando dichos comportamientos hemos logrado vencer al frío, al hambre o a nuestros depredadores externos. —Hizo una pausa para inquirir con manifiesta intención—: ¿Por qué no podemos aprender ahora de un pequeño murciélago la forma de derrotar a los tumores internos?

—Supongo que empiezo a tener una idea algo más clara de adónde quiere ir a parar.

—Pues en ese caso, querido amigo, deje a un lado sus temores y hágase a la idea de que el dinero de su jefe no irá a engrosar los bolsillos de ningún desaprensivo, sino que se va a emplear, ¡íntegramente!, en intentar averiguar las oscuras razones por las que ese repelente Señor de las Tinieblas regenera automáticamente la sangre de un moribundo de leucemia, y por qué razón al simple hecho de permitir que le hayan atacado, don Horacio ha experimentado una mejoría que el Interferón alfa, ni ningún otro sofisticado fármaco desarrollado hasta el presente habían sido capaces de proporcionarle.

—¿Realmente regenera la sangre?

El Cantaclaro golpeó levemente el microscopio que se encontraba a su lado al replicar:

—Si se siente capaz de distinguir entre diferentes tipos de sangre le invito a echar un vistazo, pero lo que le puedo asegurar es que incluso a mí el resultado me ha parecido francamente asombroso.

—Daría cualquier cosa por creerle.

—Pues limítese a creerme y a cumplir con su obligación ayudándome en la medida de sus fuerzas. Lo que está en juego es demasiado importante como para que tenga que estar preocupándome sobre la confianza o no de quienes colaboran conmigo.

—¿Sinceramente cree que la solución al problema se encuentra en esa sangre? —quiso saber el hombretón.

—Yo no he dicho eso —le recordó el español—. Pero acabo de mantener con ese pobre ciego de ahí fuera una conversación que me ha obligado a reflexionar sobre un hecho tal vez estúpido por lo evidente. Si un cuerpo está sano y de pronto uno de sus órganos más ocultos, como puedan ser el hígado, el páncreas o el cerebro, enferman de cáncer, dicha enfermedad tan sólo puede atribuirse a dos motivos. —Bruno Guinea alzó significativamente el dedo índice—: Uno, que ese tumor estuviera aletargado, y en un momento determinado de su vida una misteriosa orden genética le obligara a despertarse como si se tratase de la alarma de un reloj. —Ahora mostró también el dedo corazón—: Y dos, que el «elemento perturbador», la orden, o como diantres queramos llamarla, le llegue de fuera.

—¿De fuera?

—Exactamente.

—¿Cómo?

—Por el único camino que ha tenido para acceder a un lugar tan recóndito como pueda ser el hígado, el páncreas o el cerebro: a través de la sangre, que es el «vehículo conductor» capaz de llegar a cualquier rincón del cuerpo humano... ¿Me sigue?

—Le sigo.

—Imaginemos entonces que la solución estuviera, no en el «elemento perturbador», sino en ese «vehículo conductor». Si analizamos hasta las últimas consecuencias la sangre de ese murciélago tal vez estemos en disposición de descubrir por qué razón nunca se convierte en «vehículo conductor», sino que por el contrario actúa como una especie de policía que impide que las células reciban la perniciosa orden de empezar a multiplicarse de un modo descontrolado. —El español observó fijamente a su interlocutor al añadir con marcada intención—: Si eso fuera así, ¿qué es lo que habríamos conseguido?

—Una curación definitiva, o al menos, una vacuna perfecta.

—¡Usted lo ha dicho! Y a la vista de ello recapacite y considere si valdría o no la pena emplear, no ya esos diez millones de dólares, sino hasta el último centavo de la fortuna de su jefe, en confirmar que pudiera ser así.

—¡Naturalmente que vale la pena!

—¡Pues no se hable más y pongámonos manos a la obra! Quiero que me traiga el mejor microscopio y el mejor instrumental que sea capaz de encontrar, y quiero que telefonee a mi mujer y le diga que la echo mucho de menos, pero que no pienso volver hasta que todo esto haya acabado. Quiero que haga un montón de cosas volando a través de esas acojonantes montañas, pero quiero y le exijo, sobre todo, que mantenga la boca cerrada sobre cuanto le he contado... ¿Me da usted su palabra?

—La tiene.

—¿Es hombre de fiar?

—Supongo que sí, pero si así no fuera le juro por mi vida que este caso lo sería, y si no cumplo mi palabra pido a Dios que me estrelle contra las nieves del Antisana.

—Y si no lo hace él seré yo quien le rompa la crisma, porque de lo que puede estar seguro es de que si alguien se entera antes de tiempo de lo que pretendemos, se apresurará a patentar todo lo patentable referente al Señor de las Tinieblas, con lo que el día de mañana se hará inmensamente rico especulando con la salud de millones de desgraciados.

—¿Pueden hacerlo?

—Los multinacionales farmacéuticas pueden hacer lo que quieran si intuyen que van a obtener beneficios, porque lo que en verdad les importa no es que exista gente sana, sino que exista gente enferma que se convierta en sufridos clientes. —Abrió las manos en un gesto que denotaba evidencia al inquirir—: Explíqueme para qué sirve un medicamento si no existe un paciente.

—Nunca se me hubiera ocurrido pensar en ello.

—Pues ya va siendo hora de que lo piense porque si conseguimos un remedio o una vacuna contra el cáncer le vamos a evitar terribles sufrimientos a millones de personas, pero al mismo tiempo vamos a perjudicar a gente muy poderosa.

—¿Les cree capaces de intentar interferir en su trabajo?

—Les conozco desde que ingresé en la universidad y créame si le digo que a muchos de ellos les creo capaces incluso de atacar judicialmente al gobierno sudafricano por el simple hecho de que intentaba abaratar los precios de los fármacos necesarios para combatir la plaga de sida que está padeciendo.

—Algo he leído sobre eso —admitió el piloto.

—Pues imagínese lo que serían capaces de hacerle a un incordiante doctorcillo desconocido quienes estaban dispuestos a pleitear hasta las últimas consecuencias con tal de conseguir que miles de inocentes murieran entre espantosos dolores antes de admitir una rebaja en sus márgenes de beneficios.

—¿Y usted piensa joderlos?

—Todo lo que esté en mi mano.

—¡En ese caso cuente conmigo!

—Pues empiece a calentar motores porque en diez minutos le proporcionaré las instrucciones completas por escrito. Necesito que esta misma noche hasta el último gato que pueda sernos de utilidad se ponga en movimiento. —Le observó de medio lado al añadir—: Por cierto... ¿cuál es su tipo de sangre?

—Ya me extrañaba que no me lo hubiese preguntado. El mismo que la de don Horacio. Creo que le he cedido más de diez litros en los últimos meses.

—Pues antes de irse túmbese en ese camastro y remánguese la camisa.

El otro obedeció con gesto de resignación al tiempo que comentaba entre dientes:

—Empezaba a sospechar que en este maldito lugar no todos los vampiros vuelan. —Alzó la mano en señal de advertencia al puntualizar—: No se ensañe que me espera un largo viaje a gran altura y luego me dan vahídos.

—No se preocupe... Pero almuerce antes de irse.

[illegible]

[illegible]

[illegible]

[illegible] y muy cerca, casi al alcance [illegible]

[illegible]

Cuando, años más tarde, Bruno Guinea intentó recordar lo acontecido durante los confusos días que siguieron a la marcha de Nika Poliakov, se vio obligado a reconocer que le resultaba casi imposible ordenar sus ideas, puesto que cabía asegurar que aquellas semanas habían constituido una especie de enloquecido carrusel que le inclinaban a imaginar que en lugar de encontrarse en un tranquilo y perdido rincón de la selva ecuatoriana, se desesperaba cavando en mitad del desierto, a punto de sacar a la luz la momia del más antiguo y poderoso de los faraones.

Pero la fabulosa tumba repleta de misteriosos y maravillosos objetos de oro y diamantes no acababa de hacer su aparición.

Presentía que la tenía muy cerca, casi al alcance de la mano, pero una y otra vez se le escurría como la arena entre los dedos, dado que, pese a lo que en un principio había supuesto, la ansiada respuesta a todas sus preguntas no parecía esconderse en la sangre del Señor de las Tinieblas.

Cierto que dicha sangre era perfecta, y cierto también que regeneraba la de Horacio Guayas o la de cualquier otro ser humano o animal al que atacase, pero por más que la hubiese analizado de todas las formas y maneras conocidas y por conocer no advertía en ella elemento diferenciador alguno que le permitiera asegurar, sin miedo a equivocarse, que aquélla era la fórmula mágica que con tanto empeño andaban buscando.

Noches en claro y días en oscuro.

Desconcierto.

Esperanzas y desesperanzas consciente de la importancia del tema, por lo que hubo momentos en los que estuvo a punto de invocar al mismísimo Satanás suplicándole que acudiera en su ayuda, plenamente consciente de que cada día que pasaba era un día en el que cientos de personas fallecían víctimas de una dolorosa enfermedad que supuestamente estaba a punto de ser abolida.

¿A qué se debe tan cruel capricho si resulta evidente que ya me he dado por vencido? —se preguntaba—. ¿Qué necesidad existe de regodearse hasta tal punto en la victoria, cuando hace ya tiempo que he admitido mi derrota?

Con demasiada frecuencia suele ocurrir que un corredor de maratón desfallece en el instante de penetrar en el estadio, derrumbándose durante la última vuelta del recorrido tras haber soportado cuarenta kilómetros de dura lucha, y existe la creencia de que el simple hecho de vislumbrar la meta bloquea la mente impidiendo que se envíen nuevas órdenes a las piernas.

De igual modo, el Cantaclaro se sentía cada noche a punto de desfallecer tras haberse destrozado los ojos espiando a través del microscopio, siempre a la caza y captura de una proteína o una enzima que no hubiera visto nunca con anterioridad.

—¡Paciencia! —le repetía una y otra vez el animoso Horacio Guayas que cada mañana amanecía más fuerte y más animoso—. Tenga paciencia porque resulta evidente que ya ha ganado esta batalla.

—Es posible que la haya ganado, pero aún no he ganado la guerra —le respondía el español—. Y lo peor del caso es que ni siquiera sé cómo he ganado esta batalla. Tengo la extraña impresión de estar dando la respuesta correcta a un problema del que ni tan siquiera conozco el enunciado.

—Acertada comparación —no pudo por menos que reconocer su interlocutor—. Pero a mi modo de ver resulta preferible resolver un problema sin saber cómo se ha hecho, que saber cómo se hace pero no ser capaz de dar nunca con la respuesta exacta.

—Eso estaría muy bien si el día de mañana no tuviera que dar explicaciones de cómo lo he conseguido —fue la rápida contestación—. Pero me gustaría saber con qué cara me presento ante la comunidad científica internacional argumentando que he encontrado un remedio contra el cáncer, pero que no tengo ni la más pajolera idea de en qué consiste el susodicho remedio.

—Creí que estaba convencido de que se encontraba en la sangre de esos murciélagos.

—Y lo estaba —admitió Bruno Guinea con desconcertante naturalidad—. Pero por más que busco no lo encuentro. Y sin esclarecer sin el menor lugar a dudas cuál es el «elemento diferenciador» mis teorías no resistirían un análisis serio. Y sin un análisis serio nadie admitirá que estoy en lo cierto.

—Yo soy la mejor demostración.

—¿De qué? —quiso saber el Cantaclaro—. Usted quizá sirva para demostrar que cuando un enfermo terminal permite que cierto tipo de murciélago vampiro le ataque, experimenta una notable mejoría, pero dudo que podamos sacar de aquí a esos bichos para invitar a millones de pacientes a que se dejen morder.

—En eso le doy la razón.

—Lo que necesitamos es una fórmula química de indiscutible eficacia. Y hasta que no consiga aislar y sintetizar ese elemento diferenciador nada de cuanto exponga me será reconocido oficialmente.

—Me niego a aceptar que una simple fórmula pueda llegar a ser más creíble que la propia evidencia —sentenció el ecuatoriano.

—Olvida en qué mundo nos ha tocado vivir —le hizo notar Bruno Guinea—. Recuerdo que hace un par de años ingresó en el hospital un pobre hombre que debido a algún absurdo error burocrático había quedado registrado como fallecido en un accidente de tráfico. Para la Seguridad Social legalmente no existía, y por lo tanto resultó imposible darle nuevamente de alta con la suficiente rapidez como para que se autorizara la costosa operación a la que tenía que someterse. En definitiva, «murió por estar muerto», sin que sirviera de nada la evidencia de que se había estado paseando durante semanas por los pasillos del tercer piso.

—¿Y qué podemos hacer?

—Seguir buscando —señaló el español—. No es algo que me moleste ni me inquiete en exceso, puesto que estoy convencido de que pronto o tarde llegaré al fondo de la cuestión. Lo que en realidad me duele, es saber que un tres por ciento de los seres humanos padecen actualmente algún tipo de cáncer, lo que significa que cada quince segundos alguien muere por su causa. Eso quiere decir que durante el tiempo de esta simple charla han desaparecido docenas de personas y muchas otras lloran a sus seres queridos. —Lanzó un sonoro reniego con el que pretendía dar suelta a su impotencia—. Y mientras eso ocurre yo continúo aquí, acariciando con la punta de los dedos la solución a tantos padecimientos, pero incapaz de materializarla pese a que la tengo delante de las narices.

—¿Se siente culpable por esas muertes?

—En cierto modo.

—Pues no debería puesto que trabaja a todas horas y no creo que haya habido nunca nadie que se haya esforzado tanto por los demás. —Le observó con intención al inquirir—: ¿Por qué no le pide a su mujer que venga? Tal vez le ayude a relajarse.

—¡Imposible! Ya la han operado una vez del corazón y no soportaría este clima, ni mucho menos esta altura. Y si de algo estoy seguro, es de que si algún día me falta, mi vida se habrá acabado.

Horacio Guayas guardó silencio unos instantes, sonrió apenas, y por último señaló:

—Hubiera dado cualquier cosa por experimentar algo así por alguna mujer, pero he de reconocer que únicamente me interesaban las que sabían abrir la boca para darme una buena mamada, y las que sabían abrirla para decir algo inteligente. Por desgracia tan sólo en una ocasión conocí a una capaz de hacer bien ambas cosas.

—¿Y por qué no intentó conservarla?

—¡Lo intenté! Vive Dios que lo intenté con todas mis fuerzas, pero resultó evidente que o mi inteligencia o mi polla se le quedaban pequeñas.

—Suele ocurrir que o la una o la otra no estén a la altura de las circunstancias —reconoció el español guiñándole un ojo—. Aunque me niego a admitir que fuera ése su caso. —Se puso en pie encaminándose a la puerta—. Y ahora siento tener que dejarle, pero me espera una larga jornada de trabajo.

La jornada resultó en efecto larga, dura e infructuosa, pero acabó de complicarse de forma harto notable en el momento mismo en que la ascética figura de Galo Zambrano se recortó en el quicio de la ventana del cuartucho para comentar con su profunda voz de siempre:

—Dos de los bichos han muerto.

—¿Cómo dice? —se horrorizó Bruno Guinea.

—He dicho que dos de nuestros muy amados Señores de las Tinieblas acaban de sumergirse definitivamente en las tinieblas. —El guaquero hizo un inconfundible gesto con las manos indicando cómo un objeto se precipitaba con violencia al vacío—. Se desprendieron del techo y cayeron a plomo con un intervalo de no más de diez minutos.

—Pero ¿eso significa una catástrofe?

—Sobre todo para ellos. —El ecuatoriano cambió de tono para añadir con evidente preocupación—: Y lo peor del caso es que a mi modo de ver los que quedan no tardarán en seguir su ejemplo.

—¿Y a qué lo atribuye?

—¡Cualquiera sabe!

—Estaba convencido de que esos animales eran muy longevos.

—¿Muy qué...?

—Longevos. Que viven mucho tiempo.

—Y normalmente lo son, pero ya le advertí que tenían todo el aspecto de no soportar el cautiverio. También entra dentro de lo posible que al morir la hembra el macho decidiera suicidarse, puesto que está claro que formaban pareja.

—¡«Suicidio por amor entre vampiros»! —no pudo por menos que exclamar con evidente ironía Bruno Guinea—. Suena a título de película de terror.

—No me siento capaz de decir a lo que suena, puesto que hasta el día en que usted hizo su aparición por estas tierras a nadie le habían preocupado en absoluto esos sucios bichos. ¡Es más!, no conozco una sola persona que le hubiera echado la vista encima a ninguno, ni puñetera falta que hacía. Pero ahora me temo que si pretendemos seguir adelante tendremos que volver a aquellas sucias cuevas, a cazar a unos cuantos.

—A veces creo que me adivina el pensamiento.

—No hace falta ser muy listo en este caso.

El español le guiñó un ojo al inquirir:

—¿Animaría a su gente subir el precio hasta los diez mil dólares por cabeza?

—Animaría a un muerto —fue la honrada respuesta—. Me apuesto una bola a que ni un solo habitante de este pueblo ha conseguido reunir una suma semejante a todo lo largo de una vida de trabajo, lo cual significa que si capturan un par de murciélagos, aunque sea arriesgando el pellejo por los acantilados de la Caída del Infierno, podrán retirarse por el resto de sus días.

—¿A qué esperamos entonces? —quiso saber su interlocutor al tiempo que alzaba el dedo como si se tratara de un toque de atención—. Y no olvide traerme los cadáveres de esos dos para diseccionarlos. Tal vez, con un poco de suerte, nos cuenten cómo se las arreglan para hacer lo que hacen.

—Muy pequeños se me antojan.

—Probablemente lo que andamos buscando es un millón de veces más pequeño.

—¡Buen ojo va a necesitar en ese caso! —sentenció Galo Zambrano—. Pero aunque no le niego que cuando le conocí tuve la impresión de que no era más que un pobre chiflado que no tenía ni idea de lo que se traía entre manos, con el tiempo me he convencido de que sabe muy bien lo que se hace.

—Le agradezco el cumplido, aunque no lo comparta. Me juego la cabeza a que el ciego que se sienta a la puerta de la iglesia da los palos con más tino de lo que los estoy dando yo en estos momentos.

—Pues afine la puntería porque son muchos los que se lo agradecerán —sentenció el ecuatoriano a modo de despedida.

Poco más tarde, y a la vista de los diminutos, fríos y rígidos cadáveres, Bruno Guinea se vio obligado a reconocer que ciertamente el *Desmodus rotundus* en su versión enana, era sin lugar a dudas el bicho más repulsivo que se hubiera echado nunca a la cara. A pesar de estar usando guantes de goma, el simple hecho de tocarlos le provocaba escalofríos, como si sospechara que, pese a estar indiscutiblemente muertos, fueran muy capaces de abrir de improviso los ojos, desnudar sus afilados colmillos y clavárselos en el cuello con el fin de robarle en un segundo hasta la última gota de sangre.

Y al observarlos ahora tan de cerca, incluso a él mismo, que tantas pruebas a favor había recibido, le costaba un gran esfuerzo aceptar que tal vez aquellos frágiles y hediondos cuerpecillos que comenzaban a descomponerse a marchas forzadas ocultaban un secreto por el que la inmensa mayoría de los seres humanos venían suspirando desde la noche de los tiempos, por lo que al decidirse a tomar el bisturí con el fin de realizar la primera incisión, advirtió que el pulso le temblaba.

«Un pequeño paso para el hombre, pero un gigantesco paso para la humanidad.»

Si la memoria no le fallaba, algo parecido dijo el primer astronauta que puso un pie sobre la Luna, y sin pretender hacer historia ni ponerse melodramático, aquel minúsculo corte que abría en dos a una sucia rata voladora, podía convertirse tal vez, en uno de los pasos más importantes que hubiera dado el ser humano, no en su eterna «búsqueda de la felicidad», sino en su eterna huida de la infelicidad.

Porque, curiosamente, se filosofaba mucho sobre el derecho a ser feliz, pero solía hablarse muy poco del derecho a limitarse a no ser desgraciado, cosa que, visto como andaba el mundo, constituía una humilde aspiración pero más que suficiente.

La mesa se cubrió muy pronto de sangre y le sorprendió constatar que, pese al tiempo que el animal llevaba muerto, aún continuaba pareciéndole una sangre excesivamente fluida.

Se esforzó por recordar sus tiempos de estudiante, cuando asistía a las detestables clases impartidas por un impasible catedrático que rajaba jóvenes cuerpos sin despegarse jamás un apagado cigarrillo de los labios, pero se vio obligado a reconocer que las interioridades de vampiro hematófago que tenía delante poco o nada tenían que ver con cuanto estudió su día sobre los órganos vitales de un ser humano.

—¡La madre que lo parió! —no pudo por menos que exclamar en un determinado momento—. ¡Qué bicho tan raro!

Evidentemente, y tal como él mismo había asegurado, todos sus esfuerzos se centraban en dar palos de ciego buscando, con ayuda de una potente lupa y un microscopio, en qué rincón de aquel pútrido montón de carne y finísimos huesos residía el más ansiado de los secretos.

Pasaron tres días y tres noches.

En ese tiempo debieron de morir cientos de personas.

Cada vez que cerraba los ojos se sentía culpable.

Culpable de impotencia.

Otro minuto y quizá otro cadáver.

Alguien sufría en el tétrico Corredor de las Lágrimas.

Y en los mil corredores semejantes que por desgracia existían en mil hospitales diferentes.

Pero él continuaba allí, inclinado sobre los ya putrefactos despojos de aquellas recalcitrantes criaturas que se negaban una y otra vez a revelar en qué recóndito lugar de su absurda anatomía residía el misterio de su magia.

Por fin, durante la más calurosa hora del cuarto día, se encaminó al punto en el que Horacio Guayas leía a la sombra de un copudo samán, para entregarle un vaso de plástico en cuyo fondo se distinguía poco más de un centímetro de un líquido incoloro, inodoro e insípido.

—¡Bébase esto! —pidió.

—¿Qué es?

—Si se lo digo, tal vez no lo beba —fue la inquietante respuesta—. Pero si lo hace y no estoy en un error, entra dentro de lo posible que en un par de horas se encuentre definitivamente curado.

El ecuatoriano dudó tan sólo unos segundos, y tras sonreír apenas, comentó:

—Si está en un error, y no me cura, sino que por el contrario me mata, tenga presente que no le guardo rencor, y que no me arrepiento de haber confiado en usted, y haber hecho todo lo que he hecho. Mi vida ha cobrado un significado muy distinto desde que le conozco.

Bruno Guinea aguardó hasta cerciorarse de que no había dejado ni una sola gota del transparente líquido y tras lanzar un hondo suspiro con el que pretendía demostrar la magnitud de su agotamiento, hizo un leve gesto hacia el camino que nacía al otro lado del villorrio.

—Voy a la cascada, a darme un buen baño, porque necesito quitarme de encima este hedor a muerto y relajarme. Cuanto pueda ocurrir de aquí en adelante queda ya en manos del destino.

Se alejó muy despacio, casi incapaz de dar un solo paso, llegó al punto indicado, se despojó de toda la ropa, incluidos los zapatos, y se metió en la pequeña laguna, permitiendo que durante largo rato un chorro de frías aguas que descendían directamente de las nieves del Antisana cayera sobre su nuca y su espalda.

Luego se tumbó en una roca permitiendo que el furioso sol tropical de la cordillera andina le abrasase para contemplar en silencio la inmensidad de la planicie amazónica que se extendía a lo lejos hasta perderse de vista en el horizonte.

Un cóndor voló muy alto.

Le invadió una profunda tristeza que presentía que no le habría de abandonar por el resto de su vida.

Y de su muerte.

Había cavado su propia tumba.

Una tumba cuyo fondo se encontraba en los mismísimos infiernos.

Sabía muy bien que había alcanzado la cima de la gloria entre los vivos, quizá su punto más alto, pero al llegar a semejante lugar el círculo se cerraba y el paso siguiente le precipitaba indefectiblemente en las profundidades del Averno.

Ahora, lo único que necesita era olvidar.

Olvidar para siempre.

Cerró los ojos, permitió que el cansancio acumulado durante tantos días y tantas noches de insoportable tensión hiciera su trabajo y se quedó dormido.

Caía la tarde cuando advirtió que le rozaban ligeramente el hombro y no le sorprendió en exceso enfrentarse al sonriente rostro de Horacio Guayas.

—He venido casi a la carrera y no me he fatigado —fue lo primero que dijo—. Creo que tenía usted razón y estoy definitivamente curado.

—En ese caso, habrá pasado a la historia de la medicina.

—Usted habrá pasado a la historia de la medicina —le contradijo el ecuatoriano—. Yo habré pasado a la historia de los conejillos de indias. Pero con eso me basta... —Agitó la cabeza como si aún le costara trabajo admitir la realidad que estaba viviendo y al poco inquirió—: ¿Qué fue lo que me dio a beber?

El Cantaclaro tardó en responder, pero por último se inclinó levemente y escupió sobre la roca, para replicar casi de inmediato:

—Saliva.

—¿Saliva? —se sorprendió su interlocutor sin esforzarse por evitar un claro gesto de repugnancia.

—Exactamente —replicó el español—. Saliva de murciélago hematófago. En ella se esconde el secreto.

—¡No es posible!

—Lo es. No caí en la cuenta hasta que advertí el exagerado tamaño de sus glándulas salivares en relación con su cuerpo. Un ser humano produce casi dos kilos de saliva al día, lo que quiere decir que en aproximadamente un mes produce el equivalente a su propio peso. Pero en el Señor de las Tinieblas ese tiempo se reduce a menos de una semana. Eso me hizo comprender la importancia que debe tener en su metabolismo, y que en su exagerada excreción se ocultaba el secreto de su inmunología.

—Me cuesta admitir que algo tan sin importancia como la saliva pueda tener propiedades inmunológicas.

—Y a mí también —admitió sin el menor empacho Bruno Guinea—. Reconozco que pese a ser un profesional jamás me había detenido a meditar sobre sus múltiples funciones, pero ahora empiezo a sospechar que su labor no se limita a permitirnos humedecer los alimentos para que podamos digerirlos con más facilidad. Probablemente, en algunas especies animales, cuanto más primitivas mejor, la saliva cumple una misión preventiva o de asepsia, que el ser humano ha olvidado.

—Creo que no acabo de entender a qué se refiere.

—A algo que tenemos ante los ojos y a lo que no damos demasiada importancia. Cuando nace una cría muchas madres suelen lamerlas concienzudamente, y quizá no se deba al simple hecho de que les guste verlas acicaladas. Es muy posible que lo que ocurre es que su instinto les dicta que tienen que protegerlas, y que no existe mejor protección que la saliva.

—Eso es muy cierto —se vio obligado a reconocer Horacio Guayas—. Conozco mucha gente, sobre todo en el campo, que cuando se hacen una herida acostumbran lamérsela. En mi pueblo había una vieja de la que se aseguraba que su saliva curaba los furúnculos y la sarna.

—Recuerdo que una vez leí que el gran dios babilónico Marduk era el propietario de una saliva milagrosa de la que habían nacido todos los seres que poblaban la tierra, y de igual modo según la mitología nórdica la saliva de ciertos dioses poseía propiedades curativas. Las llamas y alpacas se defienden escupiendo puesto que su saliva es muy ácida y en algunos animales de la selva llega a ser incluso venenosa.

Su acompañante tardó en responder puesto que parecía meditar con la vista clavada en la distante llanura, pero por último negó una y otra vez con la cabeza, a todas luces incrédulo:

—Todo eso lo admito, e incluso admito que sabemos muy poco sobre algo que tal vez tenga mucha más importancia de la que le hemos dado, pero de ahí a sostener que la saliva de un murciélago pueda curar el cáncer, media un abismo.

—¡Tal vez! —fue la respuesta—. Pero si millones de años de evolución han conseguido que una determinada glándula de un minúsculo áspid sea capaz de producir el veneno suficiente como para matar diez caballos, por qué razón no podemos admitir que una determinada glándula de un minúsculo murciélago sea capaz de producir las enzimas que inmunicen de inmediato la sangre de la que se alimenta. Sin semejante defensa su especie no hubiera conseguido sobrevivir millones de años atacando a menudo a animales enfermos.

—¿Luego se trata de una enzima?

—Un conjunto de ellas, tan complejo, que aún no he tenido tiempo de diferenciarlas y catalogarlas, pero de lo que no me cabe la menor duda es de que conforman un poderoso y bien entrenado ejército que sabe cómo eliminar casi instantáneamente a los peligrosos intrusos que amenazan la salud de ese bendito monstruo.

—¿Y cuánto tiempo cree que tardará en diferenciarlas?

—No mucho —reconoció Bruno Guinea seguro de sí mismo—. Pero eso carece ya de importancia.

Los cerrojos han saltado y la puerta está abierta. De ahora en adelante el trabajo se centra en aislar cada elemento, estudiarlo, e intentar sintetizarlo con el fin de que el día de mañana se puedan fabricar millones de cápsulas que devuelvan la salud a millones de enfermos.

—¿Y eso significa la desaparición de todos los tipos de cáncer?

—Eso espero.

—¡Dios sea loado! Y usted por haberlo conseguido. —El ecuatoriano extendió la mano y la colocó, con afecto y casi con devoción sobre el antebrazo de su interlocutor—. ¿Cómo se siente? —quiso saber.

—Aún no lo sé.

—Pues debería saberlo —fue la respuesta—. Porque si yo me considero en estos momentos el hombre más feliz del mundo, admito que tan sólo puede existir otro que se sienta más feliz que yo, y ése debería ser usted.

El Cantaclaro se puso en pie para iniciar, sin prisas y desnudo como estaba, el regreso al poblacho.

—¡Debería...! —dijo—. Cierto es que debería considerarme el hombre más feliz del mundo, pero también es cierto que existen demasiadas cosas que me impiden serlo.

El amplio estudio-laboratorio resultaba ciertamente difícil de catalogar, puesto que ni su propio dueño hubiera sido capaz de determinar cuántas cosas útiles —y sobre todo inútiles— se amontonaban entre aquellas altísimas, desconchadas y vetustas paredes.

Pese al largo tiempo transcurrido, nada había cambiado.

Nada en absoluto.

Incluso la eternamente malhumorada Claudia Fonseca continuaba siendo exactamente la misma, puesto que no cesaba de refunfuñar mientras iba de un lado a otro cargando la cafetera o intentando inútilmente ordenar los legajos de manoseados documentos.

Cuando al cabo de unos minutos repicó el teléfono lo alzó de un golpe para responder con su brusquedad característica:

—¡No! El doctor aún no ha llegado. —Bufó—. No tengo ni la más mínima idea a qué hora vendrá...

Colgó de un sonoro golpe y continuó con idéntica actitud agresiva hasta que hace su aparición Alejandro de León Medina quien inquirió amablemente:

—¿Y Bruno?

—¿Y yo qué coño sé? —fue la agria respuesta.

El recién llegado sonrió entre sorprendido e irónico.

—¡Usted perdone! —dijo—. ¿Quién te ha pisado el rabo esta mañana...?

—¡Me han pisado un huevo! —replicó la otra en idéntico tono furibundo antes de añadir—: ¿Tú crees que se puede hacer lo que está haciendo?

—Sus razones tendrá...

—No creo que exista razón alguna para comportarse como se comporta... —sentenció la enfermera—. Lo de anoche clama al cielo.

—¡A mí me encantó! —admitió con la mejor de sus sonrisas el Canaima—. ¡Genio y figura hasta la sepultura...!

—¡Sí...! Tú continúa aplaudiéndole cada vez que se comporta como un loco. Y es que en el fondo sois iguales.

—Agradezco el cumplido, pero no puedo aceptarlo —le hizo notar su interlocutor al tiempo que acudía a servirse una taza de café—. Te garantizo que yo hubiera actuado de muy distinta forma.

Claudia Fonseca le observó de reojo al inquirir:

—En ese caso ¿por qué le defiendes?

—Porque es mi amigo, le quiero y le admiro. La vida nos ofrece muy pocas posibilidades de tratar con alguien realmente excepcional, y cuando eso ocurre, lo único que debemos hacer es aceptarlo tal como es.

—¡Se está pasando!

—¿Y quiénes somos nosotros para opinar, querida? —quiso saber Alejandro de León Medina sin perder ni un ápice de calma—. No estamos en su lugar, nunca lo estaremos, y por lo tanto carecemos de elementos de juicio para determinar cuál es la actitud correcta.

—La suya no, desde luego... ¡Ese modo de despreciarlo todo!

—Bruno es incapaz de despreciar nada ni a nadie...

—Es lo que está haciendo.

—¡Te equivocas...! —intentó hacerle reflexionar su interlocutor armándose de paciencia—. Imagínate que viene un tipo que pretende que te acuestes con él, pero a ti no te apetece y te limitas a indicarle amablemente que no estás por la labor... No creo que por eso le estés «despreciando».

—No me sirve el ejemplo...

—A las mujeres, con los ejemplos, os ocurre como con los vestidos... —pontificó con evidente sorna el Canaima—. Sólo os sirven aquellos que habéis decidido de antemano que os sirvan. Mi hermana siempre me pregunta qué vestido me gusta. Si le digo que el blanco, automáticamente replica que le sienta mejor el rojo, y si le respondo que el rojo, se inclina por el blanco. —Lanzó un resoplido con el que pretendía evidenciar su desconcierto—. ¡No sé para qué coño lo pregunta...!

—Quizá para corroborar que tienes un gusto pésimo...

—¿Y te atreves a decírmelo a mí, que si a los veinte años hubiera decidido aceptar mis inclinaciones sentimentales, ahora sería un nuevo Balenciaga o un Yves Saint-Lauren?

—¿Y por qué no Coco Chanel...?

—Porque a ésa le gustaban las mujeres...

Repicó de nuevo el teléfono y Claudia se apoderó de él para replicar tan ásperamente como tenía por costumbre:

—¡No! Aún no ha venido... ¡Espere un momento...!

La puerta se había abierto para dar paso a Bruno Guinea, por lo que le hizo un gesto indicando el auricular, pero el recién llegado lo rechazó con la mano al tiempo que musitaba quedamente:

—No estoy para nadie…

—¡Perdone…! —señaló la enfermera por el auricular—. Creí que era él, pero me he equivocado…

Colgó, permaneció unos instantes observando casi retadoramente a su «jefe», y por último masculló:

—Te creerás que has hecho una gracia…

—¿A qué te refieres? —quiso saber el aludido.

—A tus declaraciones de anoche.

—¿Y qué querías que hiciese?

—Lo que todo el mundo: aceptar.

—Todo el mundo, no… —intervino Alejandro de León Medina—. Sartre tampoco aceptó.

—¡Tú calla que nadie te ha dado vela en este entierro! —le espetó Claudia Fonseca a la que se advertía cada vez más excitada—. Sartre podría hacer lo que le viniera en gana, pero Bruno, no…

—¡Anda, carajo! ¿Y cuál es la diferencia?

—Que Sartre no era más que un escritorzuelo comunistoide que se ha quedado trasnochado, mientras que Bruno es el científico más grande de todos los tiempos…

El Cantaclaro, que acababa de colgar su chaqueta en el perchero y se estaba enfundando en el viejo jersey que en invierno acostumbraba a utilizar en el laboratorio, se volvió a observarla con una leve sonrisa:

—Ni Jean-Paul Sartre era un «escritorzuelo comunistoide que se ha quedado trasnochado», ni mucho menos yo el «científico más grande de todos los tiempos» —le reconvino—. Sartre fue un auténtico genio del pensamiento humano, mientras que yo no soy más que alguien que descubrió algo por pura casualidad.

—Pero ¿qué tonterías dices?

—Ninguna tontería... —fue la tranquila respuesta—. Y ya advertí muy claramente desde el primer momento, que no aceptaría ningún tipo de reconocimientos...

—¡Pero es que el Nobel es el Nobel...!

—No es más que un premio instituido por alguien, personalmente bastante desagradable, y que se hizo muy rico inventando un explosivo que ha acabado con la vida de millones de seres humanos —le hizo notar Bruno Guinea sin inmutarse—. Y si hubiera aceptado el Nobel estaría menospreciando los premios que he rechazado hasta el presente, y que en su mayor parte han sido instituidos por gente mucho más digna de consideración.

—¿Y por qué has despreciado esos otros, si como aseguras te lo han ofrecido gentes «dignas de consideración»?

—Porque cuando empiezas a aceptar premios o esos dichosos doctorados honoris causa no acabas nunca, puesto que existen cientos de rectores de universidad que perderían el culo por organizar una insoportable ceremonia de largas togas y sombreros ridículos con canto gregoriano incluido. —El Cantaclaro le guiñó un ojo con evidente picardía—. Si alguien quiere ofrecerme un homenaje que realmente agradezca, le basta con enviar el dinero que pensaba gastarse a la Fundación Horacio Guayas.

—¿Por qué siempre Horacio Guayas? —quiso saber Alejandro de León Medina—. Él reconoce que te debe la vida, pero nunca has aclarado qué es lo que le debes tú.

—Lo que importa no es lo que le debo yo, sino

lo que le debe la humanidad por haberse prestado a lo que se prestó y por haber invertido el dinero que invirtió. Fue el perfecto conejillo de indias y no debemos olvidar que en su valor, y en su dinero, está el comienzo de todo. ¿Quién más que él hubiera aceptado semejante sacrificio?

—Cualquiera que tuviera la más remota esperanza de salvarse.

—Horacio no la tenía. Encerrado allí, a sabiendas que le iban a robar la poca sangre que le quedaba, no tenía posibilidad de abrigar ya esperanza alguna, pero le echó un par de cojones...

—Acabarás por hacer creer al mundo que quien encontró la solución fue él y no tú... —sentenció la enfermera—. Y lo único que conseguirás con eso, es que la gente acabe por olvidarse de ti.

—Que es lo que busca, querida mía... —le hizo notar Alejandro de León Medina en tono abiertamente burlón—. ¿O es que aún no te habías dado cuenta?

—Pero ¿por qué? —quiso saber ella—. ¿Por qué maldita razón alguien pretende hundirse en el anonimato tras haber alcanzado la cima del mundo.

Bruno que había comenzado a servirse un café, replicó con absoluta naturalidad:

—Porque «la cima del mundo» es un lugar inhóspito, en el que todos te observan. ¿Crees que aspiro a pasar el resto de mi vida bajo el objetivo de una cámara o respondiendo a preguntas idiotas?

—No tienen por qué ser idiotas.

—La mayoría lo son, y si yo no respeto mi intimidad, ¿quién más va a respetarla? —quiso saber el Cantaclaro—. Es como ser puta o no serlo. No puedes pretender ser únicamente «un poco puta» cuando a ti te convenga.

Repicó el teléfono, lo observó un instante y se limitó a descolgarlo para depositarlo sobre la mesa al tiempo que lo señalaba con gesto despectivo:

—¿Me imaginas todo el día con el auricular pegado a la oreja escuchando alabanzas y palabras de agradecimiento? —dijo—. Lo que hice, hecho está, y me alegra por todos aquellos a los que les he ahorrado infinidad de sufrimientos, pero mi vida es mía, y pretendo vivirla a mi manera. —Con la mano hizo un gesto hacia cuanto le rodeaba al concluir—: ¡Y mi manera es ésta!

—¿Y Alicia qué opina?

—Que continúa casada con el hombre con el que se casó, y con el que ha sido razonablemente feliz durante más de veinte años...

—¿Y no crees que le debes algo? —quiso saber Claudia Fonseca—. ¿Que merece compartir tu triunfo?

—Siempre lo hemos compartido todo, lo bueno y lo malo —fue la respuesta.

—De eso doy fe —puntualizó el Canaima alzando la mano—. Y también doy fe de que Doña Bárbara prefiere vivir tranquila con el sencillo hombre de siempre, que con un genio al que se le hubieran subido los humos a la cabeza. Aparte de que, probablemente, su corazón no lo resistiría.

—¿Estás seguro?

—Completamente. Hay a quien le gusta viajar con seis baúles, y quien prefiere hacerlo con un simple maletín. Bruno y Alicia son de estos últimos, porque lo que en verdad importa es el paisaje, no el equipaje.

Su compañero de universidad lo observó de arriba abajo para acabar por agitar la cabeza sonriendo burlonamente como si le costara trabajo aceptar lo que acababa de escuchar.

—Muy poético y muy inspirado te veo últimamente —dijo—. Pero... ¿y si nos dejáramos de chorradas y nos dedicáramos a trabajar?

—¿Trabajar en qué?

—En intentar curar a la gente —fue la tranquila respuesta—. Que el cáncer haya sido vencido no significa que no existan otras enfermedades contra las que hay que continuar luchando aun a sabiendas de que no vamos a tener éxito. Continúo pensando que lo único que importa es andar caminos pese a que creamos que no nos llevan a ninguna parte...

—¿Y por qué no te mudas de una puñetera vez al piso alto? —quiso saber Claudia Fonseca—. El gerente te ha ofrecido un nuevo laboratorio con los equipos más modernos, pero tú prefieres continuar trabajando en este cuchitril de mala muerte y con material antediluviano... ¿Por qué?

—Porque me gusta...

—Hace tres días llamó el director general de los Laboratorios Raiza asegurando que...

Bruno se apresuró a interrumpirle con un gesto.

—Lo que importa no es el material, sino las ideas —dijo—. «Loro viejo no aprende idiomas», y a veces ocurre que te conviertes en esclavo de un equipo demasiado sofisticado, lo cual te impide pensar...

—Eso es muy cierto —puntualizó un sonriente y siempre irónico Alejandro de León Medina—. Tal vez si Cervantes hubiera contado con un ordenador nunca hubiera escrito *El Quijote*.

—Está claro que no sois más que un par de viejos chochos de los que conviene mantenerse lo más lejos posible... —sentenció convencida de lo que decía la enfermera—. ¡Anda y que os zurzan...!

Salió bruscamente cerrando de un portazo, y sus dos interlocutores permanecieron unos instantes en silencio hasta que al fin el Canaima señaló muy a su pesar:

—¡Algo de razón tiene! Le sobra mal carácter y con demasiada frecuencia se pasa de rosca, pero te conozco hace mucho e incluso a mí me desconciertas... —Lanzó un silbido de admiración al exclamar—: ¡Eso de renunciar al Nobel manda cojones!

—¿Y qué otra cosa podía hacer? —quiso saber su amigo—. ¿Aceptar un premio que no me merezco...?

—¿Cómo que no te mereces? —protestó el otro—. Eres la persona de este mundo que más se lo merece. No sólo el Nobel de medicina, sino incluso los de la paz, y hasta te diría que el de economía...

—¿El de economía...? —repitió Bruno Guinea a todas luces perplejo—. ¿De qué coño estás hablando?

—De auténtica economía. ¿Tienes una idea de los miles de millones que has hecho ahorrar a las seguridades sociales de todo el mundo con tu descubrimiento...?

—Muchos, en efecto, casi los mismos que les he hecho perder a las empresas farmacéuticas, pero sabes bien que el mérito no es mío.

—¿De quién entonces?

—Eso no puedo decírtelo.

—¿Por qué?

—Es un secreto que prometí no revelar.

—¿Ni a tu mejor amigo?

—Ni aun a mi mujer... —insistió Bruno Guinea—. Tú eres de los pocos que saben que la idea de todo esto no partió de mí, y que el camino me había sido indicado, pero esto es todo lo que puedo decirte.

—¿Acaso se trata de una revelación divina...?

—¡En absoluto! Siempre estuvimos de acuerdo

en que a Dios, si es que existe, no le preocupa en lo más mínimo que la gente se muera de cáncer, de hambre, en una cámara de gas o masacrada en cualquier guerra...

—Eso suena a blasfemia.

—Únicamente puede blasfemar quien cree en Dios, y tú y yo habíamos decidido que no creíamos en él.

—Pero tú has cambiado de opinión —le hizo notar sin sombra de acritud su interlocutor—. Recuerdo muy bien que lo dijiste hace tiempo, antes de viajar a Ecuador.

—Probablemente ahora acepto la existencia de un ser supremo que nos creó, pero que decepcionado por nuestras imperfecciones, decidió olvidarnos para irse muy lejos, a crear nuevas criaturas más de su agrado.

—¡Tonterías!

—Tal vez no sean más que tonterías —aceptó su opositor—. Pero ¿qué otra explicación puedes darle al desamparo en que se encuentra la mayor parte de la humanidad? La miseria, la corrupción y la injusticia agobian a nueve décimas partes de los hombres, mujeres y niños de este mundo, y tan sólo un puñado de individuos de buena voluntad lucha contra ello.

—Siempre ha sido así.

—Y de ello me quejo —fue la respuesta seguida de una rápida pregunta—. ¿Si algún día fueras un ser dotado de poder absoluto permitirías el padecimiento del noventa por ciento de tus hijos sin intentar poner remedio?

—No puedo saberlo. No tengo hijos.

—Pero tienes un perro, y no permitirías que ni siquiera tu perro pasara hambre, o que el vecino le apaleara.

—¿Adónde quieres ir a parar?

—A ninguna parte, pero si quieres que te confiese algo sorprendente, te diré que me sentía mucho más feliz cuando nadie me conocía y ni siquiera creía en Dios, que ahora que soy famoso, pero estoy convencido de la existencia de un ser supremo que me decepciona a cada instante.

—¿Y eso lo dice aquel a quien se le ha concedido el increíble don de acabar con una de las peores lacras de la humanidad? —protestó ruidosamente Alejandro de León Medina—. ¿Alguien que si no está en la cima del mundo es porque no quiere, y que además tiene una esposa y unos hijos que le adoran?

—Exactamente.

—¿Qué dejas entonces para los viejos homosexuales, pobres, anónimos y solitarios?

—La esperanza.

—¿Qué esperanza?

—La de que algún día Dios regrese desde los confines del universo con la firme intención de redimirse.

—¿Redimirse o redimirnos?

—«Redimirse», porque los seres humanos ya estamos más que hartos de que nos rediman —sentenció Bruno Guinea convencido de lo que decía—. Cada vez que alguien lo intenta salimos malparados. Es Dios quien tiene que pedir perdón por su olvido y hacer propósito de enmienda, no nosotros.

—¡Curiosa teoría que tiempo atrás te hubiera llevado a las hogueras de la Santa Inquisición!

—Pero lógica —le hizo notar su interlocutor—. Cuando las ovejas se descarrían, tanta culpa tienen ellas por abandonar el redil, como el pastor por no haber sabido cuidarlas.

—Eso es muy cierto.

—¡Naturalmente! Y creo que va siendo hora de que dejemos de adorar al pastor pidiéndole perdón a todas horas, para empezar a exigirle responsabilidades por no hacer bien su trabajo.

—¡Éste es mi Bruno! —exclamó alborozado el Canaima al tiempo que lanzaba al aire un fajo de papeles—. Has llegado muy alto, tanto como no había llegado nadie nunca, pero continúas siendo el mismo muchacho descarado, lenguaraz, combativo e inconformista que conocí en la facultad...

—¿Y por qué tendría que haber cambiado?

—Porque el triunfo cambia a la gente, y son pocos los que tienen las agallas suficientes como para asimilarlo sin inmutarse.

—Asimilar el fracaso te enseña a asimilar el triunfo, y yo fracasé durante muchos años... —le hizo notar su compañero de universidad—. Y ahora dejemos ese tema, y cuéntame qué has averiguado sobre esas mutaciones...

—¡Poca cosa...! —fue la sincera respuesta—. Ese jodido virus se mantiene estable durante semanas, pero de pronto, y sin razón que lo justifique, cambia. No intervienen factores externos, como pudieran ser la luz, la temperatura o la humedad, pero tengo la impresión de que posee un cierto tipo de inteligencia que le advierte que si continúa demasiado tiempo inmutable encontraríamos la forma de destruirle...

—¿Una especie de mecanismo que le da la voz de alarma? —quiso saber Bruno Guinea.

—¡Más o menos! —admitió su interlocutor—. A veces da la impresión de que se trata de una fiera que sabe que tiene que moverse continuamente si no quiere que la atrapen, pero como carece del espacio físico necesario, opta por camuflarse cambiando de aspecto e incluso de características.

—Muy curioso…

—E increíblemente escurridizo el muy cabrón, pero quiero suponer que con tu experiencia y un poco de…

Su amigo se apresuró a interrumpirle con un brusco gesto de la mano que colocó ante él como si se tratara de un policía.

—¡Alto ahí! —ordenó—. ¡Olvídate de la experiencia…! La experiencia no siempre es útil.

—Pero ¿qué burradas estás diciendo ahora? —protestó el otro—. ¿Qué sería de nosotros sin la experiencia? La experiencia es el resultado lógico de todos nuestros conocimientos.

—¡De acuerdo…! —admitió el Cantaclaro que había ido a tomar asiento en su lugar predilecto, el alféizar de la ventana—. Desde el día en que nacemos vamos llenando nuestras maletas de «experiencia», y cuando nos enfrentamos a un problema que se nos ha presentado anteriormente, aplicamos nuestra famosa experiencia y lo resolvemos… ¿Es así o no es así?

—Así es.

—Pero se da la circunstancia de que ahora nos estamos enfrentando a un puñetero virus que nos presenta problemas que desconocíamos, y frente a los cuales esa experiencia se convierte en un pesado lastre.

—¿Por qué?

—Porque nos empuja a buscar en la memoria soluciones que no están allí, y que por lo tanto nunca encontraremos.

—Creo que empiezo a entender lo que quieres decir… —se vio obligado a reconocer Alejandro de León Medina.

—Me alegra, porque, a mi modo de ver, pretender basarlo todo en el estudio, el conocimiento y la experiencia, viene a ser algo así como intentar atravesar la jungla con un baúl de libros a la espalda. El peso de los libros nos hundirá en el fango.

—Muy gráfico. Y muy convincente. Tan Cantaclaro como en tus mejores tiempos.

—Es bueno no perder facultades.

—¿Qué propones entonces?

—Intentar avanzar por esa selva sin cargar con baúles y teniendo siempre la mente abierta a ideas nuevas que nos permitan encarar cada problema sin prejuicios de ningún tipo.

—¿Y eso cómo se consigue?

—Echando mano de la imaginación e incluso de la pura intuición —fue la respuesta—. Sentándonos a meditar sobre cómo evitar que ese jodido virus sufra de pronto una nueva mutación que nos deje otra vez en blanco, y demostrando que somos más astutos que él y sabremos adelantarnos a su jugada.

—Pero esto no es una partida de póquer… —argumentó su oponente.

—Tal vez sí, o tal vez no. Pero lo único que he aprendido en toda esta historia es a ver las cosas desde el ángulo opuesto a como solía verlas.

—¿Y cuál sería, en este caso particular, el ángulo opuesto?

—No estoy muy seguro, pero quizá no deberíamos obsesionarnos preguntándonos qué es lo que hace que el virus sufra una mutación, sino plantearnos las razones por las que durante un cierto tiempo opta por no cambiar.

—¿Y eso adónde nos llevaría…?

—Probablemente a ninguna parte, pero a menudo me planteo que uno de los grandes problemas de la humanidad es que siempre pretende llegar a alguna parte.

—Lógico, digo yo.

—No tanto, porque cuando un camino lleva a «alguna parte» te encuentras con que alguien ha estado allí con anterioridad. Pero si decides ir «a campo traviesa» puede que te pierdas, pero también puede que llegues a donde nadie ha llegado nunca.

—¿Fue así como encontraste la solución a los tumores malignos?

—Fue así como me indicaron que buscara y dio resultado.

—¿Quién?

—Alguien que me hizo ver que las soluciones más sencillas suelen ser las más difíciles de encontrar porque demasiado a menudo el ser humano se empeña en complicarse la existencia. Es el fruto de siglos de oscurantismo en el que mentes retorcidas basaron su poder en hacernos creer que todo era demasiado confuso y misterioso.

—Tú ahora estás intentando hacerme creer que todo es confuso y misterioso... —le hizo notar el Canaima sin el menor deje de acritud en la voz—. Te refieres a «alguien» que al parecer te dijo lo que tenías que hacer para librar a la humanidad de la más terrible de sus lacras, pero admites que no puedes confesarle quién es ni tan siquiera a Doña Bárbara, con la que compartes tres hijos, la cama y todos los secretos... ¿Qué puede existir más confuso y misterioso que un secreto que ni siquiera puedes rebelar a la mujer que lleva años demostrando que te ama y que puedes confiar en ella?

—Nada.

—¿Entonces...?

Su interlocutor se limitó a encogerse de hombros evidenciando la magnitud de su impotencia.

—¿Entonces...? Admito que es un secreto que tendré que llevarme a la tumba.

—¿Sabes que malas lenguas empiezan a asegurar que en realidad la idea del murciélago se la robaste a uno de tus pacientes?

—¿Y por qué no la había expuesto él?

—Porque estaba en fase terminal y murió al poco tiempo?

—¡Ojalá hubiera sido así...! ¡Dios! ¡Cómo lo facilitaría todo!

—¿Tan difícil es?

Bruno Guinea descendió del alféizar de la ventana, acudió a tomar asiento en su viejo butacón, colocó el auricular del teléfono en su sitio y asintió con un escueto ademán de cabeza.

—Mucho más de lo que puedas imaginar, y tal vez la solución a una parte de mis problemas estribe en aceptar que, en efecto, la idea me la dio un moribundo.

—Pero tú y yo sabemos que no es así.

—¡No! Desde luego que no es así.

—Eso quiere decir que te verías obligado a mentir.

—Probablemente.

—¿Y qué dirían Doña Bárbara y los chicos si aquel de quien se sienten tan orgullosos mintiera y además dicha mentira le hiciera quedar ante los ojos del mundo como un canalla capaz de robarle a un moribundo algo tan valioso como la idea que ha permitido acabar con el cáncer?

—Aprietas demasiado.

—Yo soy el único que puede apretarte cuando quiera, Cantaclaro —replicó Alejandro de León Medina sin perturbarse—. Lo soy por la amistad que nos une y por lo mucho que tú me has apretado cuando estaba a punto de derrumbarme y me asaltaban casi a diario ideas de suicidio. Ahora sé muy bien que nunca me contarás la verdad, pero tampoco quiero que me cuentes mentiras.

—Nunca lo he hecho.

—¡Ni nunca se te ocurra hacerlo...! —fue la severa advertencia no carente de un leve tono de humor—. Sea cual fuere tu secreto, lo respetaré sin volver a mencionar el tema, pero empiezo a creer que sería oportuno pensar en algo que aleje de una vez todas esas maledicencias.

—Me importan un carajo.

—No lo dudo, pero ten en cuenta que existe tu familia, tus amigos, el hospital, e incluso un país que se siente sumamente orgulloso de que haya sido un español quien ha puesto fin a la peor de las plagas que aterrorizaban a la humanidad.

Bruno Guinea torció el cuello, observó a su compañero de universidad de medio lado y señaló sonriente:

—Te apuesto lo que quieras a que esas primeras voces maledicientes hablan preferentemente español.

—Siempre has sido un ventajista al que le gusta apostar sobre seguro.

—Lo sé, aunque por desgracia en esta ocasión aposté sabiendo que iba a perder.

—¿A qué te refieres?

—A nada en particular, pero se me está ocurriendo una idea que tal vez acabe con esa maledicencia... Haz correr la voz de que te he confesado que tuve un sueño en el que se me apareció la Virgen de Lourdes, que fue quien me rebeló el secreto.

—¡No me jodas! ¿Y quién va a creérselo?

—Los mismos que se creen que alguien que jamás había puesto el pie en la Alta Amazonía y jamás había visto un murciélago vampiro, tuvo la intuición de que el casi desconocido *Desmodus Rotundus* había desarrollado una serie de proteínas capaces de acabar con un montón de enfermedades.

—¡Difícil me lo pones!

—¿Resultaría más fácil si en lugar de la Virgen de Lourdes dijéramos que se trató del mismísimo Satanás en persona?

—Lo dudo.

—¿Por qué?

—Porque resulta comprensible que algo así lo hiciera una virgen, no el Demonio.

—En eso tienes razón... —reconoció de inmediato Bruno Guinea—. Curar a los enfermos es cosa de vírgenes, no de demonios...

Alejandro de León Medina se puso en pie dispuesto a marcharse, pero antes de hacerlo apoyó ambas manos en la mesa y se inclinó hasta colocar su cara a menos de medio metro de la de su interlocutor para espetarle en un tono de evidente malhumor:

—Te conozco hace demasiado tiempo como para no saberme de memoria todos tus jodidos trucos. —Lanzó un bufido de indignación—. Y algo me dice que en estos momentos estás echando mano a uno de ellos.

—¡Listo el chico!

—¡Estoy de acuerdo! El chico es lo suficientemente listo como para darse cuenta de que le están haciendo trampas, aunque aún no haya sido capaz de averiguar dónde se esconde la trampa... —Le apuntó acusadoramente con el dedo antes de encaminarse a la puerta—. ¡Pero no te preocupes! —añadió en un tono levemente amenazante—. Aún no han conseguido engañarme nunca durante demasiado tiempo. Pronto o tarde averiguaré la verdad.

Su amigo de siempre sonrió de oreja a oreja.

—Me encantaría que fueras capaz de hacerlo

—dijo—. De ese modo yo no habría roto mi promesa y podríamos hablar de ello, ya que en el fondo es lo que estoy deseando. Necesito tu consejo más que nada en este mundo.

La mujer observaba, ausente y pensativa, cómo el mar rompía con violencia contra el acantilado que se abría a sus pies lanzando al aire nubes de espuma entre las que revoloteaban las gaviotas, sorprendida y admirada por el hecho de que el pescador que se sentaba en una roca no fuese arrancado con violencia por las olas.

Al poco se escucharon pasos a sus espaldas, por lo que se volvió con gesto de desagrado, pero su expresión cambió de inmediato y se alzó como impulsada por un resorte del pequeño banco de piedra en que se sentaba, para casi abalanzarse con los brazos abiertos sobre el recién llegado.

—¡Benditos los ojos! —exclamó alborozada—. ¡Cuánto honor para esta humilde casa!

—¡Benditos los ojos! —fue la respuesta en casi idéntico tono—. ¡Qué milagro conseguir dar contigo! ¿De quién te escondes?

—De todos y de nadie... —fue la rápida respuesta—. Pero de ti, menos que nadie.

—Pues me ha costado Dios y ayuda encontrarte.

—Nunca se me pasó por la mente la idea de que quisieras verme... —replicó con absoluta naturalidad doña Leonor Acevedo—. Ahora eres un hombre importante; probablemente uno de los más importantes del mundo.

—Y que sin embargo no puede hablar abiertamente más que contigo.

—Me halagas.

Bruno Guinea se limitó a encogerse de hombros al tiempo que iba a tomar asiento en el banco de piedra y le hacía un gesto con la mano para que se acomodara a su lado.

—Es la pura verdad, y lo sabes —dijo.

Ella obedeció para apoderarse de inmediato de la mano y sostenerla entre las suyas como muestra de innegable cariño.

—¿Cómo se encuentra tu mujer? —quiso saber en primer lugar.

—No demasiado bien, para qué voy a mentirte. Mi mayor temor es que en cualquier momento pueda fallarme, y me consta que eso acabaría de hundirme.

—¡Lo siento en el alma! La otra noche, al verte en la televisión imaginé que tal vez querrías verme, pero luego consideré que se trataba de una estúpida presunción por mi parte. —Le miró a los ojos al inquirir—: ¿Por qué lo hiciste?

—¿Renunciar al Nobel? Me sorprende que tú me lo preguntes —le hizo notar el Cantaclaro—. Eres la única persona que conoce mis auténticas razones.

—Te lo has ganado. Es un premio al esfuerzo y el sacrificio, y tú has hecho el mayor sacrificio que nadie haya imaginado nunca.

—Moralmente no podía aceptarlo. Lo entiendes, ¿verdad?

—No del todo. Ya que el futuro se te presenta tan horrendo, ¿por qué no tratas al menos de disfrutar del presente…?

El aludido tardó en responder, atento como estaba a las evoluciones del pescador que saltaba de roca en roca con el fin de llegar sano y salvo a tierra firme, y cuando al fin comprobó que parecía estar fuera de peligro inquirió:

—¿Sinceramente crees que ese tipo de premios mitigaría un ápice el dolor y la amargura que me invaden...? Únicamente ante ti puedo mostrarme tal como soy, y hasta qué punto vivo inmerso en el desasosiego y el terror más absoluto.

—Lo entiendo, pero opino que te estás encerrando demasiado en ti mismo al renunciar a todo.

—Odio verme rodeado de gente a la que en el fondo aborrezco porque comprendo que son dueños de su vida, y lo que es más importante: de su vida eterna —fue la respuesta que denotaba un dolor muy profundo—. Incluso el pordiosero más hambriento posee algo de lo que yo carezco, y cuanto más importante me hacen sentirme, más miserable me siento. —La voz sonó ahora como un desesperado lamento—. ¡Estoy asustado, Leonor! Tan asustado como un niño en mitad de la noche más negra.

—¿Y por qué no intentas buscar ayuda?

—¿Dónde?

—En Dios. Tú y yo sabemos, y con una certeza que nadie más ha tenido anteriormente, que en verdad existe... ¡Ve en su busca!

El Cantaclaro negó con firmeza:

—¡No puedo! Si intentara romper mi compromiso volveríamos a los comienzos.

—¿Qué pretendes decir?

—Que si ahora me volviera atrás probablemente la enfermedad reaparecería bajo la apariencia de uno de esos malditos virus que desarrollan defensas contra los antibióticos, y todos los logros conseguidos acabarían en la basura. ¡No! Por desgracia, Dios continúa sin ser el remedio.

—No me gusta oírte hablar así...

—¿Y de qué otra forma puedo hablar...? Si no fuera porque de ese modo adelantaría mi suplicio, hace tiempo que me habría suicidado...

—¡Por los clavos de Cristo! ¡No digas tonterías!

—¿Tonterías? Por desgracia, incluso ese postrer recurso al que los más desesperados acaban aferrándose como remedio a todos sus males, me está vedado.

—No te entiendo.

—Pues no resulta difícil de entender, porque tienes ante ti al hombre más desgraciado que haya existido nunca. El más glorioso de los desdichados, ya que para él ni tan siquiera la muerte significa el descanso.

La voz de la buena mujer sonaba conmovida al señalar:

—¡Algún camino habrá...!

—Todos los caminos nos aproximan a la tumba, y en mi caso la tumba no es por desgracia el fin, sino el principio de mis males.

—¿Y qué puedo hacer por ti más que implorarle al Señor para que interceda y acepte que la magnitud de tu sacrificio merece no un terrible castigo, sino una maravillosa recompensa?

—Nada, puesto que ni siquiera él, si es que se aviniera a escucharte, sería capaz de romper la reglas del juego. Yo sabía bien lo que hacía, lo hice a conciencia, y no quiero volver atrás ni que otros lo hagan por mí, si con ello se corre el riesgo de que la enfermedad vuelva a establecerse entre nosotros.

—¿Luego no está definitivamente erradicada? —quiso saber Leonor Acevedo en un tono que mostraba a las claras su temor.

—Lo estará mientras yo cumpla con mi parte del trato. Y pienso hacerlo.

—¿Aun a sabiendas de que ese terror es incluso peor que un cáncer, puesto que te está matando en vida?

—Aun así. Nadie me puso una pistola en el pecho a la hora de tomar mi decisión. Tuve mucho tiempo, todo el que pasé en aquella maldita selva, para reflexionar, y por lo tanto fue una opción libre, serena y meditada. Negarlo significaría engañarme a mí mismo.

—Lo que nunca he entendido, es por qué razón tuviste que ir a la selva. ¿Acaso *él* no te había dado la solución?

—Me había indicado las pautas a seguir, pero siendo como es, le gusta complicar las cosas. Sabía muy bien que cuantos más esfuerzos hiciera y más calamidades pasara buscando a aquel asqueroso bicharraco, más me aproximaba a mi propia perdición, y eso le divertía. Cada noche me preguntaba, ¿por qué hago esto si me estoy destruyendo? Pero cada mañana volvía a intentarlo, y supongo que él disfrutaría viéndolo... Maquiavélico, ¿verdad?

—Demoníaco sería la palabra exacta, pero si las cosas son como dices mereces no sólo el Nobel sino un millón de premios más.

—Eso no es cierto y lo sabes... En el fondo no soy más que el portavoz del Maligno, que por alguna extraña razón que aún no he conseguido descifrar, me eligió para sus fines.

—¿Fines...? ¿A qué clase de fines te refieres?

—No tengo la más mínima idea, pero de lo único que estoy convencido es de que mi alma no vale el increíble precio que se ha pagado por ella.

—Tienes el alma más noble que conozco... —sentenció Leonor Acevedo segura de lo que decía.

—¡Bobadas! —fue la respuesta—. Cierto que me consideró una buena persona, pero no un ser tan excepcional como para que el mismísimo Satanás se haya molestado en tentarme. He tenido mucho tiempo para pensar y cuanto más vueltas le doy, más me convenzo de que algo oculta.

—¿Como qué?

—¡Te repito que no lo sé! He intentado estudiar todo lo que se ha escrito sobre Lucifer, y estoy convencido de que el personaje que vino a verme nada tiene que ver con el repelente y ridículo macho cabrío de los aquelarres. Incluso le ofende que los retraten de una forma tan populachera y burda. Si Lucifer es un auténtico «ángel», hecho a imagen y semejanza del Creador, que se rebeló en defensa de la autodeterminación de los seres humanos, tiene que estar por encima de tan estúpida parafernalia, y tiene que ser por lo tanto mucho más inteligente de lo que ha demostrado en su relación conmigo.

Doña Leonor Acevedo que se había puesto en pie aproximándose peligrosamente al borde del acantilado, para observar ahora cómo el pescador trepaba cargado con su caña y su cesto, se volvió a mirarle de frente al inquirir:

—¿Pretendes decir que todo ha sido un engaño?

Él hizo un gesto con la mano que pretendía ser tranquilizador:

—¡En absoluto! Te repito que estoy convencido de que mientras yo cumpla mi parte del trato, él cumplirá la suya.

—¿Entonces...?

—He llegado a la conclusión de que persigue algo más importante que mi alma, y que está fuera de mi comprensión.

—Me asustas...

—¿A ti? —se sorprendió Bruno Guinea—. ¿Qué puede asustarte tras haber estado con un pie en la tumba, y haber hablado cara a cara con el mismísimo Demonio?

—¡Muchas cosas...! Entre ellas estos años de gracia que me han sido concedidos... O los que aún están por venir.

—¿A qué te refieres?

—A que yo era una enferma terminal que agonizaba rodeada por el amor de una familia unida, compacta y embargada por el dolor, mientras que ahora soy una mujer sana que advierte cómo esa familia se rompe en pedazos sin poder hacer nada. A veces creo que aquél era el momento perfecto para morir en paz, pero que a estas alturas «se me pasó el arroz».

—¡Qué insensatez...! Lo que importa es vivir.

—¿A sabiendas de que tu marido se ha convertido en un político corrupto, y tu hijo mayor anda metido en drogas? Ésta ya no es mi familia, Bruno. No la familia que formé, y que reunía, llorando, en torno a mi lecho de muerte. ¡Había sufrido tanto y me faltaba ya tan poco, que fue una pena no haberme ido para siempre aquel día, convencida de que dejaba atrás una obra bien hecha, con lo que mi paso por este mundo tenía una justificación! —Volvió a tomar asiento para colocar su mano sobre la pierna de su interlocutor e inquirir ansiosa—: ¿Cómo puedo justificar ahora no haber sabido evitar que mi marido acepte sobornos multimillonarios por autorizar que se construyan pantanos inútiles?

—No lo sabía. Y lo lamento.

—¡Pues imagínate cómo lo lamento yo al advertir cómo se desmorona el edificio que tanto me costó levantar! Mucha gente se pregunta qué siente un político cuando se deja corromper, pero muy poca se pregunta qué siente quien descubre que el hombre con quien duerme, y al que ha dado tres hijos, se ha convertido en un canalla que se deja comprar. ¡Duele! ¡Te juro que duele más que el cáncer más doloroso! —Lanzó un hondo suspiro—. Yo soy casi la única que puede asegurarlo.

—¿Por qué me lo habías ocultado?

—¿Y qué iba a hacer? Cuando me enteré el mal estaba hecho y el dinero en Suiza... ¿De qué me servía involucrarte en algo que ya no tiene solución?

—Tengo amigos...

—Pero se trata de un grupo de presión muy poderoso que no dudaría en destruirte si sospecharan que podrías constituir una amenaza para sus intereses, y yo te estoy demasiado agradecida como para ponerte en peligro. —Negó una y otra vez—. ¡No vale la pena! El mundo está lleno de cerdos semejantes...

—Con los que por lo visto tendré que compartir el resto de la eternidad.

—Con la diferencia que ellos tendrán que convivir con sus remordimientos y tú no.

—¿Y quién crees que se siente más desgraciado...? —quiso saber Bruno Guinea—. ¿El condenado que sube al cadalso sabiendo que es culpable, o el que sube sabiendo que es inocente?

—No lo sé, pero recuerdo que hace años un reo norteamericano asesinó a cuatro reclusos de la cárcel en que se encontraba, y cuando le preguntaron por qué lo había hecho se limitó a replicar que odiaba la idea de que le ejecutaran sin motivo.

—También yo opino que es peor que a la crueldad del castigo se sume la crueldad de la injusticia, pero insisto en que no me quejo. Sabía lo que hacía y acepto mi destino, pero no puedo evitar que sienta curiosidad por averiguar qué era lo que en verdad pretendía el Demonio.

El pescador, un pelirrojo de espesa barba que aparecía sudoroso y empapado, hizo al fin su aparición como si su cabeza emergiera del azul del cielo, lanzó un resoplido, dejó la caña y el cesto sobre una piedra y tras sonarse los mocos sonoramente inquirió sonriente:

—¿O sea que nunca ha confiado en mis buenas intenciones?

—En lo más mínimo —replicó el Cantaclaro con absoluta naturalidad.

—¿Sabía que era yo? —pareció sorprenderse el recién llegado.

—Desde que lo vi sobre aquella roca. Nadie que aprecie en algo su vida se arriesgaría de ese modo... —Se volvió a Leonor Acevedo para aclararle—: Es Lucifer, que se divierte a su modo cambiando de aspecto.

—Ya me había dado cuenta.

—Pues no parece asustada... —señaló el pescador que había ido a tomar asiento sobre una roca para encender un cigarrillo y comentar como si estuviera hablando del estado del mar—. Resulta evidente que pierdo facultades a marchas forzadas.

—¿Por qué habría de asustarme, si usted mismo me aseguró que no tenía nada que temer mientras mantuviera la boca cerrada?

—Porque soy el Maligno. ¿Le parece poco?

—Resulta evidente que usted no ha estado meses agonizando de resultas de un cáncer terminal —fue la tranquila respuesta—. Si hubiera pasado por esa experiencia y supiera que ya no puede volver, ni el peor de los demonios le asustaría, sobre todo sabiendo como sé que tengo la conciencia tranquila. Estoy a bien con Dios, y eso me libera de cualquier temor.

—Admito que le asiste toda la razón. La mayoría de la gente se asusta imaginando que trato de perderles, cuando la experiencia demuestra que se bastan y sobran para perderse solos. En el árbol de la vida son más los frutos que caen por su propio peso que los que arranca el dueño. En el caso de su marido, por ejemplo, yo no he tenido nada que ver, aunque admito que en la actualidad la mayor parte de las compañías petroleras, eléctricas y cementeras trabajan para mí.

—¿Qué pretende decir con eso de que trabajan para usted?

—Que dada su fabulosa capacidad de corromper, constituyen una especie de ente autónomo dentro de mi organización. Me ahorran mucho trabajo, aunque admito que desprecio sus métodos. Se me antojan demasiado rastreros.

—¿Me está tomando el pelo?

—Sólo un poco —fue la humorística respuesta del pelirrojo que exhibía una sonrisa realmente encantadora—. Les he estado escuchando, y entiendo sus dudas, al tiempo que agradezco que no me consideren vulgar y chapucero. No estoy acostumbrado a las alabanzas, en especial cuando lo que se ensalza no es mi poder, sino mi inteligencia.

—¿Luego yo tengo razón y pretendía algo más que mi alma? —intervino Bruno Guinea.

—¡Naturalmente...! Está en lo cierto al asegurar que su alma no vale el escandaloso precio que he pagado por ella. Ninguna lo vale.

—¿Y por qué se complace en hacerle sufrir de esta manera? —quiso saber Leonor Acevedo.

El aludido la observó sorprendido y casi de inmediato replicó:

—¿Yo? ¿Qué interés tendría en hacerle sufrir? ¿Qué me importa lo que sufra nadie en vida?

—¿Ah, no?

—¿Acaso le importa a usted que una hormiga esté sufriendo en este momento entre esa hierba? ¿O que un canguro muera en Australia? Ni tan siquiera piensa en ello, de la misma manera que yo no pienso en ningún ser humano en particular. Ni al bien ni al mal nos preocupa el presente, téngalo por seguro.

—¿A qué viene entonces todo esto? —quiso saber Bruno Guinea.

—A que con vistas al futuro, las cosas cambian. Recuerde la célebre frase: «La mies es mucha, y los operarios pocos». Desde que esa frase se pronunció la humanidad se ha centuplicado, mientras que yo continúo con el mismo número de «operarios».

—¿Pretenderá hacerme creer que le faltan demonios?

—¿Acaso imagina que nos reproducimos como los seres humanos? —respondió con una pregunta el interrogado—. Cierto que somos inmortales, pero cierto también que somos asexuados, por lo que no ha nacido ni un solo demonio desde el malhadado día en que nos expulsaron del Paraíso.

—¡Esto es increíble...! —no pudo evitar exclamar el Cantaclaro—. Debo estar soñando.

—¡Y yo...! —admitió doña Leonor Acevedo—. Jamás se me habría ocurrido pensar que los demonios fueran asexuados.

—Los teólogos se pasaron siglos discutiendo sobre el sexo de los ángeles —sentenció el pescador—. Pero que yo sepa ninguno de ellos se pronunció nunca sobre el sexo de los ángeles caídos.

—Eso es muy cierto.

—¡Y tanto que lo es! Siempre se habla de una «legión de demonios», pero ¿de qué sirve una legión frente a los seis mil millones de habitantes que pululan en la actualidad por el planeta? En el rato que llevamos hablando se han cometido más de trescientos asesinatos, docenas de violaciones, incontables actos de pederastia y millones de pecados de toda índole... El trigo de la maldad nace, crece y madura, pero a la hora de recogerlo faltan brazos y por ello tengo que mostrarme imaginativo a la hora de apoderarme de la mayor parte de la cosecha...

—¿Perdiendo tanto tiempo con una sola espiga como ha perdido conmigo? —inquirió un desconcertado Cantaclaro.

—No se trata de una sola espiga, ya que esa única espiga me va a permitir recolectar millones de otras espigas.

—¿Cómo...?

—¿De verdad quiere saberlo...?

—¡Naturalmente!

—Le advierto que le va a doler.

—Hace tiempo que por su causa crucé las últimas fronteras del dolor.

El extraño pescador les observó con detenimiento, pareció dudar, pero al fin optó por lanzar al abismo la colilla de su cigarrillo al tiempo que con un gesto de la cabeza indicaba a Leonor.

—¡De acuerdo! —dijo—. Pregúntele a ella.

—¿A mí? —Se sorprendió la pobre mujer—. ¿Qué tengo yo que ver con todo esto?

—Lo suficiente, puesto que conoce mejor que nadie las respuestas.

—No le comprendo.

—Es muy sencillo... ¿Qué pasó el día que le diagnosticaron que tenía un cáncer terminal?

—Que me invadió una profunda desesperación.

—¿Y luego?

—¿Luego? ¿A qué se refiere?

—¿Qué fue lo primero que hizo en cuanto se serenó...?

—No lo recuerdo.

—Le refrescaré la memoria. Lo primero que hizo fue correr a la iglesia. Volvió a una iglesia en la que no había puesto los pies desde que bautizó a su último hijo, y le pidió ayuda a alguien a quien había olvidado hacia demasiados años.

—Eso es cierto.

—¡Y tan cierto! Mientras fue feliz se mantuvo alejada de Dios, pero en cuanto le vio las orejas al lobo corrió de nuevo al redil. Buscó consuelo y protección, y si entonces hubiera muerto lo habría hecho en paz consigo misma y con su creador... ¿Me equivoco?

—Me temo que no.

—Pues lo mismo ocurre con millones de personas.

—¿Qué es lo que ocurre con millones de personas? —quiso saber Bruno Guinea que parecía no entender nada de cuanto se estaba diciendo.

—Que cuando mueren de improviso, y por lo tanto cruzan la línea divisoria con la conciencia cargada de pecados de los que no han tenido tiempo de arrepentirse descienden directamente a los infiernos. Ésa es mi cosecha, gloriosa y abundante. Pero en los últimos años, y debido a que han convertido este precioso mundo en un basurero, el cáncer constituía una de las principales causas de mortandad, hasta el punto de que pasó a convertirse en mi peor enemigo, ya que dejaba a sus víctimas demasiado tiempo para pensar.

—¡Inaudito!

—Pero cierto. Hace tiempo que había llegado a la conclusión de que la mayor parte de las personas que morían tras una larga enfermedad acostumbraban a ponerse a bien con Dios.

—¿Se está refiriendo al cáncer?

—¡Exactamente! El cáncer obligaba a meditar al enfermo, que no alcanzaba a entender por qué razón unas determinadas células de su propio cuerpo se rebelaban y acababan por destruirle pese a que ello trajera aparejada su propia destrucción. —Se volvió a doña Leonor Acevedo para inquirir casi agresivamente—: ¿Acaso no era eso lo que pensaba en su agonía?

La aludida asintió muy a su pesar.

—A menudo no podía evitarlo, y eso era, quizá, lo peor que tenía aquella maldita enfermedad —dijo—. No se le podía echar la culpa a un virus, o a una bacteria, o a cualquier causa externa, y desesperaba comprender que éramos nosotros mismos los que la estábamos generando.

—Los cuerpos se suicidaban sin respetar los mandatos de la mente... —sentenció el Demonio disfrazado en esta ocasión de pescador—. E incluso a mí, que he tenido tiempo más que de sobra para estudiarlo, me costaba trabajo entender lo que pasaba por la cabeza de un enfermo que advertía cómo se iba descomponiendo irremediablemente. ¡Debía ser terrible!

—Lo era, se lo aseguro.

—Si me hubiera sido dada la capacidad de sentir compasión, tal vez la hubiera sentido por quienes pasaban por semejante suplicio, pero siendo quien soy, lo único que me inquietaba era que la mayoría de los enfermos que dedicaban mucho tiempo a mirar en su interior acababan por descubrir que además de células malignas, poseía un alma igualmente enferma.

—¿Y eso le perjudicaba? —quiso saber Bruno Guinea.

—¡No puede imaginar cuánto! —admitió el otro—. Y cada día más, porque con las porquerías que les dan de comer y de beber, y la mierda de aire que respiran, la incidencia del cáncer se estaba disparando hasta el punto de convertirse en una auténtica plaga.

—Una plaga de gentes a las que se les estaba dando demasiado tiempo para mirar en su interior y descubrir esa alma enferma.

—¡Usted lo ha dicho!

—¿Y llegó a la conclusión de que resultaba mucho más conveniente que se curaran los cuerpos para que de ese modo no se curaran las almas?

—Más o menos...

—Es lo más canallesco que he oído en mi vida... —sentenció una indignada Leonor Acevedo.

—Por si lo ha olvidado le recuerdo que continúo siendo el Maligno, y una vez más le repito que me tiene sin cuidado cómo o de qué se muera la gente... —El pescador hizo un gesto hacia la cesta que había dejado en el suelo—. Ahí hay muchos cangrejos, pero nadie sería tan estúpido como para perder su tiempo pescándolos cuando las cáscaras están vacías.

—¿Y me eligió como instrumento? —El otro asintió con un decidido ademán de cabeza—. ¿Y por qué yo?

—Porque era médico, era honrado y estaba obsesionado con la muerte de su madre. Yo no podía presentarme en público ofreciendo graciosamente la solución a tan espantoso mal. Alguien descubriría mis verdaderas intenciones. Pero nadie sospechó nunca de usted.

—¿Cómo se puede ser tan canalla y tan retorcido?

—¡Siendo el mismísimo Demonio, por supuesto! —El fingido pescador dejó escapar una divertida carcajada—. Mi actual apariencia no debe hacerles olvidar mi auténtica naturaleza. Ya le he dicho en más de una ocasión que a mí me tiene sin cuidado que la gente sea feliz o desgraciada en esta vida. Tampoco me importa que sufra o no en el momento de morir, con tal de que no le quede demasiado tiempo para pedir perdón, puesto que la mayoría tiene muchas razones para pedirlo... Yo únicamente voy a lo mío.

—¿Y ahora cree haber conseguido una gran victoria?

—A las pruebas me remito. —Hizo un gesto hacia Leonor Acevedo—. Ella ha vuelto a olvidarse de Dios, y como ella millones de seres humanos, puesto que cada día el mundo está más loco, con más vicios y mayores tentaciones. Proliferan las drogas, aumentan los accidentes, los ricos mueren cada vez más corrompidos y los pobres cada vez más desesperados. ¿Y quién sale ganando...? ¡Yo!

Siguió un largo silencio durante el cual tanto Leonor Acevedo como Bruno Guinea parecían estar meditando sobre lo que acababan de escuchar, y al fin este último comentó en tono de profunda amargura:

—Lo sabía... Sabía que había algo más detrás de toda esta farsa, pero jamás imaginé que se tratara de un plan tan elaborado y maquiavélico. ¡Dios bendito! ¿Qué va a ser ahora de mí?

El pescador le observó con evidente sorna para replicar en tono inflexible:

—¿De usted? ¿Qué quiere que le diga? Quien juega con fuego acaba abrasándose. —Chasqueó la lengua al tiempo que se encogía de hombros—. Y recuerde: un trato es un trato. Si lo cumple, cumplo. Si lo rompe, lo rompo y ya conoce las consecuencias.

—No lo romperé.

—Estoy seguro de ello... —Hizo un simpático

gesto de despedida con la mano—. Y ahora he de irme —dijo—. Procure disfrutar del tiempo que le quede aceptando todos lo premios que le quieran dar... —Recogió su cesto y su caña, y se alejó sin prisas al tiempo que comentaba—: Y tenga siempre presente algo importante: «Si los caminos del Señor son intrincados, los del Maligno lo suelen ser aún más...»

EPÍLOGO

Lloró durante más de una hora.

Lloró en silencio, sin aspavientos, consciente de que su dolor y sus lágrimas no conmoverían a nadie, y sentado en el interior de su viejo automóvil, en el más apartado rincón del área de descanso de una solitaria carretera, dio rienda suelta a su desesperación puesto que se trataba del ser humano más desesperado que hubiera nacido hasta el presente.

No lloraba únicamente porque acabara de perder a la única mujer que había amado, lloraba también porque sabía a ciencia cierta que había perdido definitivamente el alma.

¿Y qué podía existir más importante que el alma?

Desde el día en que el Maligno le había confesado cuáles eran las auténticas razones de sus actos, tenía muy claro que no le quedaba esperanza alguna a que aferrarse.

Y muerta Doña Bárbara no le quedaba nada.

Tan sólo unos hijos que ya ni siquiera le necesitaban.

Se había precipitado tiempo atrás a un abismo aún más profundo que el más profundo abismo de los Andes ecuatorianos.

Y en su oscuro fondo no encontraría selvas, ni ríos, ni bestias.

No encontraría más que una impenetrable oscuridad y siglos de inimaginables sufrimientos.

Tenía derecho por lo tanto a llorar.

Más derecho que nadie.

De poco le servía, pero no encontraba forma de evitarlo.

Los años que le quedaran de vida serían de soledad, zozobra y amargura.

Luego...

Luego nada.

O algo mucho peor que nada.

Le serenó ver pasar una muchacha en bicicleta.

Se le antojó muy hermosa, con su rojiza melena al viento y sus desnudas piernas que pedaleaban con brío.

¿Hacia dónde iba por tan apartados parajes?

¿De dónde venía?

¿Por qué le sonreía en la distancia con sus dientes tan blancos?

Fue como un rayo de sol que surgiera de entre los densos nubarrones de una tenebrosa tormenta, pero tan sorpresivamente como apareció se perdió de vista entre los árboles.

Dejó a su paso un reguero de vida.

De juventud tal vez.

Probablemente en lo más profundo del bosque le esperaba un amante.

Quizá muy pronto retozaría desnuda entre unos fuertes brazos gimiendo de placer y arañando una espalda.

Alejó de su mente viejos recuerdos de cuando Doña Bárbara y él buscaban de igual modo la protección de un bosque.

¡Hacía ya tanto tiempo!

¡Tanto!

El futuro no había hecho aún su aparición en la distancia.

Los sueños no habían pasado a convertirse en pesadillas.

Por aquel entonces el presente continuaba siendo el único dueño de sus vidas.

Amar, reír, estudiar y conseguir un diploma que colgar en la pared era cuanto le pedían al destino.

Jamás aspiró a convertirse en salvador de la especie humana.

Jamás cruzó por la mente la idea de que algún día rechazaría el premio Nobel.

Jamás imaginó que llegaría un momento en que descubriría que en verdad poseía un alma inmortal y que acabaría por perderla definitivamente.

Jamás imaginó tampoco que su compañera de toda la vida desaparecería antes que él pese a que llevara tanto tiempo anunciándoselo.

No era justo.

Ella era más joven.

Y tenía muchas más razones para vivir.

Pero su maltrecho corazón había dejado de latir traicionándole del peor modo posible.

La amaba más que nunca, pero en determinados momentos la aborrecía por el simple hecho de que le hubiera dejado solo con su desesperación, su dolor y su impotencia.

Continuó llorando hasta que al fin hasta la última de sus lágrimas se secó y las manos dejaron de temblarle.

Al poco puso el vehículo en marcha, y arrancó muy despacio.

Volvía a casa; a una casa que de pronto había dejado de constituir un auténtico hogar.

Desde que ella se había ido ese hogar se había convertido en un helado conjunto de paredes y muebles.

Un lugar del que alejarse aunque tan sólo fuera a poder llorar mansamente en el área de descanso de cualquier carretera secundaria.

A los pocos minutos adelantó a la muchacha de la bicicleta que una vez más le sonrió al pasar.

Le siguió pareciendo extraordinariamente hermosa.

La observó por el retrovisor hasta que se convirtió en poco más que un punto en la distancia.

Nuevamente le entraron deseos de llorar, pero se mordió los labios, se aferró al volante y aceleró la marcha.

Diez minutos después lo vio llegar de frente.

Era rojo, rugiente y poderoso.

Amenazante.

Avanzaba por el centro de la calzada, como si se hubiera convertido en el único dueño del asfalto, y supo de inmediato que era la más cruel fatalidad quien la enviaba.

Se apartó cuando pudo, a punto incluso de deslizarse por el pequeño terraplén que se abría a su derecha, pero todo fue inútil.

A unos cien metros de distancia el veloz automóvil dio un brusco bandazo, derrapó como si la seca carretera se hubiera convertido de improviso en una pista de hielo y le arrolló de frente.

El terrible impacto resonó en el silencio de la tarde.

Los dos vehículos rodaron por el prado.

Tiempo después, nunca supo cuánto, Bruno Guinea avanzó tambaleante para concluir por recostarse contra un árbol y resbalar hasta quedar sentado sobre la hierba, puesto que las piernas se negaban a sostenerle.

Como entre sueños distinguió la figura de un jovenzuelo que aparecía tendido bocabajo a poco más de veinte metros de distancia.

No le hubiera sorprendido descubrir que estaba muerto.

Más sorprendente parecía constatar el hecho de que él mismo no lo estuviera de igual modo.

Le dolía cada músculo y cada hueso, le dolía el cabello e incluso los pensamientos, pero advirtió que a pesar de la indescriptible brutalidad del golpe respiraba con relativa normalidad y descubrió, en cierto modo admirado, que su mente parecía estarse volviendo cada vez más lúcida.

Su cochambroso utilitario no era ya más que un montón de chatarra.

El deportivo rojo se había convertido en un amasijo de hierros con las ruedas al aire y las puertas y el maletero curiosamente abiertos, como si se tratara de un gigantesco abejorro que hubiera caído con las alas extendidas, súbita víctima de un poderoso insecticida.

No había rastros de sangre.

Ni una gota de sangre por parte alguna.

Era como si hubiera volado por los aires para ir a caer sobre la mullida hierba, tal vez reventado por dentro, pero sin que ni un solo trozo de metal, ni tan siquiera una esquirla de cristal, le hubiera producido el más mínimo rasguño.

Pero sangraba por dentro, de eso estaba seguro.

Era médico y años de experiencia le gritaban que algo, en lo más profundo de su cuerpo, tenía que haber sufrido las consecuencias de tan devastadora colisión.

El hombre, un muchachito, de camisa clara sobre la que tampoco se distinguía mancha alguna de sangre, continuaba inmóvil, cadáver ya sin duda, y resultaba en cierto modo ilógico que hubiese sido el conductor del vehículo más seguro y resistente el que hubiese llevado la peor parte en un choque frontal.

Si en realidad su único ocupante estaba muerto lo lógico sería que él mismo no tardara en estarlo.

Aquél debía ser el momento de mirar hacia atrás con el fin de intentar hacer un postrer balance de su vida, pero renunció a ello.

No deseaba hacer un recuento del pasado, le aterrorizó la posibilidad de mirar hacia el futuro, y optó por tanto por la sencilla solución de quedarse muy quieto en el presente, consciente de que en el presente se encuentra la única verdad, puesto que ni nos miente la memoria ni nos induce a engaño la imaginación.

Cerró los ojos y no vio nada.

Nada en absoluto.

Infinidad de relatos surgidos de la pluma de prestigiosos autores solían referirse con harta frecuencia a la incalculable cantidad de imágenes y recuerdos que cruzan por la mente de un ser humano cuando se encuentra a punto de morir, pero resultaba evidente que en cuanto cerraba los ojos Bruno Guinea tan sólo se enfrentaba al hecho de que estaba pensando en que «algo» tenía que aparecer obligatoriamente en su cerebro cuando lo cierto era que en su cerebro no aparecían ni imágenes ni recuerdos.

Tal vez ya estaba muerto.

Pero su cuerpo astral no mostraba interés por abandonar por el momento su cuerpo físico.

Continuaba allí, sentado bajo un árbol, cerrando los ojos para no ver nada o abriéndolos de tanto en tanto para limitarse a ser testigo de tamaño desastre.

Caía la tarde y cientos de pájaros acudieron, como si se tratara de una diminuta plaga de langosta, a posarse en el enorme castaño que se alzaba al otro lado de la corta explanada.

Todos al mismo.

¿A qué se debía tanto alboroto y discusión en un desmedido afán por ocupar una determinada rama de un determinado árbol cuando existían tantos otros castaños por las proximidades?

Absurda pregunta cuando tal vez se encontraba a punto de exhalar el último suspiro, y sin embargo en aquel delicado momento se le antojaba una cuestión de indiscutible trascendencia: ¿Por qué misteriosa razón todos los pájaros se peleaban por dormir en el mismo castaño?

Algo brilló a lo lejos.

Un soplo de vida, tal vez un rayo de esperanza.

El metálico manillar de una bicicleta que se aproximaba velozmente.

Era como una bocanada de aire fresco que descendía de las montañas.

Más joven y más hermosa que nunca, con su rojiza cabellera al aire y sus piernas desnudas.

Pero ya no sonreía.

Apoyó su frágil montura contra un matorral y acudió a acuclillarse frente al hombre que la observaba.

—¿Cómo te encuentras? —quiso saber.

—No tengo ni idea —fue la sincera respuesta.

—¿Dónde te duele?

—Pregúntame más bien dónde no me duele. —El Cantaclaro hizo un leve gesto hacia el conductor que permanecía inmóvil en el centro del prado al inquirir—: ¿Está muerto?

—Lo está.

—¿Cómo puedes saberlo?

—Lo sé.

—¿Sin tan siquiera comprobar si respira? —se sorprendió.

—No te preocupes por él. A estas horas ya se está quemando en el infierno.

De improviso Bruno Guinea tuvo la abrumadora y desagradable sensación de que había perdido cualquier tipo de control sobre su propia mente. Por último, casi con un susurro inquirió:

—¿Qué has querido decir con eso?

La fascinante desconocida le observó de medio lado y de nuevo apareció en sus labios la cautivadora sonrisa en el momento de inquirir con absoluta naturalidad:

—Tantos años como hace que nos conocemos y aún no eres capaz de reconocerme.

—¿El Maligno? —Ante el mudo gesto de asentimiento, el desconcertado Bruno Guinea añadió perplejo—: ¿El Maligno en pantalón corto y bicicleta?

—Yo siempre me adapto al ritmo de los tiempos y cualquier medio de transporte es bueno para llegar en el momento justo. —Sonrió una vez más—. Y rara vez me retraso a la hora de cobrar mi premio.

—¿Significa eso que vienes a llevarme contigo?

—Sí y no.

—¿Sí y no?

—Eso he dicho.

—¿Y a qué juegas? —fue la agresiva pregunta—. O me muero y me llevas contigo, o no me muero y me quedo aquí sentado. Nunca he sabido de nadie que esté «sí muerto» y «no muerto». O ni tan siquiera «levemente muerto».

—Te equivocas. Cuando me llevo a alguien siempre está «sí muerto» en lo que se refiere al cuerpo, y «no muerto» en lo que se refiere al alma, porque es ése el momento justo en el que los seres humanos se dividen en sus dos auténticas esencias: la corporal y la espiritual.

—Siempre me negué a aceptarlo.

—Pues así es como ocurre. Dentro de unos minutos estarás físicamente muerto pero nadie podrá evitar que tu alma continúe más viva que nunca.

—¡Para lo que me va a servir!

—¡Cualquiera sabe! ¿Para qué crees que estoy aquí?

—Para llevarme contigo, tú misma lo has dicho.

—Cierto. Pero para conseguirlo no era necesario sudar tanto pedaleando por esa dichosa carretera. Estoy aquí por algo más.

—¿Y es?

—Que me irrita sobremanera que la muerte sea siempre quien decida cuándo he de cargar con un alma. —Agitó graciosamente su fastuosa cabellera para inquirir en tono agrio—: Mi intención era que continuaras sufriendo en vida unos cuantos años más, pero como de costumbre esa bruja histérica me ha arruinado los planes.

—¿Realmente te molesta que te haya entregado mi alma para siempre?

—Naturalmente que me molesta. Y mucho.

—¿Por qué, si al fin y al cabo eso es lo que siempre has querido?

—¿Y cómo puedes saber tú, o ella, qué es lo que siempre he querido? —inquirió la soberbia criatura con un mohín casi infantil—. ¿Desde cuándo puede nadie presumir de conocer mis intenciones? Ya te lo dije en una ocasión: «Si los caminos del Señor son inescrutables, los míos lo son mucho más».

—¿Y a qué viene ahora eso? —protestó el herido—. Dentro de unos instantes te vas a apoderar de mí por el resto de la eternidad, y lo menos que podrías hacer es permitir que muera en paz dedicando el escaso tiempo que me queda a recordar por última vez a los seres que amo.

—Recuerda que continúo siendo el Maligno.

—¿Y no te apetece dejar de hacer la puñeta aunque sea unos minutos? Empiezo a creer que no te echaron del Paraíso por rebelde; debieron echarte por plasta.

—¡Me encanta!

—¿Te encanta ser un plasta?

—¡No! Me encanta que con un pie ya en la tumba, sigas siendo el Cantaclaro. —La muchacha lanzó un sonoro resoplido, aventuró una especie de amargo gesto de resignación y concluyó con un cierto deje de tristeza—: Echaré de menos estas charlas. Ha sido lo más estimulante que me ha sucedido durante el último siglo.

—¿Es que a donde voy no podremos hablar?

—Desgraciadamente no.

—¡Pues sí que estamos buenos! ¿Y a qué se debe esa absurda ley del silencio?

—No existe ninguna absurda «ley del silencio» —fue la amarga respuesta—. Lo que ocurre es que a donde tú vas, a mí no me dejan entrar porque cuando me expulsaron fue para siempre.

—No acabo de entenderte.

—Empiezas a parecerme más tonto de lo que yo creía. —La muchacha extendió la mano y le acarició suavemente la mejilla al añadir—: No voy a llevarte conmigo; no sería justo, puesto que en un momento dado me hiciste un gran favor, y está claro que soy mala, pero no injusta ni desagradecida. —Su espectacular sonrisa se extendió de oreja a oreja—. Además

—dijo—, me consta que pronto o tarde acudirían a exigirme que devolviera un alma que nunca me ha pertenecido, ni nunca me pertenecerá, y prefiero no tener que pasar por la humillación de tener que devolverla. —Se puso lentamente en pie y se encaminó sin prisas hacia el punto en que había dejado la bicicleta, pero en el momento de subir a ella se volvió para guiñarle un ojo y comentar—: Ha sido una lástima porque creo que en el fondo esto podría haber constituido el nacimiento de una larga y hermosa amistad...

Madrid-Lanzarote
Abril de 2001

Este libro ha sido impreso en los talleres
de Novoprint S.A.
C/ Energía, 53 Sant Andreu de la Barca
(Barcelona)